KB113206

라쇼몬

아쿠타가와 류노스케 단편선

羅生門

세계문학전집 326

라쇼몬

아쿠타가와 류노스케 단편선

羅生門

아쿠타가와 류노스케

서은혜 옮김

민음사

차례

코 7

마죽 19

라쇼몬 46

묘한 이야기 57

다네코의 우울 66

엄마 73

꿈 90

흙 한 덩이 101

지옥변 118

거미줄 165

두자춘 171

신들의 미소 189

덤불 속 206

갓파 223

작품 해설 291

작가 연보 305

코

젠치 큰스님의 코라고 하면 이케노오 마을에서는 모르는 사람이 없었다. 길이는 한 대여섯 치[1]쯤 되는데, 윗입술 바로 위에서부터 턱 밑까지 늘어져 있었다. 모양은 처음부터 끝까지 똑같이 굵었다. 말하자면 가늘고 긴 순대 비슷한 물건이 턱하니 얼굴 한가운데 매달려 있는 것이다.

쉰 살이 넘은 큰스님은 사미승이던 어린 시절부터 내도장(內道場)[2] 공봉직이 된 오늘까지, 내심 늘 이 코 때문에 고민해 왔다. 물론 겉으로야 지금도 그다지 신경 쓰지 않는다는 얼굴로 시치미를 떼고 있었다. 그것은 마음을 다해서 극락정토를 갈망해야 할 승려 된 몸으로 고작 코 같은 것을 걱정해서야 되

---

1) 한 치는 미터법으로 약 3센티미터.
2) 궁중에서 불교 행사 등을 주관하는 곳.

겠느냐는 생각 때문만은 아니었다. 그보다는 오히려 자기가 코에 신경을 쓴다는 사실을 남들이 알게 되는 것이 싫어서였다. 큰스님은 일상적인 이야기 속에서 코라는 낱말이 나오는 것을 그 무엇보다 두려워했다.

큰스님이 코 때문에 시달리는 이유는 두 가지였다. 우선 실제로 코가 너무 길어 불편했기 때문이었다. 첫째, 밥을 먹을 때도 혼자서는 못 먹는다. 혼자 먹다가는 코끝이 밥공기 속에 담긴 밥에 가 닿아 버린다. 그래서 큰스님은 제자승 하나를 밥상 건너편에 앉혀 놓고, 밥을 먹는 내내, 한 치쯤 되는 너비에 길이는 두 자[3]쯤 되는 나무 막대로 코를 받치고 있게 했다.

하지만 이런 꼴로 밥을 먹는다는 것은 받쳐 들고 있는 제자승에게나, 받쳐 들게 한 큰스님에게나 결코 쉬운 일이 아니었다. 한번은 그 제자승 대신 받치고 서 있던 동자 하나가 재채기를 하는 바람에 손이 흔들려 코를 죽 안에 빠뜨린 이야기가 당시 교토에까지 소문나고 말았다. 하지만 이것이 큰스님이 코 때문에 고민에 잠긴 가장 큰 이유는 아니었다. 사실 큰스님은 코 때문에 상처 입은 자존심 때문에 고민했던 것이다.

이케노오 마을 사람들은 코가 그 모양인 젠치 큰스님이 속세 사람이 아닌 게 천만다행이라고들 했다. 코가 그렇게 생긴 남자에게 어떤 여자도 시집을 올 리 없다고 생각했기 때문이었다. 그중에는 코가 그렇게 생기는 통에 출가한 것이라고 넘겨짚는 이조차 있었다. 하지만 큰스님은 자기가 승려인 덕에

---

3) 한 자는 미터법으로 약 30센티미터.

이 코가 조금이라도 덜 성가신 것이라고는 생각하지 않았다. 큰스님의 자존심이라는 것은, 아내가 있느냐 없느냐 하는 결과적인 사실에 좌우되기에는 지나치게 섬세하게 생겨 먹었기 때문이었다. 그래서 큰스님은 적극적으로나 소극적으로나 망가진 자존심을 회복해 보려 고심을 했다.

제일 먼저 큰스님이 생각해 낸 것은 이 기다란 코를 실제보다 짧아 보이게 하는 법이었다. 아무도 없을 때면 거울 앞에 서서, 여러 가지 각도에서 얼굴을 비춰 보며 열심히 궁리해 보았다. 그냥 얼굴 위치를 바꾸는 것만으로는 안심할 수가 없어서 턱을 괴어 본다거나 턱 끝에 손가락을 대 보기도 하면서 끈기 있게 거울을 들여다보는 일도 있었다. 하지만 스스로 만족할 만큼 코가 짧아 보인 적은 이제까지 단 한 번도 없었다. 때로는 고민을 하면 할수록 오히려 더 길어 보이기까지 했다. 이럴 때 큰스님은 거울을 상자에 도로 넣고는 새삼스레 한숨을 내쉬면서 마지못해 다시 불경이 놓인 책상으로 관음경을 읽으러 돌아오는 것이었다.

한편 또 큰스님은 끊임없이 남들의 코에 신경을 썼다. 이케노오 사찰은 승공강설(僧供講說)[4] 등이 자주 열리는 절이었다. 절 안에는 승방(僧坊)이 빈틈없이 들어서고 욕탕에서는 절의 승려들이 날마다 목욕물을 데웠다. 드나드는 코승려며 속인 들의 수도 굉장히 많았다. 큰스님은 이러한 사람들의 얼굴을 참을성 있게 관찰했다. 딱 한 사람이라도 자기 같은 코를 가진

---

4) 승려들이 함께 모여 식사를 나누며 부처의 가르침을 강의하는 행사.

인간을 찾아내어 안심하고 싶어서였다. 그러다 보니 큰스님의 눈에는 남색 스이칸(水干)[5]도 하얀 가타비라(帷子)[6]도 들어오지 않았다. 더구나 승려들이 걸치는 주황색 모자라든가 회색 법의 따위는 눈에 익은 만큼 있어도 없는 거나 마찬가지였다. 큰스님은 사람을 보는 것이 아니라 오직 코만 보았다. 하지만 간혹 매부리코는 있어도 큰스님 같은 코는 하나도 보이지 않았다. 그 보이지 않는다는 사실이 거듭되면서 큰스님의 마음은 점점 더 불쾌해졌다. 큰스님이 사람들과 이야기를 하면서 무심결에 덜렁거리며 매달려 있는 코끝을 움켜쥐었다가는, 나잇값도 못 하고 얼굴을 붉힌 것은 바로 이 불쾌함에서 비롯한 일이었다.

끝으로 큰스님은, 경전과 속세의 책을 막론하고 코가 자기 같았던 인물을 찾아내어 그나마 조금이라도 위안을 받자는 생각까지 한 적이 있었다. 하지만 목련이나 사리불[7]의 코가 길었다는 말은 어떤 경문에도 나와 있지 않았다. 물론 용주나 마명[8] 역시 코가 평범한 보살들이었다. 큰스님은 중국에 대해서 이야기를 하다가 촉한 유현덕의 귀가 길었다는 소리를 들었을 때, 그게 코였더라면 얼마나 안심이 되었을까 싶었다.

큰스님이 이렇게 소극적인 근심을 하면서, 한편으로는 또 적극적으로 코를 짧게 할 방법들을 시도했다는 것은 말할 필

---

5) 헤이안 시대 이후 남자들의 평상복.
6) 안감이 없는 옷의 총칭.
7) 석가의 제자들.
8) 석가의 가르침을 전한 인도 불교의 이론가들.

요도 없다. 큰스님은 이 방면에서도 할 수 있는 일은 거의 다해 보았다. 쥐참외를 달여 먹어 본 적도 있었다. 쥐 오줌을 코에 발라 본 적도 있었다. 하지만 별짓을 다해 봐도 코는 여전히 대여섯 치 길이로 대롱대롱 입술 위까지 늘어져 있는 것이 아닌가.

그러던 어느 해 가을, 큰스님의 심부름도 할 겸, 교토에 다녀온 제자승이 아는 의사한테서 긴 코를 짧게 만드는 법을 배워 왔다. 이 의사는 원래 중국에서 건너온 남자인데 당시 조라쿠지(長樂寺)의 공승9)이 되어 있었다.

큰스님은 언제나 그렇듯이 코 같은 건 전혀 신경 쓰지 않는 척하느라, 굳이 그 방법을 곧바로 써 보자는 말도 하지 않았다. 그러면서도 한편으로는, 식사 때마다 제자승을 귀찮게 하는 것이 마음에 걸린다는 둥 운을 떼웠다. 속으로는 물론 제자승이 먼저 나서서 이 방법을 써 보시라고 권하기를 고대하다가 한 얘기였다. 제자승 역시 큰스님의 이런 속내를 모를 리가 없었다. 그러나 그에 대한 반감보다는, 큰스님이라는 양반이 그렇게 잔머리를 써야 하는 심정 쪽이 더 강하게 제자승의 동정을 불러일으켰던 것일까. 제자승은 큰스님의 짐작대로, 이 방법을 써 보자며 끈질기게 권하기 시작했다. 그러자 큰스님도 예상대로 결국 이 열성 넘치는 권고를 따르기로 했다.

그 방법이라는 것은, 그저 뜨거운 물로 코를 삶아, 사람이 그 코를 밟게 한다는, 지극히 간단한 것이었다.

---

9) 본존을 모시며 경문을 읽는 승려.

더운물이야, 절에 있는 욕탕에서 날마다 끓여 내고 있었다. 그래서 제자승은 손도 못 댈 것처럼 펄펄 끓는 물을 금세 주전자에 담아 받아 왔다. 하지만 주전자에 직접 코를 담그려 들었다가는 뜨거운 김에 얼굴을 델 수도 있었다. 그래서 나무 쟁반에 구멍을 뚫어 그것을 주전자 뚜껑 대신 덮고서는 그 구멍으로 코를 뜨거운 물속에 담그기로 했다. 그런데 코를 뜨거운 물속에 담가도 조금도 뜨겁지가 않았다. 잠시 후에 제자승이 말했다.

"이제 다 익었을 것 같은데요."

큰스님은 쓴웃음을 지었다. 이 말만 듣고는 누구도 코 이야기라고는 눈치채지 못하겠지 싶어서였다. 코는 뜨거운 물에 삶아져서 벼룩에 쏘인 듯 가려웠다.

제자승은 큰스님이 쟁반 구멍에서 코를 빼내고는 아직 김이 피어오르는 그 코를, 양발에 힘을 줘 가며 밟기 시작했다. 큰스님은 엎드린 채 코를 마룻바닥에 늘여 놓고 제자의 발이 위아래로 움직이는 것을 눈앞에서 보고 있었다. 제자승은 이따금 안됐다는 듯한 얼굴로 큰스님의 대머리를 내려다보며 이런 소리를 했다.

"아프지는 않으세요? 의사는 꽉꽉 밟으라고 하던데. 그래도 아프지 않으세요?"

큰스님은 고개를 저어 아프지 않다는 뜻을 전하려 했다. 그런데 코가 밟힌 채라 마음대로 고개를 움직일 수가 없었다. 그래서 눈을 치켜뜨고 제자승의 터서 갈라진 발을 쳐다보며 화가 난 것 같은 목소리로 대답했다.

12

"안 아프다니까."

사실은 가렵던 코를 밟아 주니 아픈 것이 아니라 오히려 시원할 정도였다.

한참을 밟고 있자니 마침내 좁쌀 알갱이 같은 것이 코에 나타나기 시작했다. 이를테면 털을 뽑은 새를 그대로 통구이한 것 같은 모양이었다. 제자승은 이것을 보더니 발을 멈추고 혼잣말처럼 이렇게 말했다.

"이걸 족집게로 뽑으라는 말씀이렸다."

큰스님은 불만스럽다는 듯이 부루퉁해서는 잠자코 제자승이 하는 대로 맡겨 두고 있었다. 물론 제자승이 자기를 생각해서 하는 일이라는 것을 모르는 건 아니었다. 그건 알지만, 자기 코를 마치 물건 다루듯 하는 것이 기분 나빴기 때문이었다. 큰스님은 못 믿을 의사에게 수술을 받는 환자 같은 얼굴로 마지못해 제자승이 코의 모공에서 족집게로 기름 덩어리를 뽑아내는 것을 쳐다보았다. 새 깃털 대 같은 모양의 기름이 네 푼[10] 길이로 뽑혀 나왔다.

마침내 이 작업이 한차례 끝나고 나자, 제자승은 한숨 돌렸다는 표정으로 말했다.

"이걸 한 번 더 삶으면 됩니다."

큰스님은 이번에도 미간을 잔뜩 찌푸린 채 마뜩지 않은 얼굴로 제자승이 하는 대로 내버려 두었다.

그런데 두 번째 익힌 코를 꺼내 보니, 과연 평소보다 짧아져

10) 한 푼은 미터법으로 0.3센티미터.

있었다. 이 정도면 어디서나 볼 수 있는 매부리코와 그다지 다를 게 없었다. 큰스님은 짧아진 코를 어루만지며 제자승이 내미는 거울을, 겸연쩍다는 듯이 슬며시 들여다보았다.

코는, 턱 아래까지 늘어져 있던 그 코는, 정말 거짓말처럼 오그라들어 지금은 겨우 윗입술 위에 초라한 모습으로 색색거리고 있었다. 군데군데 울긋불긋한 것은 아마도 밟힌 자국이리라. 이쯤 되면 이제 아무도 웃는 사람이 없을 것임에 분명했다. 거울 속에 있는 큰스님의 얼굴은 거울 밖의 큰스님을 보며 만족스럽다는 듯 눈을 껌벅였다.

그러나 그날은 아직 온종일, 코가 다시 늘어나지나 않을까 하고 불안해했다. 그래서 큰스님은 독경을 하면서도 식사를 하면서도 시간만 나면 손으로 슬쩍 코끝을 만져 보곤 했다. 하지만 코는 얌전하게 입술 위에 자리를 잡고 그보다 아래까지 늘어질 별다른 조짐이 없었다. 그러고 나서 하룻밤을 자고, 이튿날 일찌감치 잠이 깨자마자 큰스님은 맨 먼저 자기 코를 만져 보았다. 코는 여전히 짧았다. 덕분에 큰스님은 몇 년이나 법화경을 필사하여 공을 쌓기라도 한 듯한, 거칠 것 없는 기분이 들었다.

그러나 이삼일쯤 지나면서, 큰스님은 생각지 못한 사실을 발견했다. 마침, 볼일이 있어 이케노오 절을 찾아온 사무라이가 전보다 더욱 우습다는 듯한 얼굴로 이야기도 제대로 못 하고 큰스님의 코만 뚫어져라 바라보다 간 것이었다. 뿐만 아니라 언젠가 큰스님의 코를 죽사발 속에 떨어뜨렸던 동자로 말할 것 같으면 강당 밖에서 큰스님과 마주칠 때마다 처음에는

고개를 숙이고 웃음을 참았으나 끝에 가서는 도저히 못 참겠
는지 풋, 하고 웃음을 터뜨려 버렸다. 절의 잡용을 맡은 하급
승려들은 얼굴을 마주 보는 동안에는 조심히 듣다가도 큰스
님이 등만 보였다 하면 금세 쿡쿡거리며 웃기 시작한 게 한두
번이 아니었다.

큰스님은 처음에는 이게 다 자기 얼굴이 변했기 때문이라
고 생각했다. 그러나 아무래도 그것만으로는 충분히 설명이
되지 않는 것 같았다. 물론 동자들이나 하급 승려들이 비웃는
건 그 때문임에 분명했다. 하지만 똑같이 비웃어도 코가 길었
던 옛날과는 어딘가 웃는 꼴이 달라 보였다. 눈에 익은 기다란
코보다 낯선 짧은 코 쪽이 더 우스꽝스러워 보인다고 하면 그
뿐이다. 그러나 아직 뭔가가 있는 것만 같았다.

"예전엔 저렇게 대놓고 웃지는 않았는데 말이야……."

큰스님은 읽으려던 경문을 내려놓고, 벗어진 머리를 갸웃
하면서 때때로 이렇게 중얼거리곤 했다. 경애하는 큰스님은
이럴 때면 반드시, 멍하니 한편에 걸어 둔 보현 보살[11] 화상을
바라보면서 코가 길었던 사오일 전을 떠올리고는 '지금은 더
없이 비천해져 버린 사람이, 영화롭던 옛날을 그리워하듯이'
풀이 죽어 버리는 것이었다. 유감스럽게도 큰스님에게는 이
런 질문에 대답할 만한 지혜가 없었다.

인간의 마음에는 서로 모순되는 두 가지 감정이 있다. 물론
타인의 불행에 동정하지 않는 자는 아무도 없다. 그런데 그 사

---

11) 하얀 코끼리를 타고 다니며 부처의 자비를 전하는 보살.

람이 그 불행을 어찌어찌 빠져나오게 되면 이번에는 이쪽에서 뭔가 부족한 듯한 심정이 된다. 조금 과장해 보자면, 다시 한 번 그 사람을 같은 불행에 빠뜨려 보고 싶다는 생각조차 든다. 그리하여 어느 틈엔가 소극적이기는 해도, 그 사람에 대해 일종의 적의를 품게 되는 것이다. 큰스님이 이유를 알지 못하면서도 어쩐지 불쾌한 기분을 느꼈던 이유는, 이케노오 승속들의 태도에서 바로 그런 방관자의 이기주의를 자기도 모르게 깨달았기 때문이었다.

그래서 큰스님은 날이 갈수록 언짢은 기색이었다. 누구에게든 말을 두 마디째 할 때에는 이미 심술궂게 야단을 쳤다. 끝내는 정작 코를 치료해 준 제자승마저 "큰스님은 밉살맞게 군 벌을 받을 거야."라며 흉을 볼 정도였다. 특히 큰스님을 노하게 한 것은 바로 장난꾸러기 동자였다.

어느 날, 요란하게 개 짖는 소리가 나기에 큰스님이 무심결에 밖으로 나와 보니, 동자는 두 자쯤 되는 막대기를 휘두르며, 털이 덥수룩한 말라깽이 삽살개를 쫓아다니고 있었다. 그것도 그냥 쫓아다니는 게 아니었다. "코를 맞아 볼래? 자, 코 맞아 볼래?" 하고 놀려 가며 쫓아다니고 있는 것이었다. 큰스님은 동자의 손에서 그 막대기를 낚아채어 그 얼굴을 호되게 후려쳤다. 나무 막대기는 전에 코를 받치던 바로 그것이었다.

큰스님은 어설프게 코가 짧아진 것이 오히려 원망스러워지기까지 했다.

그러던 어느 날 밤이었다. 날이 저물면서 갑자기 바람이 일었는지, 탑에 달린 풍경 울리는 소리가 베갯머리까지 시끄러울 정도로 들려왔다. 게다가 추위까지 한층 심해지는 통에 나이 많은 큰스님은 자려 해도 잘 수가 없었다. 그래서 이부자리 속에서 말똥말똥하고 있으려니, 별안간 코가 몹시 가려웠다. 손을 대 보니 물기를 머금은 듯 약간 부어 있었다. 어쩐지 거기에만 열이 도는 듯도 했다.

'억지로 짧게 만들어서 병이 난 건지도 몰라.'

큰스님은 불전에 선향을 올릴 때처럼 공손한 손길로 코를 눌러 가며 이렇게 중얼거렸다.

이튿날 아침, 큰스님이 여느 때처럼 일찍 눈을 떠 보니 절 안의 은행이니 칠엽수가 하룻밤 새 잎을 다 떨어뜨려 마당은 황금을 깔아 놓은 듯 찬란했다. 탑 꼭대기에는 서리가 내린 탓일까, 아직 옅은 아침 해에 구륜[12]이 눈부시게 반짝이고 있었다. 젠치 큰스님은 덧문을 올린 대청에 서서 깊숙이 숨을 들이마셨다.

거의 잊어버린 듯한 어떤 감각이 다시금 큰스님에게 돌아온 것은 바로 이때였다.

큰스님은 황급히 코로 손을 가져갔다, 손에 닿은 것은 어젯밤의 짧은 코가 아니었다. 윗입술의 위쪽부터 턱밑까지 대여섯 치나 늘어져 있던, 옛날의 기다란 코였다. 큰스님은 코가 하룻밤 새 다시 원래대로 길어졌다는 것을 알았다. 그리고 그와 동시에 코가 짧아졌을 때와 마찬가지로, 홀가분한 기분이 어디선지 모르게 되돌아온 것을 느꼈다.

---

12) 불탑 꼭대기에 있는 아홉 개짜리 구형 장식물.

'이렇게 됐으니 다시는 아무도 비웃지 않겠군.'

큰스님은 마음속으로 이렇게 자신에게 속삭였다. 기다란 코를 동틀 녘 가을바람에 흔들거리며.

마죽

간교(元慶) 말인가, 닌나(仁和) 초[13]에 있었던 이야기일 것이다. 어느 쪽이건 간에 시대는 이 이야기에서 별로 중요한 역할을 하지 않는다. 독자는 그저 헤이안 시대라는, 먼 옛날이 배경이라는 것만 알면 된다. 그 당시 섭정 후지와라 모토쓰네를 섬기는 사무라이 가운데 아무개라고 하는 오위(五位)[14]가 있었다.

이 역시 아무개라고 쓰지 않고 누구누구라고 제대로 성명을 밝히고 싶지만, 아쉽게도 옛날 기록에 그것이 전해지지 않는다. 아마 사실 전해 내려올 만큼 중요하지 않은 평범한 남자였던 것이리라. 도대체가 옛날 기록의 필자라는 이들은 평범

---

13) 헤이안 시대 연호. 간교는 877년부터 885년까지, 닌나는 885년부터 889년까지.
14) 귀족의 임명직 중 가장 낮은 것.

한 인간이나 이야기에 그다지 흥미를 못 느꼈던 모양이다. 이런 점에서 그들과 일본의 자연주의 작가들은 많이 다르다. 왕조 시대 작가는 의외로 한가하지가 않았다. 어쨌든 섭정 후지와라 모토쓰네를 모시던 사무라이 중에 아무개라고 하는 오위가 있었다. 그가 이 이야기의 주인공이다.

오위는 풍채가 몹시 보잘것없는 남자였다. 우선 키가 작았다. 그리고 코는 붉고 눈꼬리가 쳐져 있었다. 수염은 난 둥 만 둥 했다. 볼이 움푹 패여 있어서 턱이 보통 사람보다 훨씬 뾰족해 보였다. 입술에 이르면…… 일일이 헤아리자니 끝도 없다. 우리 오위의 외모는 그 정도로 범상치 않게 볼품없이 생겨 먹었던 것이다.

이 남자가 언제 어떤 이유로 모토쓰네를 모시게 되었는가, 그것은 아무도 몰랐다. 하지만 꽤나 오래전부터, 한결같이 색 바랜 스이칸에 한결같이 구겨진 에보시(烏帽子)[15]를 쓰고 한결같은 업무를 질리지도 않고 날마다 되풀이하고 있었다는 것만은 확실했다. 그 결과일까, 이제 와서는 누가 봐도 이 남자에게 젊은 시절이 있었다고는 생각할 수 없었다.(오위는 마흔을 이미 넘겼다.) 그 대신, 태어났을 때부터 그렇게 추워 보이는 딸기코와 흉내만 낸 수염을, 스자쿠 대로에 부는 시가지의 바람에 날리고 있었을 것만 같았다. 위로는 주군인 모토쓰네부터 아래로는 소를 끄는 꼬마[16]까지 무의식중에 모두들 그렇

15) 사무라이들이 주로 쓰던 두건의 일종.
16) 헤이안 시대 귀족의 주된 이동 수단인 우마차를 모는 시동.

게 믿어 의심치 않았다.

풍채가 이러한 사내가 주위에서 받는 대접이라는 것은 아마 굳이 여기에 적을 필요도 없을 것이다. 숙직실의 사무라이들은 오위에 대해서는 거의 파리만큼도 주의를 기울이지 않았다. 지위 고하를 떠나 합해서 한 스무 명 되는 하급직들조차 그가 드나드는 것에는 이상할 만큼 냉담했다. 오위가 뭐라 명령을 해도 결코 자기들끼리 하던 잡담을 그만두는 적이 없었다. 그들에게는 공기가 거기 있는 것이 보이지 않는 것처럼 오위가 거기 있는 것 역시 눈에 들어오지 않았던 것이리라. 하급직들이 이럴 정도면 행정 관리며 수석 관리 등 상급직 사람들이 아예 그를 상대도 안 해 주는 것은 차라리 당연한 일이었다. 그들은 오위에 대해서는 거의 어린애 같은 무의식적 악의를 냉랭한 표정 뒤에 감추고 무슨 말이건 손가락을 까딱하는 걸로 끝내 버렸다. 인간에게 언어가 있는 것은 우연이 아니다. 따라서 손짓만으로는 전달하기 어려운 일도 간혹 생겼다. 하지만 그들은 그게 다 오위의 이해력에 결함이 있어서라고 생각하는 모양이었다. 그래서 뭔가 문제라도 생기면 이 남자의 비뚤어진 모미에보시 꼭대기에서부터 다 해어진 짚신 끄트머리까지 빠짐없이 훑어보고는 코웃음을 치며 쌩하니 돌아서 버리는 것이었다. 그런데도 오위는 화를 낸 적이 없었다. 그는 모든 부정을 부정이라 느끼지 않을 만큼, 한심하고 겁 많은 인간이었던 것이다.

그런데 동료 사무라이들의 경우, 아예 나서서 그를 놀리려들었다. 손위 동료가 그의 별 볼 일 없는 풍채를 놓고 해묵은 농담을 하려 드는 것과 마찬가지로 나이 어린 동료 역시 그걸 또 기회랍시고 이른바 말재주를 연습하려 들었다. 다들 오위의 눈앞에서 질리지도 않고 그의 코며 수염, 에보시와 스이칸을 품평해 댔다. 그뿐이 아니었다. 그가 오륙 년 전에 헤어진 주걱턱 아내나, 그 아내와 바람이 났다는 술고래 중놈까지 놓고 때때로 입방아를 찧었다. 게다가 툭하면 그들은 엄청나게 질이 나쁜 장난까지 쳤다. 지금 와서 일일이 열거할 수도 없다. 그러나 그의 대나무 통 속 술을 마셔 버리고 거기다 오줌을 넣어 두었다는 것만 써 두어도 그 밖의 일들은 대충 상상할 수 있을 것이다.

하지만 오위는 이런 놀림들에 대해 아예 무감각했다. 적어도 옆에서 보기에는 무감각한 것 같았다. 그는 무슨 소리를 들어도 얼굴색 하나 바뀐 적이 없었다. 잠자코 언제나처럼 초라한 수염을 쓰다듬으며 그저 제 할 일을 할 뿐이었다. 다만 동료들의 장난이 너무 지나쳐서 상투에 종잇조각을 매단다거나 칼집에 짚신을 묶어 둔다거나 하면 그는 웃는 것인지 우는 것인지 알 수 없는 울상을 지으며 "안 되겠구먼, 자네들." 했다.

그 얼굴을 보고 그 소리를 들은 이들은 누구나 한순간, 일종의 안쓰러움을 느끼고 만다. 그들에게 괴롭힘 당하는 것은 비단 이 붉은 코 오위 한 사람만이 아니다. 모르는 누군가, 그것도 다수의 누군가가 오위의 얼굴과 음성을 빌어 그들의 무정함을 책망하는 것만 같았다. 그런 느낌이 희미하게나마 마음에 어느 순간 사무쳐 오기도 했던 것이다. 다만 그때의 기분을 언제까지나 그대로 품는 자는 지극히 드물었다. 그 드문 사람 중 하나가 어떤 무위(無位)의 사무라이였다. 그는 단바 출신 사내로 아직은 솜털 같은 수염이 겨우 코 밑에 거뭇거뭇 나기 시작한 젊은 청년이었다. 물론 이 남자 역시 처음에는 남들과 같이 아무 이유도 없이 붉은 코 오위를 경멸했다. 그런데 어느 날, 어쩌다가 "안 되겠구먼, 자네들." 하는 소리를 듣고부터는 그 말이 웬일인지 머리에서 떠나지 않았다. 그 후 이 남자의 눈에만은 오위가 전혀 다른 사람으로 보이게 되었다. 영양 부족에 혈색 나쁜, 멍청한 오위의 얼굴에서 세상의 박해에 '울상'을 지은 '인간'이 엿보였기 때문이었다. 이 무위의 사무라이에게는 오위가 떠오를 때마다 세상 모든 것이 갑작스레 본래의 열등함을 드러내는 것처럼 느껴졌다. 그리고 그와 동시에 볼품없는 딸기코와 수를 헤아릴 만큼 듬성한 수염 등이 어쩐지 일말의 위안을 자신의 마음에 전해 주는 듯이 여겨졌다……

하지만 그것은 오직 이 남자 하나에게만 한정된 일이었다. 이런 예외를 제외하면 오위는 여전히 주위의 경멸 속에서 개와 같은 삶을 이어 가야만 했다. 우선, 그에게는 옷이라고 할 만한 것이 하나도 없었다. 군청색 스이칸과 똑같은 색의 사시누키(指貫)[17]가 한 벌씩 있었지만, 이젠 그것이 다 낡아 남색인지 파란색인지 알 수 없게 되어 버렸다. 스이칸은 그나마 어깨가 후줄근히 내려앉고 옷에 단 끈이며 국화 장식의 색이 변한 정도였지만 사시누키 같은 경우는 옷단이 보통 해진 것이 아니었다. 그 사시누키 안에 속바지도 못 입은 말라빠진 다리

---

17) 일본의 전통 의상. 발목을 졸라매는 바지의 일종.

가 튀어나와 있는 것을 보면, 굳이 입이 건 동료가 아니더라도 몰락한 귀족의 우마차를 끌고 있는 깡마른 소의 걸음을 보는 듯 애처로운 기분이 들었다. 게다가 차고 다니는 칼 역시, 이게 또 너무나 초라해서 손잡이의 금속 장식도 볼품이 없고 칼집 칠도 벗겨져 있었다. 이런 꼴이니 딸기코에 칠칠맞게 조리(草履)[18]를 끌고 그렇지 않아도 새우등인데 추운 날씨에 한층 더 움츠린 채 궁상맞게 좌우를 흘낏거리며 종종걸음으로 걸어 다니는 걸 보고 지나가던 장사치들조차 우습게 여기는 것도 이상할 것은 없었다. 사실은 이런 일까지 있었다……

어느 날, 오위가 산조보몬 길을 신센엔(神泉苑)[19] 방향으로 가고 있자니 아이들이 예닐곱 명, 길바닥에 모여 뭔가 하고 있는 것이 보였다. 팽이 놀이라도 하나 싶어 뒤에서 들여다보았는데, 어디서 흘러 들어온 것인지 삽살개 목에 새끼줄을 감아 놓고 치고 때리고 하는 것이었다. 겁쟁이 오위는 뭔가 동정을 할 만한 일이 있어도 주변에 신경을 쓰느라 지금껏 단 한 번도 그것을 행위로 나타낸 적이 없었다. 하지만 이때만은 상대가 아이들이라는 것도 있어 조금 용기를 냈다. 그래서 한껏 웃는 얼굴을 지어 가며 조금 큰 아이의 어깨를 토닥이고는 "이제 그만 봐 줘라. 개도 맞으면 아픈 법이야." 하고 말을 걸었다. 그러자 그 아이는 돌아보더니 눈을 치뜨고 경멸하듯 힐끗힐끗 오위를 바라보았다. 말하자면 숙직실에서 관리들이 말이

---

18) 일본의 전통 신발. 엄지와 검지 사이를 끈이나 띠로 고정.
19) 헤이안 궁성 가까이 있던 정원으로 동서 200미터, 남북 400미터 크기.

안 통할 때 이 남자를 보는 듯한 얼굴로 본 것이었다. "쓸데없는 참견은 안 해도 될 텐데." 그 아이는 한 걸음 물러나며 오만하게 입술을 비죽이더니 이렇게 말했다. "뭐야, 이 딸기코 자식은." 오위는 이 말에 자기 얼굴을 후려 맞은 느낌이었다. 하지만 그것은 욕설을 듣고 화가 나서는 전혀 아니었다. 안 해도 될 소리를 해서 창피를 당한 자신이 한심해서였다. 그는 무안함을 쓸쓸하게 웃음으로 눙쳐 가며 다시 신센엔 쪽으로 걸음을 옮겼다. 뒤에서는 아이들 예닐곱이 어깨를 겯고서 '용용 죽겠지.'를 해 가며 혓바닥을 날름거리고 있었다. 물론 그는 그 사실을 몰랐다. 알고 있었다 한들, 마음 약한 오위에게 달라질 건 또 무엇이랴.

그렇다면 이 이야기의 주인공은 그저 경멸당하기 위해서 태어난 인간일 뿐 달리 아무런 희망도 품지 않았던가 하면 그렇지도 않았다. 오위는 오륙 년 전부터 마죽이라는 것에 대해 예사롭지 않은 집착을 가지고 있다. 마죽이라는 것은 산에서 나는 마를 잘라 넣고 돌외덩굴 즙으로 끓인 죽을 가리킨다. 당시에는 이것이 더없는 진미로서 위로는 천황의 식탁에까지 올랐다. 따라서 우리 오위 같은 인간의 입에는 일 년에 한 번, 어쩌다 신년회 때나 되어야 들어왔다. 그런 때조차 먹을 수 있는 것은 겨우 목을 축일 정도의 적은 양이었다. 그랬기 때문에 마죽을 한번 실컷 먹어 보고 싶다는 것이 오래전부터 그의 유일한 욕망이 되어 있었다. 물론 그는 그것을 누구에게도 이야기한 적이 없었다. 아니 그 자신조차 그것이, 자신의 평생에 걸친 일관된 욕망이라고는 뚜렷하게 의식하지 못했을 것이다. 하지만 그는 사실 바로 그것 때문에 살고 있다고 해도 지나치지 않을 정도였다. 인간은 간혹 충족할 수 있을지 없을지 모르는 욕망을 위해 일생을 바쳐 버리기도 한다. 그것을 어리석다고 비웃는 자는 필경, 인생에 대한 방관자에 불과할 것이다.

그러나 오위가 꿈에 그리던 '질릴 만큼 마죽을 먹는' 일은 의외로 쉽사리 실현되었다. 그 경과를 밝히려는 것이 이 마죽 이야기의 목적이다.

어느 해 정월 초이틀, 모토쓰네의 저택에서 이른바 신년회가 있던 때의 일이었다.(이 신년회는 궁에서 열리는 신년회와 같은 날, 섭정 관백 가문에서 대신 이하의 관리 가운데 직책 있는 자들을 초대하여 베푸는 잔치로, 궁정 연회와 별로 다를 것이 없었다.) 오위도 다른 사무라이들과 섞여 그 남은 음식을 나누어 받아 먹었다. 당시는 아직 연회에서 남은 음식들을 정원에 던져 빈민들에게 나누는 관습이 없었으므로 남은 음식을 그 집안 사무라이들이 한곳에 모여 먹게 되어 있었기 때문이었다. 물론 궁정 연회와 비슷하다고는 하지만 옛날 일이니 가짓수가 많은 데 비하면 별것이 없었다. 떡, 쌀만두 튀김, 전복 찜, 쪄서 말린 닭고기, 우지의 빙어, 오우미의 붕어, 얇게 썬 말린 도미, 염장한 연어알, 구운 문어, 큰 새우, 홍귤, 감귤, 유자, 곶감 등이었다. 다만 그중에 바로 그 마죽이 있었다. 오위는 매년 이 마죽을 고대했다. 하지만 항상 사람이 너무 많아 그가 먹을 수 있는 것은 얼마 안 되었다. 그런데 올해는 유난히 더 적었다. 더구나 그렇게 생각해서일까, 여느 때보다 훨씬 맛있었다. 그래서 그는 다 먹고 난 빈 그릇을 물끄러미 바라보며 볼품없는 수염에 묻어 있는 죽을 손바닥으로 훑고는 누가 들으라는 건지 "언제나 되어야 이걸 실컷 먹어 보려나." 하고 말했다.

"오위께서는 마죽을 실컷 드셔 본 적이 없는 모양이군요?"

오위의 말이 채 끝나기도 전에 누군가 코웃음을 쳤다. 착 가라앉은 의젓하고 사무라이다운 목소리였다. 오위는 새우등 위에 얹힌 고개를 들고 겁먹은 듯 그 사람 쪽을 보았다. 목소리의 주인은 그 무렵 같은 모토쓰네의 하급 가신이 되어 있던, 민부경[20]의 장 도키나가의 아들 후지와라 도시히토였다. 어깨가 널찍하고 키가 남들 위로 우뚝 솟은 늠름한 거한으로, 군밤을 씹어 가며 구로키[21] 잔을 비워 내고 있었다. 이미 상당히 취기가 돈 모양이었다.

"정말 안되셨구려." 도시히토는 오위가 고개를 든 것을 보더니 경멸과 연민이 섞인 소리로 말을 이었다. "원하신다면 도시히토가 질리게 해 드리겠소."

항상 구박을 받는 개는 어쩌다가 고기를 던져 줘도 쉽사리 다가서지 않는다. 오위는 언제나처럼 웃는지 우는지 알 수 없는 얼굴을 하고 도시히토의 얼굴과 빈 그릇을 번갈아 힐끗거렸다.

"싫으신가?"

"……."

---

20) 조세와 호적, 인구 등을 관장하던 부서.
21) 천황이 즉위 후 처음 지내는 대상제에 사용하는 검은 술.

"어떻소?"

"……."

오위는 점차 사람들의 시선이 자기에게 모이는 것을 느끼기 시작했다. 대답 한 마디 잘못했다가는 또 한 번 모든 이들의 조롱을 받아야만 한다. 어쩌면 어떻게 대답을 하든 결국 멍청이 노릇을 하게 될 것 같기도 했다. 그는 망설였다. 만약 그때, 상대방이 약간 성가시다는 듯한 음성으로 "싫다면 굳이 더 말하지 않겠소." 하지 않았더라면 오위는 언제까지나 그릇과 도시히토를 번갈아 쳐다보고만 있었을 것이다.

그는 그 말을 듣더니 서둘러 대답했다.

"아니…… 황송하오이다."

이 문답을 듣고 있던 자들은, 모두 한꺼번에 실소했다. "아니…… 황송하오이다."라며 오위의 대답을 흉내 내는 이마저 있었다. 이른바 등황귤홍(橙黃橘紅)을 쌓아 올린 움푹한 그릇과 굽 높은 그릇 위로 수많은 모미에보시와 다테에보시가 웃음소리와 함께 한바탕 파도치듯 출렁였다. 그중에서도 가장 큰 소리로 기분 좋게 웃어 제낀 것은 도시히토 본인이었다.

"그럼 조만간 연락을 드리겠소." 그렇게 말하며 그는 설핏 얼굴을 찡그렸다. 솟구치는 웃음과 지금 막 들이킨 술이 목구멍에서 섞였던 것이다.

"……정말, 괜찮은 게요?"

"황송하오이다."

오위는 벌게져서 더듬어 가며 다시 같은 대답을 되풀이했다. 다들 또 한 번 웃음보를 터뜨린 것은 말할 것도 없다. 그 소리를 듣고 싶어 일부러 다짐을 둔 도시히토 같은 자는 물론 조금 전보다 훨씬 더 우습다는 듯이 넓은 어깨를 들썩이며 너털웃음을 웃었다. 이 북쪽 지방 야인은 생활 방식이라곤 두 가지밖에 익히지 못했다. 한 가지는 술을 마시는 것이고 또 하나는 웃는 것이었다.

하지만 다행히도 대화의 중심은 곧 이 두 사람을 벗어났다. 이것은 어쩌면 다른 사람들이, 설령 조롱이라 하더라도 모든 이의 주의가 이 딸기코 오위에게 집중되는 것을 못마땅해한 탓인지도 모른다. 어쨌든 화제가 여기저기로 옮겨 갔고 술과 안주가 떨어져 갈 무렵에는 아무개라는 견습 사무라이가 무카바키(行藤)[22] 한쪽 가랑이에 두 발을 집어넣고 말을 타려 했다는 이야기가 그 자리의 흥밋거리가 되었다. 그러나 오위만은 마치 다른 이야기가 들리지 않는 듯했다. 아마도 마죽이라는 두 글자가 그의 모든 생각을 지배하고 있었기 때문이리라. 구운 꿩고기가 앞에 놓여도 젓가락을 대지 않았다. 구로키 잔이 있어도 입을 대지 않았다. 그는 그저 두 손을 무릎에 올려놓고 맞선 보는 아가씨처럼, 서리가 내리기 시작한 살쩍 근처까지 상기되어 언제까지나 비어 버린 검은 옻칠 그릇을 응시하며 부질없이 미소 짓고 있는 것이었다.

그로부터 사오일 지난 어느 날 오전, 가모가와 강변을 따라 아와타구치로 가는 큰길에 조용히 말을 타고 가는 두 사내

---

22) 모피로 만든 하의의 일종. 주로 승마할 때 허리에 두름.

가 있었다. 한 사람은 쪽빛 사냥복에 같은 색 하카마를 입고, 금속 장식 칼을 찬 '짙은 수염에 머리숱 많은' 남자였다. 또 한 사람은 초라한 푸른색 스이칸에 얇은 솜옷 두어 벌을 껴입은 한 마흔 되어 보이는 사무라이였는데 이쪽은 칠칠맞게 묶어 둔 허리띠하며 딸기코, 더구나 콧물로 지저분한 콧구멍 언저리까지 차림새 구석구석이 궁상맞기 이를 데 없었다. 하지만 말은 두 사람 다, 앞쪽은 밝은 황갈색, 뒤쪽은 검은 털이 섞여 잿빛으로 보이는 세 살짜리 백마로, 길 가던 행상이며 사무라이들도 뒤돌아 볼 만큼 준족이었다. 그 뒤를 또 두 사람, 말 걸음을 놓칠까 봐 서두르는 것은 궁시를 든 종과 잡부가 분명했다. 이것이 도시히토와 오위 일행이라는 사실은 굳이 여기서 말할 필요도 없을 것이다.

겨울이라고는 하지만 고요하게 갠 날로, 바랜 듯한 강가의 돌들 사이, 졸졸 흐르는 물가에 선 말라비틀어진 쑥 이파리를 흔들 만한 바람도 없었다. 강가의 키 작은 버드나무는 잎 없는 가지에 물엿처럼 부드러운 햇살을 받아 우듬지에 있는 할미새의 꼬리가 움직이는 것까지, 선명한 그림자를 길 위에 떨어뜨리고 있었다. 히가시야마[23]의 어두운 숲 위로 서리 맞은 우단 같은 어깨를 온통 드러내고 있는 것은 아마도 히에이잔[24]이리라. 두 사람은 그 풍경 가운데 안장의 나전 장식을 햇빛에 눈부시게 번쩍여 가며 채찍질도 없이 유유히 아와타구치를

---

23) 교토 동쪽에 위치한 산.
24) 교토 북쪽에서 시가 현까지 이어지는 산.

향해 가고 있었다.

"어딥니까? 저를 데리고 가 주신다는 곳이."

오위가 익숙지 않은 손길로 말고삐를 말아 쥐며 말했다.

"바로 저기라오. 멀지 않으니 걱정 마시오."

"그러면 아와타구치 근방이겠구려."

"일단 그리 생각하시는 편이 좋겠지요."

도시히토는 오늘 아침 오위를 데리러 와서는 히가시야마 근처에 온천이 있으니 거길 가자고 하고 나온 참이었다. 딸기코 오위는 그 말을 믿었다. 한참 동안 목욕을 하지 않아서 온몸이 얼마 전부터 가려웠다. 마죽을 대접받는 데다가 목욕까지 할 수 있다니 더 바랄 것 없이 행복하구나, 이렇게 생각하며 도시히토가 미리 끌어다 둔 잿빛 말에 올라탔다. 그런데 말머리를 나란히 이곳까지 와 보니 아무래도 도시히토는 이 근처에 올 작정은 아닌 모양이었다. 실제로 이럭저럭 하는 사이에 아와타구치는 지나쳐 버렸다.

"아와타구치는 아니구려."

"그렇소, 조금 더 저쪽이오."

도시히토는 미소를 지으며 일부러 오위의 얼굴을 외면한 채 조용히 말을 몰았다. 양쪽으로 인가가 점차 뜸해지더니 이제는 드넓은 겨울 밭 위로 먹이를 쪼아 대는 까마귀가 보일 뿐, 산그늘도 사라지고 남은 눈빛도 푸르스름 아련했다. 맑기는 하지만 날카로운 거먕옻나무 우듬지가 눈 아프게 하늘을 찌르고 있는 것조차 어쩐지 서늘했다.

"그럼 야마시나 언저리인 것이오?"

"야마시나는 여기잖소. 조금 더 앞쪽이라오."

정말, 그러는 동안에 야마시나도 통과했다. 그뿐만이 아니었다. 어쩌다 보니 세키야마도 지나가서 이럭저럭 점심때가 좀 지났을 무렵에는 마침내 미이데라(三井寺) 앞까지 왔다. 미이데라에는 도시히토가 친하게 지내는 중이 있었다. 두 사람은 그 중을 찾아가 점심을 대접받았다. 다 먹고는 다시 말을 타고 길을 재촉했다. 가야 할 길은 지금까지 온 길에 비하면 훨씬 더 인적이 없었다. 특히 당시는 도적들이 사방에 날뛰는 험악한 시절이었다. 오위는 새우등을 한층 더 웅크리며 도시히토의 얼굴을 올려다보듯 물었다.

"아직 멀었소이까?"

도시히토는 미소를 지었다. 나쁜 짓을 하고는 그것이 들키게 된 어린아이가 어른을 향해 짓는 미소였다. 콧마루에 잡힌 주름과 풀어져 있는 눈 꼬리가 웃어 버릴까 말까 망설이고 있는 것 같았다. 그러더니 마침내 이렇게 말했다.

"실은 쓰루가[25]까지 모시고 가려던 참이었다오."

도시히토는 웃으면서 말채찍을 들어 먼 하늘을 가리켰다. 그 채찍 아래 오후의 햇빛을 받아 오우미 호수가 보석처럼 빛나고 있었다.

오위는 당황했다.

"쓰루가라 하시면 저 에치젠[26]에 있는 쓰루가 말씀이시구

---

25) 후쿠이 현의 항구 도시.
26) 후쿠이 현 중부 지역의 옛 이름.

려. 저기 에치젠의…….”

도시히토가 쓰루가 사람인 후지와라 아리히토의 사위가 되고 나서 대개 쓰루가에 머물고 있다는 사실을 평소 듣지 못한 건 아니었다. 그러나 그 쓰루가까지 자기를 끌고 가려 할 줄은 꿈에도 생각 못 했다. 첫째, 셀 수 없이 많은 산과 강을 사이에 두고 떨어져 있는 에치젠까지 이렇게 겨우 시종 둘만 데리고 어떻게 무사히 갈 수 있단 말인가? 더구나 요즘에는 오가는 나그네들이 도적에게 죽임을 당했다는 소문까지 사방에 돌고 있었다. 오위는 사정하듯이 도시히토의 얼굴을 쳐다보았다.

“이건 또 당치도 않구려. 히가시야마인가 했더니 야마시나, 야마시나인가 하니 미이데라, 이번에는 또 에치젠의 쓰루가라니, 도대체 어찌 된 일이오? 처음부터 그리 말씀하셨더라면 하인들이라도 데리고 왔을 것을. 쓰루가라니 터무니없이.”

오위는 거의 울상을 짓다시피 하며 중얼거렸다. 만일 ‘마죽을 실컷 먹는’ 것이 용기를 북돋지 않았더라면 그는 아마 거기서 헤어져 교토로 혼자 돌아왔을 것이다.

“나, 도시히토 한 사람이면 천 명이 있는 것과 같다고 생각하시오. 여행 걱정은 할 필요 없소.”

오위가 당황하는 것을 보더니 도시히토는 눈썹을 살짝 찡그리고 비웃었다. 그리고는 궁시를 든 시종을 부르더니 들려두었던 화살통을 등에 메고, 역시 그 손에서 검은 옻칠을 한 활을 받아들어 그것을 안장 위에 올려놓으며 앞서 말을 달렸다. 이렇게 된 이상 마음 약한 오위는 도시히토의 의지에 맹종하는 수밖에 없었다. 그는 소심하게 황량한 주변의 들판을 둘러보며 대충 외워 둔 관음경을 입안으로 외우면서 그 딸기코를 안장 앞쪽에 문지를 기세로 바싹 붙인 채 불안한 말 걸음을 그저 터벅터벅 옮길 따름이었다.

말발굽 소리가 울리는 망망한 들판은 누렇게 마른 갈대로 덮여 군데군데 고인 물웅덩이도 차갑게 푸른 하늘을 비치며 이 겨울 오후 그냥 그대로 얼어붙지 않을까 싶었다. 그 가장자리로는 일대의 산맥이 해를 등지고 있는 탓인지 반짝이는 잔설 빛도 없이 보라색 섞인 어두운 색을 기다랗게 끌고 있었는데 그것조차 쓸쓸한 몇 무더기 마른 갈대숲에 가려져 뒤따르는 두 시종의 눈에는 들어오지 않을 때가 많았다. 그런데 도시히토가 갑자기 오위 쪽을 돌아보며 말을 걸었다.

"때마침 좋은 하인이 나타났군그래. 쓰루가에 소식을 보냅시다."

오위는 도시히토가 한 말의 뜻을 잘 알 수 없어 머뭇머뭇하다가 그의 활이 가리키는 쪽을 바라보았다. 애초부터 사람의 모습이 보일 만한 곳이 아니었다. 다만 머루 비슷한 넝쿨이 관목 무더기에 휘감겨 있는 곳에 여우 한 마리가 따스한 털빛을 기울어 가는 햇빛에 드러내면서 어슬렁어슬렁 걸어갔다. 그러는 동안 여우는 재빨리 몸을 날려 순식간에 어디론가 달려가 버렸다. 도시히토가 느닷없이 채찍을 휘두르며 그쪽으로 말을 달리기 시작했기 때문이었다. 오위도 무심결에 도시히토 뒤를 따랐다. 종자들도 물론 그냥 있을 수 없다. 한동안 돌을 차는 말발굽 소리가 따각대며 광야의 고요함을 깨뜨렸지만 마침내 도시히토가 말을 멈추기에 보니 언제 잡은 것인지 벌써 여우 뒷다리를 묶어 거꾸로 안장 한쪽에 매달아 두고 있었다. 여우가 더 뛸 수 없는 곳까지 몰아가서는 그것을 말 아래 깔고 붙잡은 것이리라. 오위는 듬성듬성한 수염에 찬 땀을 서둘러 닦아 가며 가까스로 그 곁에 말을 갖다 댔다.

"여봐라, 여우. 잘 들어라." 도시히토는 여우를 눈앞까지 높이 들어 올리고는 일부러 엄숙한 소리를 내며 이렇게 말했다. "오늘 밤 안으로 쓰루가의 도시히토 저택으로 가서 이렇게 일러라. '도시히토는 지금 곧 손님을 모시고 내려올 것이다. 내일 사시[27]쯤 다카시마 근방까지 남종들을 마중 나오게 하고 안장 없은 말 두 마리를 끌고 오도록 해라.' 알겠느냐? 잊지 마라."

말을 마침과 동시에 도시히토는 여우를 한 번 흔들고는 멀리 풀숲으로 집어 던졌다.

"우와, 엄청나게 빨리도 뛰네."

가까스로 따라온 두 시종은 도망치는 여우를 보고는 손뼉을 쳐 가면서 소란을 떨었다. 낙엽 색깔 같은 그 짐승의 등짝은 저녁 햇살 속을 거침없이 나무뿌리나 돌멩이도 걸리지 않는지 어디까지나 달려 나갔다. 일행이 서 있는 곳에서 손에 잡힐 듯이 그 모습이 보였다. 여우를 쫓고 있는 동안 어느새 그들은 광야가 완만한 사면을 이루며 물이 마른 강바닥과 하나가 되어 있는 땅의 꼭대기 쪽으로 나와 있었기 때문이었다.

"대단한 부하로구면."

오위는 순진한 존경과 찬탄을 흘려 가며, 여우까지 턱짓으

---

27) 오전 10시경.

로 부려 대는 야인의 얼굴을 새삼스럽게 우러러보았다. 자신과 도시히토 사이에 얼마나 큰 간격이 있는지, 그런 것은 떠올릴 틈도 없었다. 그저 도시히토의 의지로 지배되는 범위가 넓은 만큼, 그 의지 속에 포용되는 자신의 의지도 그만큼 자유로워졌다는 사실을 마음 든든하게 여길 따름이었다. 아부라고 하는 것은 아마도 이럴 때 가장 자연스럽게 생겨나는 것이리라. 독자는 앞으로 딸기코 오위의 태도에서 연회 자리의 어릿광대 비슷한 무언가를 발견하더라도, 그것만으로 공연히 이 사내의 인격을 의심하지 말았으면 한다.

내던져진 여우는 비스듬한 비탈을 구르듯이 달려 내려가서는 물이 없는 강바닥 돌멩이 사이를 솜씨 좋게 통통 뛰어넘더니 이번에는 건너편 비탈로 힘차게 비스듬히 달려 올라갔다. 달려 올라가면서 돌아다보니 저를 잡았던 사무라이 일행은 아직도 멀찍한 비탈 위에 말을 세워 두고 있었다. 그것이 마치 손가락을 세운 듯이 조그맣게 보였다. 특히 석양을 받은, 황토색 말과 잿빛 말은 서리를 머금은 공기 속에서 그린 듯이 떠올라 보였다.

여우는 머리를 젓고는 다시금 마른 갈대 사이로 바람처럼 내달렸다.

일행은 예정대로 이튿날 사시쯤 다카시마 언저리까지 도착했다. 비와 호에 면한 아담한 마을로, 어제와는 달리 무겁게 가라앉은 하늘 아래 초가집 몇 채가 여기저기 흩어져 있을 뿐, 언덕에 서 있는 소나무 사이로는 회색 물결을 일으키는 호수

수면이 닦는 것을 잊어버린 거울처럼 을씨년스레 펼쳐져 있었다. 여기까지 오자 도시히토는 오위를 돌아보며 말했다.

"저길 보시오. 종들이 마중을 나왔구려."

쳐다보니 정말 안장 없는 말 두 필을 끌고 이삼십 명쯤 되는 사내들이 말을 타기도 하고 걷기도 하면서 모두들 스이칸 소매를 찬바람에 휘날려 가며 호숫가 소나무 사이로 일행 쪽을 향해 서두르고 있었다. 마침내 이들이 가까워지나 싶더니 말을 탔던 사람들이 서둘러 안장에서 내리고 걷던 이들은 길바닥에 엎드려 모두들 공손하게 도시히토가 오는 것을 기다렸다.

"역시, 그 여우가 심부름을 한 모양이구려."

"타고나기를 둔갑하는 짐승이니 그 정도 심부름이야 아무것도 아니겠지요."

오위와 도시히토가 이런 이야기를 나누는 동안 일행은 가신들이 기다리고 있는 곳에 당도했다. "수고했네." 하고 도시히토가 말을 건넸다. 엎드려 있던 이들이 얼른 일어나 두 사람의 말고삐를 잡았다. 순식간에 시끌벅적해졌다.

"어젯밤에 신기한 일이 있었답니다."

두 사람이 말에서 내려 깔아 둔 가죽 위에 앉자마자 나무껍질색 스이칸을 입은 백발의 가신 하나가 도시히토 앞에 나오더니 이렇게 말했다.

"뭔데 그러는가?"

도시히토는 가신들이 가져온 술이며 도시락 따위를 오위에게 권해 가며 의젓하게 물었다.

"그것이 말씀입니다, 저녁 술시[28]쯤 마님께서 갑자기 정신을 잃으시더니 글쎄, '나는 사카모토의 여우다. 오늘 영주님께서 말씀하신 것을 전할 터이니 가까이 와서 잘 들어라.' 하시는 것 아니겠습니까? 그래서 저희가 말씀하시는 대로 다가갔더니 마님이 하시는 말씀이, '영주님께서 지금 갑작스런 손님을 모시고 내려오시는 참이다. 내일 사시경에 다카시마 근방까지 하인들을 마중 보내고 안장 없는 말 두 필을 끌고 오너라.' 하시는 것이었습지요."

 "그것 참 신기한 일이로구려."

 오위는 도시히토의 얼굴과 가신의 얼굴을 점잖게 번갈아 보며 양쪽 모두가 만족할 만한 맞장구를 쳤다.

 "그것도 그냥 말씀만 하시는 것이 아니었습니다. 너무나 두려우신 듯이 부들부들 떠시면서, '늦지 마라, 늦었다가는 내가 영주님께 의절을 당할지도 모르니.' 하며 내내 울고 계시는 것이었사옵니다."

 "하여 그 후에는 어찌 되었더냐?"

 "그러고는 지치셨는지 주무시기 시작하셨습니다. 저희들이 나올 때까지도 아직 기침하지 않으신 듯하였습지요."

 "어떠하오?" 가신의 이야기를 다 듣고 난 도시히토가 오위를 보고 젠 체하며 물었다.

 "이 몸은 짐승도 마음대로 부린다오."

 "정말 놀랄 수밖에는 없구려."

---

28) 오후 8시경.

오위는 딸기코를 긁적이며 잠깐 고개를 숙이더니 부러 놀랍다는 듯이 입을 벌려 보였다. 수염에는 지금 막 마신 술 방울이 묻어 있었다.

그날 밤 일이었다. 오위는 저택의 어느 방에서 작은 등잔불을 무심코 바라보며 잠들지 못한 긴 밤을 뜬눈으로 지새우고 있었다. 그러고 있노라니 저녁 무렵, 이곳에 도착할 때까지 도시히토와 그의 종복들과 함께 담소해 가며 넘어 왔던 소나무산, 시냇물, 마른 들판, 혹은 풀, 나뭇잎, 돌, 들불의 연기 냄새, 이런 것들이 하나씩 오위의 마음에 떠올랐다.

특히 저녁노을 속에 가까스로 이 집에 당도하여 긴 궤에 불을 피워 놓은 숯의 붉은 화염을 보았을 때 느꼈던 안도감, 그것도 지금 이렇게 누워 있으려니 먼 옛날 일로만 여겨졌다. 오위는 솜을 너댓 치나 두어 지은 노란색 히타타레(直垂)[29] 속에서 편안히 발을 뻗어 가며 멍하니, 자신이 누운 모습을 둘러보았다.

히타타레 속에는 도시히토가 빌려 준 노란 비단 솜옷을 두 장이나 껴입고 있었다. 그것만으로도 자칫 땀이 날 정도로 따뜻했다. 게다가 저녁 식사 때 한잔 걸친 술기운까지 겹쳤다. 머리맡의 덧문 하나 밖은 서리 내린 정원이었지만 이렇게 도연히 누워 있으려니 전혀 춥지 않았다. 만사가 교토 관가의 자기 방에 있을 때와 비교하면 천지 차이였다. 하지만 그럼에도

---

29) 일본 전통 예복의 일종으로 옷자락을 바지 속에 넣어 입음.

불구하고 우리 오위의 마음에는 어딘가 석연치 않은 불안이 있었다. 우선, 시간이 너무나 더디게 흘러갔다. 더구나 그와 동시에 날이 밝고, 마죽을 먹을 시간이 오리라는 일이 이렇게 빨라서는 안 될 것 같다는 생각이 들었다. 그리고 또한 이 모순된 두 가지 감정이 서로 싸우고 난 뒤에는 급격하게 자기 처지가 바뀐 데서 온 초조함이 오늘 날씨처럼 서늘하게 내려앉았다. 그 모든 것이 방해가 되어 모처럼 얻어걸린 따뜻한 잠자리에서조차 쉽게 잠들 성 싶지가 않았다.

그런데 바깥 정원에서 누군가 큰 소리를 내는 것이 귀에 들어왔다. 목소리로 봐서는 아무래도 오늘 도중까지 마중을 나왔던 백발의 가신이 뭔가 이야기를 하는 듯했다. 그 메마른 음성이 서릿발에 울리는 탓인지 낭랑하기가 찬바람 같아 한 마디씩 오위의 뼈에 사무칠 정도였다.

"여기 있는 하인들 들어라, 영주님께서 내일 아침 묘시[30]까지 굵기가 세 치, 길이 다섯 척 되는 참마를 한 줄기씩 지참하랍신다. 잊지 마라. 묘시까지다."

그 말을 두세 번 되풀이하는가 싶더니 마침내 인기척이 그치고 주변은 금세 원래의 적막한 겨울밤으로 돌아갔다. 그 정적 속에서 등잔의 기름 타는 소리가 울렸다. 생솜 같은 붉은 불빛이 떨렸다. 오위는 하품을 한 번 누르고는 다시 부질없는 생각에 잠겼다. 참마라고 했으니 물론 마죽을 만들기 위해 가져오라는 것이 분명했다. 그러고 보니, 잠시 바깥에 정신을 빼

---

30) 오전 6시경.

앗겨 잊고 있던 조금 전의 불안이 어느 틈에 마음속으로 돌아왔다. 특히 조금 전보다 한층 강해진 것은 너무 빨리 마죽을 먹어 버리고 싶지 않다는 기분이었는데 그것이 얄궂게도 생각의 중심을 떠나지 않았다. 아무래도 이렇게 쉽사리 '마죽을 실컷 먹는' 꿈이 현실로 이루어져서야 지금까지 몇 년씩이나 참아 온 것이 너무나 부질없는 고생이 되어 버린다. 할 수만 있다면 뭔가 갑작스런 일이라도 일어나서 일단 마죽을 먹을 수 없게 되었다가 겨우겨우 그 일이 해결되고 나서 이번에야 말로 가까스로 마죽을 앞에 놓게 된다는, 그런 식으로 일이 이루어졌으면 싶었다. 이런 생각이 '팽이라도 돌리듯' 빙글빙글 한곳을 맴돌고 있는 사이, 어느덧 오위는 여행의 피로에 젖어 푹 잠이 들어 버렸다.

이튿날 아침, 잠이 깨자 바로 어젯밤의 참마 이야기가 마음이 쓰여 오위는 맨 먼저 방의 덧문을 열어 보았다. 그랬는데 자기도 모르게 늦잠을 자서 이미 묘시가 지나 버린 것이리라. 넓은 마당에 깔아 둔 긴 돗자리 위에는 마치 통나무 같은 것들이 대충 이삼천 개, 비스듬히 뻗어 있는 노송 껍질 처마에 닿을 만큼 산더미로 쌓여 있었다. 보아하니 그것이 하나 같이 굵기 세 치, 길이 다섯 척의 엄청나게 커다란 참마였던 것이다.

오위는 잠이 덜 깬 눈을 비벼 가며 거의 넋이 빠질 듯이 놀라서 멍하니 주변을 둘러보았다. 마당 군데군데 새로 박은 듯한 말뚝 위로 다섯 섬[31]은 족히 들어갈 솥단지를 대여섯 개나

---

31) 한 섬은 약 900리터.

나란히 걸어 놓고 하얀 앞치마를 두른 젊은 하녀들이 몇 십 명이나 움직이고 있었다. 불을 피우는 사람, 재를 털어 내는 사람, 혹은 하얀 나무통에 단 칡즙을 담아다가 솥에 붓는 사람, 모두들 마죽 끓일 준비를 하느라 눈이 돌아갈 만큼 분주했다.

솥 아래서 피어오르는 연기와 솥에서 끓어오르는 김이 아직 다 스러지지 않은 새벽안개와 한 덩어리가 되어 정원을 온통, 앞이 잘 보이지 않을 정도로 부옇게 가득 채운 가운데 붉은 것은 활활 타오르는 솥 밑의 불꽃뿐, 눈에 보이는 것, 귀에 들리는 것이 모두 싸움터나 불난 곳처럼 소란스러웠다. 오위는 새삼스럽게 이 거대한 참마의 산더미가 이 거대한 다섯 섬들이 솥 안에서 마죽이 되리라는 것에 대해 생각했다. 그리고 자신이 그 마죽을 먹기 위해 교토에서 기를 쓰고 에치젠 쓰루가까지 찾아왔다는 사실을 생각했다. 생각하면 할수록 무엇 하나, 한심하지 않은 것이 없었다. 우리 오위의 가련한 식탐은 실은 이때 이미 반으로 줄어 버리고 말았던 것이다.

그러고 나서 한 시간쯤 후에 오위는 도시히토와 그의 장인 아리히토와 함께 아침상을 받았다. 앞에 놓인 것은 은으로 된, 한 되는 너끈히 들어갈 듯한 냄비에 찰랑찰랑, 바다처럼 담겨 있는 무서울 정도의 마죽이었다. 오위는 조금 전, 처마 밑까지 쌓아 올린 참마를 몇 십 명의 장정들이 날선 칼을 솜씨 좋게 놀려 가며 한쪽부터 저며 내듯 빠르게 자르는 것을 보았다. 그리고 그것을 하녀들이 좌우로 뛰어다니며 하나도 남김없이 다섯 섬들이 솥 안으로 집어넣고, 또 집어넣기를 거듭하는 것을 보았다. 마지막으로 기다란 돗자리 위에 참마가 하나도 남지 않게 되었을 때, 참마와 단 칡즙 냄새를 풍기는 몇 줄기의 수증기가 기둥을 이루어 맹렬한 기세로, 솥 속에서 맑게 갠 아침 공기 속으로 솟구쳐 오르는 것을 보았다. 이것을 제 눈으로 지켜 본 그가 지금 냄비에 담긴 마죽을 대하고는 아직 입을 대기도 전부터 이미 배가 부르다고 느낀 것은 어쩌면 무리가 아닐 것이다. 오위는 냄비를 앞에 두고 어색하다는 듯이 이마의 땀을 훔쳤다.

"마죽을 실컷 드신 적이 없다 했소? 사양 말고 어서 드시구려."

장인 아리히토는 동자들에게 일러 온 냄비 몇 개를 더 상 위에 늘어놓게 하였다. 안에는 모두 마죽이 넘칠 듯이 담겨 있다. 오위는 눈을 감고 그렇지 않아도 붉은 코가 더욱 붉어져서는 냄비에서 마죽을 커다란 토기에 반쯤 덜어내어 마지못해 들이켰다.

"아버님도 그리 말씀하시니. 자, 사양 말고 어서."

도시히토도 옆에서 새 냄비를 권하며 심술궂은 웃음과 함께 이런 소리를 했다. 곤혹스러운 것은 오위였다. 솔직히 말하자면 처음부터 마죽은 한 그릇도 먹고 싶지 않았다. 그런 것을 지금 가까스로 참아 가며 냄비로 반쯤이나 먹어 치웠다. 더 먹었다가는 목을 넘기기도 전에 토해 버릴 것이다. 그렇다고 안 먹었다가는 도시히토나 아리히토의 호의를 무시하는 것이 된다. 그래서 그는 다시 눈을 꾹 감고 남은 냄비 절반에서 삼분의 일 정도를 들이켰다. 이제 더 이상은 단 한 모금도 먹을 수가 없었다.

"정말이지, 황송하오이다. 정말 실컷 들었소이다. 정말이지, 뭐라 말씀드릴 수 없이 감사하오."

오위는 횡설수설 말했다. 꽤나 낭패스러웠는지 수염에도 코끝에도 한겨울이라 여겨지지 않을 만큼 땀방울이 맺혀 있었다.

"이것 참, 소식(小食)이시구려. 손님이 너무 사양하시는 듯하오. 자자, 얘들아, 뭐 하고 있는 거냐?"

동자들은 아리히토의 말에 따라 새 냄비에서 마죽을 토기에 떠 담으려 했다. 오위는 양손을 파리라도 쫓듯이 흔들어 가며 열심히 사양의 뜻을 전했다. "아니, 이제 충분하오. 실례지만 정말 충분하다오."

만일 이때 도시히토가 갑작스레 건너편 집 처마를 가리키며 "저걸 좀 보시구려." 하지 않았더라면 아리히토는 끈질기게 오위에게 마죽을 권했을지도 몰랐다. 하지만 다행히도 도시히토의 음성이 사람들의 주의를 그 처마 쪽으로 끌고 갔다. 노송나무 껍질 처마에는 마침 아침 해가 비치고 있었다. 그리고 그 눈부신 빛 속에 윤기 흐르는 털을 드러낸 짐승 하나가 점잖게 앉아 있었다. 그것은 바로 엊그제 도시히토가 들판의 길가에서 잡았던 사카모토의 들여우였다.

"여우도 마죽이 먹고 싶어 찾아온 게로군. 여봐라, 저 녀석에게도 뭘 좀 먹이도록 해라."

도시히토의 명령은 곧바로 시행되었다. 처마에서 뛰어내린 여우는 바로 그 마당에서 마죽을 대접받았던 것이다.

오위는 마죽을 먹고 있는 여우를 바라보면서 이곳에 오기 전의 자신을 그립게 마음속에서 되새겼다. 그것은 많은 사무라이들에게 놀림을 당하고 있는 자신이었다. 교토의 꼬맹이들에게서조차 "뭐야, 이 딸기코 녀석이." 하는 소리를 듣던 자신이었다. 색 바랜 스이칸에 사시누키를 입고 주인 없는 삽살개처럼 스자쿠 대로[32]를 어슬렁거리는 가엾고도 고독한 자신. 하지만 동시에 또한, 마죽을 실컷 먹고 싶다는 욕망을 오로지 혼자서 소중히 간직하고 있기도 했던, 행복한 자신이었다. 그는 이제 더 이상 마죽을 먹지 않아도 된다는 안도감과 함께, 만면의 땀이 점차 코끝에서부터 말라 가는 것을 느꼈다. 맑기는 하지만 쓰루가의 아침은 몸에 스며들 듯이 바람이 찼다. 오위는 얼른 코를 쥐면서 동시에 은 냄비를 향해 커다랗게 재채기를 했다.

32) 헤이안 시대 수도 교토 한가운데를 양분하던 대로.

라쇼몬(羅生門)[33]

어느 날 해 질 녘이었다. 하인 하나가 라쇼몬 아래서 비를 긋고 있었다.

널따란 문 아래에는 이 남자 말고는 아무도 없었다. 다만 군데군데 붉은 칠이 벗겨진 커다란 원주에 귀뚜라미 한 마리가 붙어 있었다. 라쇼몬은 스자쿠 대로에 있었으니 이 남자 말고도 이치메가사(市女笠)[34]든가 모미에보시를 쓴 사람이 두세 명쯤 더 비를 긋고 있을 법도 했다. 그러나 이 남자 말고는 아무도 없었다.

이유인즉, 최근 두세 해 동안, 교토에는 지진이며 회오리바람, 화재와 기근 등의 재난이 연달아 일어났다. 그 때문에 성

---

33) 헤이안 시대 수도 교토의 성문.
34) 한가운데가 상투처럼 높이 솟은 여성용 삿갓. 초기에는 여자 상인들이 주로 씀.

내는 심상치 않은 쇠락을 맞이하고 있었다. 옛 기록에 따르면 불상이나 불구를 패고 쪼개다 보니 단청이나 금은박을 입힌 나무들이 길바닥에 쌓여 장작 대신 팔릴 정도였다는 것이다. 성내가 그런 꼴이었으니 라쇼몬의 수리 같은 건 애당초 어느 누구도 거들떠보지 않았다. 그러자 옳거니 하고 여우나 너구리 들이 와 살았다. 도둑들도 몰려와 살았다. 그러더니만 결국 은 돌볼 사람 없는 시체들을 이 문에 가져다 버리고 가는 풍습 까지 생겼다. 그래서 땅거미가 지고 나면 사람들이 기분 나쁘 다며 이 문 근처에는 발을 들이지 않게 되어 버린 것이다.

그 대신 까마귀들은 또 어디서 오는 건지 잔뜩 몰려들었다. 낮에 보면 그 까마귀들이 몇 마리씩이나 높다란 치미 부근에 서 원을 그리며 울고 있었다. 특히 문 위쪽으로 하늘이 저녁노 을에 붉게 물들 때면, 새들은 마치 깨라도 뿌려 놓은 듯이 또 렷하게 보였다. 까마귀는, 물론 문 위에 있는 시체를 쪼아 먹 으러 오는 것이었다. 하지만 오늘은 시간이 늦어서인지 한 마 리도 보이지 않았다. 다만 여기저기 무너지기 시작해서 그 깨 어진 틈새를 비집고 풀이 기다랗게 자라난 돌계단 위로 하얗 게 말라붙은 까마귀 똥이 점점이 보일 뿐이었다. 하인은 일곱 단 돌계단 맨 꼭대기에 낡아 빠진 군청색 솜옷에 엉덩이를 걸 치고 앉아서, 오른쪽 뺨에 난 큼직한 여드름을 신경 쓰면서 비 내리는 모습을 멍하니 쳐다보고 있었다.

작가는 조금 전 '하인이 비를 긋고 있었다.'라고 썼다. 하지 만 하인은 비가 그친다 한들 특별히 할 일도 없었다. 평소 같 았으면 물론 주인집으로 돌아가야 했으리라. 그런데 그 주인이 사나흘 전에 그를 내보내고 말았다. 앞에서도 썼듯이 당시 교토는 심상치 않을 만큼 쇠퇴하고 있었다. 지금 이 하인이 오랫동안 일하던 주인집에서 나가게 된 것도 실은 이 쇠퇴의 작은 여파에 다름 아니었다. 그러니 '하인이 비를 긋고 있었다.'라고 하기보다는 '비를 만난 하인이 갈 데가 없어 어쩔 줄 모르고 있었다.'라고 하는 편이 맞을 것이다. 게다가 그날 날씨도 이 헤이안 시대 하인의 센티멘털리즘에 적잖은 영향을 주었다. 신시[35]가 지나면서 퍼붓기 시작한 비는 여전히 갤 기미가 없었다. 그래서 하인은 다른 건 다 관두고라도 당장 내일부터 어떻게든 수를 내야 할 텐데 하고, 말하자면 어떻게도 할 수 없는 일을 어떻게든 해 보려고, 부질없는 생각들을 해 가며 아까부터 스자쿠 대로에 내리는 빗소리를 무심코 듣고 있었던 것이다.

비는, 라쇼몬을 감싸고 멀리서부터 쏴아 하는 소리를 모아 왔다. 저녁 어둠이 점차 하늘을 가라앉히고 올려다본 문의 지붕은 비스듬하게 튀어나온 기와 끝으로 묵직하고 어둔 구름을 받치고 있었다.

어떻게도 할 수 없는 일을 어떻게든 하기 위해서는 수단 방법을 가릴 여유가 없다. 가리고 있다가는 담벼락 아래나 길바닥 위에서 굶어 죽을 뿐이다. 그리고 이 문 위로 실려 와 개처럼 버려질 수밖에 없는 것이다. 뭐든지 가리지만 않는다면…… 하고 하인의 생각은 몇 번이나 똑같은 길을 오가던 끝

---

35) 오후 4시경.

에 마침내 이런 결론에 이르렀다. 하지만 이 '않는다면'이라는 게 아무리 시간이 지나도 결국 '않는다면'에 머무를 따름이었다. 하인은 수단을 가리지 않는다는 것에는 긍정하면서도 이 '않는다면'의 매듭을 짓기 위해서 당연히 그 뒤에 따르게 될 '도둑놈이 되는 수밖에 없다.'라는 사실을 적극적으로 긍정할 용기를 내지는 못하고 있었던 것이다.

하인은 크게 재채기를 하고서는 지친 듯이 자리에서 일어섰다. 저녁이 되어 서늘함이 찾아온 교토는 벌써 화로가 그리울 정도로 쌀쌀했다. 석양이 지며 바람은 문 기둥과 기둥 사이로 가차 없이 불어닥쳤다. 붉게 칠한 기둥에 붙어 있던 귀뚜라미도 벌써 어딘가로 가 버렸다.

하인은 목을 움츠리고 노란 물을 들인 내의 위에 걸친 군청색 겉옷 옷깃을 세우고 문 주변을 둘러보았다. 비바람 걱정 없고 다른 사람 눈에 띌 염려도 없는, 하룻밤 편히 잘 수 있을 법한 곳이 있다면 어쨌든 거기서 밤을 보내자 싶었기 때문이었다. 그런데 다행히도 문 위 누각으로 올라가는, 폭이 넓고 역시 붉게 칠한 계단이 눈에 들어왔다. 위쪽은 사람이 있다고 해도 어차피 죽은 자들뿐이다. 하인은 허리에 찬, 나무 자루 붙은 칼이 칼집에서 빠지지 않도록 조심해 가며 짚신 신은 발을 그 계단의 가장 아랫단에 얹었다.

그러고 나서 몇 분인가 지났다. 라쇼몬 누각 위로 오르는, 널따란 계단 중간쯤에서 남자 하나가 고양이처럼 몸을 웅크리고 숨을 죽여 가며 위쪽을 살피는 중이었다. 누각 위에서 비치는 불빛이 희미하게 그 남자의 오른쪽 뺨을 비추었다. 짧은 수염 속에 벌겋게 곪은 여드름이 뺨에 나 있었다. 하인은 애당초 이 위에 있는 사람이라고는 죽은 자들뿐이라고 믿고 있었다. 그런데 계단을 두세 단 올라가 보니 위에서 누군가 불을 밝혀 놓고 더구나 그 불을 이리저리로 옮기고 있는 모양이었다. 흐릿하고 노란 빛이 구석구석 거미줄이 쳐져 있는 천장 아래 흔들리며 비쳤기 때문에 금세 알 수 있었다. 이렇게 비 내리는 밤에 라쇼몬 위에서 불을 밝히고 있다니 어쨌든 보통 사람일 리는 없었다.

하인은 도마뱀처럼 발소리를 죽이며 경사진 계단을 맨 끝까지 기듯이 겨우 올라갔다. 그리고 할 수 있는 한 몸을 납작하게 붙이고 목을 가능한 한 앞으로 뺀 채, 살금살금 누각 안을 들여다보았다.

누각 안에는 소문대로, 시체가 몇 구인가 아무렇게나 버려져 있었는데 불빛이 비치는 범위가 생각보다 좁아서 그 수가 몇인지는 알 수 없었다. 다만 희미하게나마 알 수 있는 것은 그 안에 벌거벗은 시체와 옷을 입은 시체가 뒤섞여 있다는 사실이었다. 물론 남자와 여자가 뒤죽박죽 섞여 있는 듯했다. 또한 그 시체들은 한때 그것이 살아 있는 인간이었다는 사실마저 의심스러울 지경으로, 흙을 빚어 만든 인형처럼 입을 벌리거나 손을 내팽개친 채 아무렇게나 바닥에 구르고 있었다. 나아가 어깨라든가 가슴처럼 튀어나온 부분에는 흐릿한 불빛을 받고, 패인 부분의 그림자는 한층 어두운 그대로, 영원한 벙어리가 된 듯 말이 없었다.

하인은 그 시체들이 썩어 가는 냄새에 자기도 모르게 코를 감싸 쥐었다. 하지만 그의 손은 다음 순간 코를 쥐는 것도 잊고 말았다. 어떤 격렬한 감정이 이 남자의 후각을 거의 다 빼앗아 갔던 것이다.

하인의 눈은 그때 처음으로 시체들 사이에 웅크리고 있는 인간을 발견했다. 노송나무 껍질 같은 색깔의 옷을 입은 키가 작고 여위고 머리가 허옇게 센 원숭이 같은 노파였다. 그 노파는 오른손에 불을 붙인 소나무 가지를 들고 시체 하나의 얼굴을 엿보듯 들여다보고 있었다. 머리카락이 긴 것으로 봐서 아마도 여자 시체일 터였다.

하인은, 육 할은 공포에, 남은 사 할은 호기심에 사로잡혀 한동안은 숨을 쉬는 것도 잊고 있었다. 옛날 누군가의 말을 빌자면 '머리카락이 쭈뼛 서는' 듯한 느낌이 들어서였다. 노파는 소나무 가지를 바닥 판자 사이에 끼우더니 지금까지 쳐다보던 시체의 머리에 두 손을 올리고는, 마치 어미 원숭이가 새끼 원숭이의 이를 잡듯이, 그 기다란 머리카락을 한 올씩 뽑기 시작했다. 머리카락은 손이 가는 대로 뽑히는 듯했다.

그 머리카락이 한 올씩 뽑히는 데 따라 하인의 마음에서는 공포심이 조금씩 사라져 갔다. 그리고 동시에 노파에 대한 격렬한 증오가 조금씩 솟구쳤다. 아니, '노파에 대한'이라고 하면 어폐가 있을지도 모른다. 오히려 모든 악에 대한 반감이 시시각각 더 강해져만 갔던 것이다. 이때 누군가가 이 하인에게 조금 전 문 아래서 생각하고 있던, 굶어 죽을 것인가, 도둑이 될 것인가 하는 문제를 새삼 끄집어냈더라면, 아마도 하인은 아무런 미련도 없이 굶어 죽는 쪽을 택했을 것이다. 그럴 정도로 이 남자가 악을 증오하는 마음은 노파가 바닥에 꽂아 둔 소나무 가지처럼 기세 좋게 타오르기 시작했던 것이다.

하인은 물론, 어째서 노파가 죽은 자의 머리카락을 뽑고 있는지 알 수 없었다. 따라서 합리적으로는 그것을 선과 악 중 어느 쪽으로 정리해야 할 것인지도 몰랐다. 하지만 하인에게 있어서 이 비 오는 밤에 라쇼몬 아래서 죽은 자의 머리카락을 뽑는다는 행위는 그것만으로도 이미 용서할 수 없는 악이었다. 물론 하인은 조금 전까지 자신이 도둑이 될 생각을 하고 있었다는 사실 따위는 까맣게 잊고 있었던 것이다.

그래서 하인은 양발에 힘을 주고 느닷없이 계단 위로 뛰어올랐다. 그리고는 칼자루를 손에 쥔 채 성큼성큼 노파 앞으로 다가섰다. 노파가 기겁을 한 것은 말할 것도 없었다.

노파는 하인을 보더니, 마치 새총이라도 맞은 듯이 펄쩍 뛰어올랐다.

"거기 서, 어딜 가는 거야?"

하인은 노파가 시체들에 걸려 가며 허둥지둥 도망치려 하는 앞을 막아서며 이렇게 소리쳤다. 노파는 그래도 하인을 떠밀고 도망을 치려 했다. 하인은 또 그걸 안 보내겠다고 밀어냈다. 두 사람은 시체들 속에서 한동안 말도 없이 엎치락뒤치락했다. 그러나 승패는 처음부터 정해져 있었다. 하인은 마침내 노파의 팔을 붙잡고 억지로 그 자리에 주저앉혔다. 마치 닭의 다리처럼 뼈와 가죽뿐인 팔이었다.

"무슨 짓을 하고 있었지? 말해. 대답 못 하면 이거야."

하인은 노파를 밀쳐 내더니 느닷없이 칼집에서 칼을 뽑아

새하얀 칼날을 그 눈앞에 들이댔다. 하지만 노파는 말이 없었다. 양손을 부들부들 떨면서 어깨를 들썩이며 숨을 몰아쉬고 눈알이 밖으로 튀어나올 만큼 눈을 치뜨고는 벙어리처럼 고집스럽게 침묵했다. 그걸 보고 하인은 처음으로 명백하게 이 노파의 생사가 완전히 자신의 의지에 달려 있다는 사실을 의식했다. 그리고 그 의식은 지금까지 요란하게 타오르던 증오심을 어느 틈에 식혀 놓았다. 뒤에 남은 것은 그저, 어떤 일을 했는데 그것이 원만하게 성취되었을 때 느끼는 편안한 자신감과 만족감뿐이었다. 그래서 하인은 노파를 내려다보며 조금 부드러워진 목소리로 이렇게 말했다.

"나는 검비위사(檢非違使)[36]에 속한 관리 같은 게 아냐. 그저 이 문 밑을 지나가던 나그네지. 그러니까 너를 포승으로 묶어다가 어떻게 하겠다는 둥 그런 소린 안 해. 단지 지금 이 문 위에서 뭘 하고 있었는지만 나한테 이야기하면 돼."

그러자 노파는, 치뜨고 있던 눈을, 한층 더 커다랗게 뜨고는 하인의 얼굴을 뚫어지게 바라보았다. 눈꺼풀이 벌건, 육식조같이 날카로운 눈이었다. 그러더니 주름이 늘어져 거의 코와 붙어 버린 듯한 입술을, 뭔가 씹듯이 움찔거렸다. 목이 하도 가늘어서 튀어나온 목울대가 움직이는 것이 보였다. 그때, 그 목에서 까마귀가 우는 듯한 음성이 기신기신 가까스로 하인의 귀에 전해졌다.

---

36) 헤이안 시대 교토에서 범죄 등을 단속하고 재판을 관장하던 관직으로 현재의 경찰관과 재판관을 겸함.

"이 머리카락을 뽑아서, 뽑아설랑은, 가발을 만들려고 했던 거지."

하인은 노파의 답변이 의외로 평범한 것에 실망했다. 그리고 실망과 동시에, 조금 전의 증오가 차가운 경멸과 함께 마음속으로 되돌아왔다. 그러자 그러한 낌새를 상대방도 알아챈 것이리라. 노파는 한 손에 여전히 시체의 머리에서 뽑아낸 기다란 머리카락을 든 채 두꺼비가 그렁대는 듯한, 기어 들어가는 소리로 이렇게 말했다.

"물론 죽은 사람한테서 머리카락을 뽑는다는 게 얼마나 못된 짓인가. 하지만 여기 있는 죽은 작자들은 죄다 그 정도 일쯤 당해도 싼 인간들이여. 우선은, 내가 지금 머리카락을 뽑던 여자 말인데 뱀을 네 치 길이로다가 토막을 쳐 말려 가지고는 말린 생선이랍시고 대궐 지키는 병졸들한테 팔러 다녔어. 역병으로 죽지 않았더라면 지금까지도 팔아먹고 돌아댕겼을 거여. 게다가 이 여자가 파는 마른 생선은 맛이 좋다며, 병졸들이 줄창 반찬거리로 사 대지 않았겠나. 나는 이 여자가 한 짓이 나쁘다고는 생각 안 혀. 안 그랬음 굶어 죽을 테니 어쩔 수가 없어 한 짓이니께. 근데 지금 또 내가 하던 일도 나쁘다고는 못 하겠구먼. 이것도 안 하면 굶어 죽으니께 할 수 없이 한 거여. 할 수 없다는 게 뭔지를 이 여자도 알고 있을 테니, 아마 내가 한 짓도 눈감아 줄 거구먼."

노파는 대강 이런 의미의 이야기를 주절거렸다.

하인은 칼을 칼집에 집어넣고 칼자루를 왼손에 잡은 채 차갑게 가라앉아 이야기를 듣고 있었다. 물론 오른손으로는 뺨

위에 벌겋게 고름이 고인, 큼직한 여드름을 매만지며 들었다. 하지만 그 이야기를 듣고 있자니 하인의 마음속에 어떤 용기가 생기기 시작했다. 그것은 아까 문 아래 서 있을 때에는 찾아볼 수 없었던 용기였다. 또한 아까 이 문 위로 올라와 노파를 붙잡았을 때의 용기와는 완전히 반대 방향으로 향하는 용기이기도 했다. 하인은 굶어 죽을지 도둑이 될지에 대한 고민만 없앤 것이 아니었다. 그때 이 남자의 마음이 어땠는가 하면, 굶어 죽는다는 선택지는 거의 떠오르지조차 않을 정도로 의식 저 너머에 밀려나 있었다.

"진정, 그렇단 말이지?"

노파의 이야기가 끝나자 하인은 빈정대는 듯한 음성으로 못을 박았다. 그러고는 한 걸음 앞으로 나서더니, 갑자기 여드름을 만지작대던 오른손을 뻗어 노파의 멱살을 움켜쥐며 물어뜯을 듯이 말했다.

"그렇다면, 내가 좀 벗겨 먹어도 원망할 건 없겠군. 나도 그렇게 안 하면 굶어 죽을 테니까 말이야."

하인은 재빨리 노파의 옷을 벗겨 냈다. 그리고 나서 발을 붙잡고 매달리려던 노파를 거칠게 시체들 위로 걷어차 떨쳐 내 버렸다. 계단까지는 고작 다섯 걸음 정도였다. 하인은 벗겨 낸 노송나무 껍질 같은 색의 기모노를 옆구리에 끼고는 눈 깜빡할 사이에 가파른 계단을 타고 밤의 밑바닥으로 내려왔다.

한동안 죽은 듯이 쓰러져 있던 노파가 시체들 가운데서 벌거벗은 몸을 일으킨 것은 잠시 뒤의 일이었다. 노파는 중얼거리는 것 같기도, 신음하는 것 같기도 한 소리를 내 가며 아직 타고 있던 불빛을 의지하여 계단까지 기어갔다. 그리고 거기서 짧은 백발을 거꾸로 늘어뜨린 채, 문 아래를 내려다보았다. 밖에는 그저 시커먼 동굴처럼 어두운 밤이 펼쳐져 있을 뿐이었다.

하인의 행방은 아무도 모른다.

묘한 이야기

어느 겨울 밤, 나는 오랜 친구 무라카미와 함께 긴자 거리를 걷고 있었다.

"얼마 전에 지에코한테서 편지가 왔네. 자네에게 안부 전해 달라더군."

무라카미는 문득 생각이 난 듯이, 지금은 사세보에 살고 있는 누이동생을 화제에 올렸다.

"지에코 씨도 잘 있지?"

"아, 요즘은 건강한가 봐. 녀석도 도쿄에 있을 때는 꽤나 신경 쇠약이 심했지. 자네도 알고 있지?"

"그럼 알지. 하지만 신경 쇠약이었는지 아니었는지는……."

"몰랐던가? 그때 지에코하고 같이 온 날은, 꼭 미친 것 같았어. 우는가 하면 웃고 있었지. 웃고 있는가 하면…… 묘한 이야기를 꺼내는 거야."

"묘한 이야기?"

무라카미는 대답을 하기 전에, 한 찻집 유리문을 밀었다. 그러고는 사람들이 오가는 모습이 보이는 탁자에 나와 마주 앉았다.

"묘한 이야기라는 게, 자네한테는 아직 말 안 했던가. 이건 녀석이 사세보에 가기 전에 나한테 이야기한 건데……."

자네도 아는 대로 지에코의 남편은 1차 세계대전 때 지중해 방면에 파견된 'A○○ 호'의 승무 장교였네. 녀석은 남편이 없는 동안 나한테 와 있었는데 드디어 전쟁도 끝이 보일 때쯤부터 갑자기 신경 쇠약이 심해지기 시작한 거지. 그 주된 원인은, 지금까지 일주일에 한 번씩은 틀림없이 오던 남편의 편지가 뚝 끊겼기 때문이었는지도 몰라. 무엇보다도 지에코는 결혼한 지 반년도 안 되어 남편과 떨어져 있게 된 바람에 그 편지를 낙으로 삼고 있었는데, 스스럼없이 대하던 나도 그 일을 가지고 놀리는 건 너무 잔인하다 싶을 정도였어.

바로 그 무렵이었지. 어느 날, 그래 그렇지, 그날이 기원절[37]이었던가. 아침 댓바람부터 비가 오기 시작해서 엄청 추운 오후였는데 지에코가 오랜만에 가마쿠라에 놀러 갔다 오겠다는 거야. 가마쿠라에는 어떤 실업가의 아내가 된, 그 애의 학교 때 친구가 살고 있었어. 거기 놀러 가겠다고 하는 건데 하필 이렇게 비가 오는 와중에 굳이 그 먼 가마쿠라까지 갈 필요가 뭐 있

---

37) 진무 천황이 즉위한 날로 건국 기념일.

겠나 싶어서 나는 물론 내 집사람까지 몇 번이고 다음 날 가는 게 좋지 않겠느냐고 말렸어. 하지만 지에코는 무슨 일이 있어도 그날 가야겠다고 고집을 부렸지. 결국 화가 난 채로 후다닥 준비를 해 가지고서는 나가 버렸다네.

"어쩌면 오늘은 거기서 묵고 내일 올지도 모르겠어." 하고 나갔는데 조금 있으니까 어떻게 된 일인지 비에 흠뻑 젖어서 얼굴이 새파래져 가지고 돌아오는 거야. 이야기를 들어 보니 중앙 정거장에서 제방 끝에 있는 전차 정거장까지 우산도 없이 걸었던 모양이야. 그럼 왜 또 그런 짓을 했는가, 하고 물어보니 그게 묘한 이야기지 뭔가.

지에코가 중앙 정거장에 들어갔는데, 아니, 그전에 참 이런 일이 있었다지. 동생이 전차에 타 보니 하필 자리가 하나도 없었다더군. 그래서 손잡이를 잡고 있는데 바로 눈앞 유리창에 어렴풋이 바다 풍경이 비쳤다는 거야. 전차는 그때 진보초 거리를 달리고 있었으니까 당연히 바다 풍경 따위가 보일 리 없지. 그런데 바깥에서 스쳐 가는 풍경 위로 파도가 움직이는 게 비쳤다네. 특히 창에 비바람이 치니까 수평선까지도 어렴풋이 보이더라는 거야. 그런 걸로 봐서 지에코는 그때 이미 신경이 어떻게 되어 있었을 거야.

그리고 나서는 중앙 정거장에 들어가니까 입구에 있던 빨간 모자를 쓴 사람이 갑자기 지에코에게 인사를 하더래. 그런 다음 "바깥분은 잘 계시지요?" 하고 말했다네. 이것도 묘한 이야기가 틀림없지. 하지만 더 묘한 것은 지에코가 그런 빨간 모자의 질문을 별로 이상하다고 생각하지 않았다는 점이야.

"감사합니다. 최근에는 어찌 된 일인지 전혀 소식이 없네요." 그렇게 지에코는 빨간 모자에게 대답까지 했다는 걸세. 그랬더니만 빨간 모자는 한 번 더 "그럼 제가 바깥분을 뵙고 오지요." 하고 말했다는 거야. 만나고 온다니 남편은 멀리 지중해에 있는데. 거기까지 생각했을 때 비로소 지에코는 이 본 적도 없는 빨간 모자가 하는 소리가 미친 놈 같다는 데 생각이 미쳤다더군. 그런데 대답을 하려고 하는 사이에 빨간 모자가 슬쩍 인사를 하더니만 슬금슬금 사람들 속으로 사라지고 말았다는 거야. 그러고는 지에코가 아무리 찾아도 다시는 그 빨간 모자의 모습을 볼 수가 없었지. 아니, 안 보인다기보다는 지금까지 마주 보고 서 있던 빨간 모자의 얼굴이 이상할 정도로 생각이 안 났다고 하더군. 그러고는 그 빨간 모자의 모습이 보이지 않게 됨과 동시에 모든 빨간 모자가 다 그 남자로 보였다더라고. 그래서 그 이상한 빨간 모자가 지에코 몰래 끊임없이 이쪽 주변을 감시하고 있는 것 같은 느낌이 들었지. 그런 판국이니 가마쿠라고 뭐고 거기 있는 것 자체가 기분 나빠진 거야. 지에코는 결국 우산도 안 쓴 채 엄청나게 쏟아지는 비를 맞으며 꿈인 양 정거장을 도망쳐 나왔다네. 물론 이런 지에코의 이야기는, 그 애의 신경 쇠약 때문임에 틀림없겠지만, 그때 감기가 걸린 모양이야. 다음 날부터 이래저래 사흘 동안은 계속 열이 펄펄 끓으면서 "여보, 잘 견뎌야 해요."라느니 "왜 돌아오지 않는 거예요?"라느니 마치 남편과 말하는 것처럼 헛소리만 해 대지 뭔가. 하지만 가마쿠라에 가려다 입은 뒤탈은 그것만이 아니었어. 감기가 완전히 나은 뒤에도 빨간 모자라는 말을 들으면 지에코는 하루 종일 울적해져서 말도 제대로 안 했다네. 그러고 보니까 한번은 어딘가 운송 회사 간판에 빨간 모자 그림이 있는 걸 보고 녀석이 또 가려던 곳엘 못 가고 그냥 돌아오는 웃지 못할 일도 있었지.

하지만 그럭저럭 한 달이 지나니까 그 애가 빨간 모자를 무서워하는 것도 꽤 잦아들었네. "언니, 그 왜 이즈미 교카[38]의 소설에, 고양이 같은 얼굴을 한 빨간 모자가 나오는 거 있었죠? 내가 이상한 일을 당한 것은 그걸 읽어서일지도 모르겠어요." 지에코는 그 무렵 집사람에게 그런 말도 웃으며 했다고 하더군. 그런데 3월 며칠인가 또 한 번 빨간 모자에게 당한 거야. 그 후로 남편이 돌아올 때까지 지에코는 어떤 일이 있어도 절대로 정거장에 간 적이 없다네. 자네가 조선으로 떠날 때도 녀석이 배웅하러 나오지 않은 것은 역시 빨간 모자가 무서워서였어.

그해 3월 언젠가 남편의 동료가 미국에서 이 년 만에 돌아왔네. 지에코는 그 사람을 마중하러 가기 위해 아침부터 집을 나섰는데 자네도 아는 것처럼 그 일대는 원래 대낮에도 사람들 왕래가 거의 없잖나. 그런 한적한 길가에 바람개비 장수의 짐 한 개가 잊어버린 듯 놓여 있더라네. 하필 바람이 몹시 부는 흐린 날씨여서 짐에 꽂혀 있던 색종이 바람개비가 눈이 팽팽 돌 정도로 돌고 있었지. 지에코는 그런 풍경만으로도 왠지 마음이 불안했다는데 지나가면서 얼핏 눈을 돌리니 빨간 모

---

38) 泉鏡花(1873~1939). 일본의 대표적 환상 문학 작가.

자를 쓴 사내가 하나 등을 보이며 쭈그리고 앉아 있었다는 거야. 물론 이건 바람개비 장수가 담배라도 피우고 있던 거겠지. 하지만 그 모자의 빨간색을 보자 지에코는 왠지 정거장에 가면 또 이상한 일이 생길 것 같은 예감이 들어 그냥 돌아갈까 생각도 했다더군.

하지만 정거장에 가서 마중을 끝마칠 때까지는 다행히 아무 일도 생기지 않았네. 그런데 남편의 동료를 앞세우고 일행이 줄지어 어두워지기 시작한 개찰구를 나오려고 하는데 누군가가 동생 뒤에서 "바깥분은 오른쪽 팔에 부상을 당하셨답니다. 편지가 안 오는 것은 그 때문이지요." 하고 말을 거는 자가 있었어. 지에코가 얼른 뒤돌아보았지만 뒤에는 빨간 모자고 뭐고 아무것도 없었지. 거기 있는 건 잘 모르는 해군 장교 부부뿐이었다네. 물론 이 부부가 당돌하게 그런 소릴 할 리 없으니까 그런 소리가 들렸다는 것 자체가 묘하다면 참 묘한 일임에 틀림없지. 그렇지만 아무튼 간에 빨간 모자가 보이지 않는 것만도 지에코로서는 기쁜 일이었을 거야. 그 애는 그대로 개찰구를 나와 다른 사람들과 함께 남편의 동료가 차에 타는 걸 전송하러 갔어. 그랬더니 또 한 번 뒤에서 "부인, 바깥분은 다음 달 안에 돌아오실 거랍니다."라고 확실히 누군가가 말을 걸었어. 그때도 지에코가 뒤돌아보았는데 뒤에는 전송 나온 사람들뿐 빨간 모자 같은 건 한 명도 보이지 않았지. 그런데 뒤쪽에는 없었지만 앞을 보니 빨간 모자 두 명이 자동차에 짐을 싣고 있었다지 뭔가. 그중 하나가 무슨 생각에서인지 갑자기 그 애 쪽을 돌아보더니만 히죽 하고 묘하게 웃었다네. 지에코가 그걸 보고서 다른 사람 눈에도 확연히 보일 만큼 안색이 변해 버렸다는군. 그런데 말일세, 동생이 마음을 가라앉히고 보니까 두 사람이라고 생각했던 빨간 모자가 짐을 싣고 있는 한 사람뿐이더라는 거야. 게다가 그 한 사람은 금방 웃었던 사람과는 전혀 다른 사람임에 틀림없었지. 그래서 금방 웃었던 빨간 모자의 얼굴을 이번에는 기억할 수 있었느냐 하면 여전히 기억이 희미했다네. 아무리 애를 써서 다시 생각해 내려 해도 그 애 머릿속에는 빨간 모자를 쓴, 눈도 코도 없는 얼굴밖에 떠오르지 않더라고 해. 이게 지에코에게 들은 두 번째 묘한 이야기일세.

그 뒤 한 달쯤 지나서, 자네가 조선에 가기 전인가 후인가 아무튼 그 언저리 같은데 정말로 남편이 돌아왔다네. 이상한 일이지만 오른팔을 다쳤기 때문에 한동안 편지를 쓰지 못했다는 것도 역시 사실이었어. "지에코 씨는 남편 생각만 하니까 자연스럽게 그런 일도 알게 된 거겠죠." 집사람을 비롯한 주변 사람들이 그런 소리를 하면서 동생을 놀리곤 했지. 그리고 또 보름쯤 뒤에 지에코 부부는 남편의 임지인 사세보로 가 버렸는데 그 애가 그쪽에 도착하자마자 보낸 편지를 보니까 놀랍게도 세 번째 묘한 이야기가 쓰여 있었네. 그러니까 지에코 부부가 중앙 정거장을 떠날 때 부부의 짐을 실어다 준 빨간 모자가, 움직이기 시작한 기차 창에 인사를 할 생각이었는지 얼굴을 보였다고 하네. 그 얼굴을 보는 순간 남편은 갑자기 얼굴이 이상해졌는데 한참 있다가 약간은 겸연쩍어하면서 이런 이야기를 꺼냈다는 거야. 남편이 마르세유에 상륙할 때 동료 몇몇이랑 같이 어떤 카페에 갔는데 갑자기 빨간 모자 쓴 일본인 한 명이 탁자 곁으로 오더니 아주 친한 듯이 근황을 물었다더군. 물론 마르세유 언저리에 빨간 모자 일본인 같은 게 배회하고 있을 리가 없지. 그런데 남편은 웬일인지 별로 이상하다는 생각도 없이 오른팔을 다친 일이며 곧 돌아갈 거라는 따위의 이야기를 해 줬다는 거야. 그러는 중에 취한 동료 하나가 코냑 잔을 쏟았다네. 그 때문에 놀라 주위를 돌아보니 어느새 빨간 모자 일본인이 카페에서 없어져 버렸더라지 뭔가. 도대체 그 녀석은 뭐였을까. 그제야 생각해 보니 틀림없이 눈은 뜨고 있었는데 꿈인지 생신지 구별이 안 되었지. 뿐만 아니라 동료들도 빨간 모자가 왔다는 사실을 전혀 모르고 있는 얼굴이었다네. 그래서 결국 그 일에 대해서 아무에게도 터놓고 말을 안 한 채 넘어가 버린 거지. 그런데 일본에 돌아오니까 진짜로 지에코가 두 번이나 이상한 빨간 모자를 만났다는 게 아닌가. 마르세유에서 본 건 그 빨간 모자였나 하는 생각도 들었지만 너무 괴담 같기도 하고, 또 하나는 명예로운 원정 중에 마누라 생각만 했다고 남들이 놀릴 것 같아서 지금껏 아무 말도 않고 있었다는 거야. 그런데 방금 얼굴을 내민 빨간 모자를 보니까 마르세유의 카페에 들어왔던 사내와 눈썹 하나 다르지 않았지. 그 애 남편은 그렇게 이야기를 끝내고서 한참 동안 말이 없더니 이윽고 불안한 듯 목소리를 낮추고 말했어. "하지만 이상하지 않아? 눈썹 털 하나 다르지 않다고 하면서 아무리 생각해 내려 해도 그 빨간 모자의 얼굴이 확실히 생각나지를 않는 거야. 단지 창 너머 얼굴을 본 순간 그놈이다 싶은……."

무라카미가 여기까지 이야기했을 때 새로 찻집에 들어온 친구로 보이는 서너 명이 우리 탁자 쪽으로 다가오면서 제각기 그에게 인사를 했다. 나는 일어섰다.

"그럼 나는 실례하겠네. 어차피 조선에 가기 전에 다시 한 번 자네한테 들를 거니까."

나는 찻집 밖으로 나와 무심결에 한숨을 내쉬었다. 그것은 꼭 삼 년 전 지에코가 두 번이나 중앙 정거장에서 만나기로 한 나와의 밀회 약속을 깨고 영원히 정숙한 아내가 되고 싶다는 간단한 편지를 보냈던 이유를, 오늘 저녁에야 비로소 알 수 있었기 때문이었다…….

다네코의 우울

    다네코는 남편의 선배 격인 어떤 실업가의 따님 결혼식 피로연 통지를 받았을 때, 마침 출근을 할 참이었던 남편에게 굳이 이렇게 말을 걸었다.

    "나는 안 가면 안 될까요?"

    "그건 안 되지."

    남편은 넥타이를 매면서 거울 속으로 다네코에게 대답했다. 물론 그것은 옷장 위에 둔 거울에 비친 것이었으니, 다네코에게보다는 다네코의 눈썹에게 대답했다고 하는 편에 가까웠다.

    "제국 호텔에서 한다잖아요?"

    "제국 호텔······이야?"

    "어머, 몰랐어요?"

    "응······ 조끼."

다네코는 서둘러 조끼를 들어 올리며 다시 한 번 이 피로연 이야기를 꺼냈다.

"제국 호텔이면 양식이잖아요?"

"당연한 소릴 하네."

"그러니까 곤란하다는 거죠."

"뭐가?"

"뭐가라니…… 나는 양식 먹는 법을 한 번도 배운 적이 없는걸요."

"누군 그걸 일부러 배우나?"

　남편은 윗옷을 걸치자마자 아무렇게나 봄철 중절모를 썼다. 그러고는 잠시 옷장 위에 있는 피로연 통지를 보더니 "뭐야? 4월 16일이네." 했다.

"그야 16일이든 17일이든……."

"그러니까, 아직 사흘이나 있잖아. 그동안에 연습을 하라는 거지."

"그럼 여보, 내일 일요일에라도 어딘가 꼭 데려가 줄 거죠!"

　하지만 남편은 아무런 말도 없이 서둘러 회사로 가 버렸다. 다네코는 남편을 배웅하면서 약간 우울해지지 않을 수 없었다. 몸 상태가 좋지 않아 더 그런 것 같기도 했다. 아이가 없는 그녀는 혼자 남아 화로 앞의 신문을 집어 들고 뭔가 그럴듯한 기사가 없는지 일일이 훑어보았다. 하지만 '오늘의 메뉴'는 있어도 양식 먹는 법 같은 건 없었다. 양식 먹는 법이라는 것은? 그녀는 문득 여학교 교과서에 비슷한 것이 있었던 듯한 느낌이 들어 서둘러 책상 서랍에서 낡은 『가정 독본』 두 권을 꺼냈다. 그 책들은 어느새 손때 자국조차 검게 변해 있었다. 뿐만 아니라 어쩔 수 없는 과거의 냄새를 풍기고 있었다. 다네코는 여윈 무릎 위에 그 책들을 펴 놓은 채, 어떤 소설을 읽을 때보다 더 열심히 목차를 살펴보았다.

'목면 및 마직물 세탁, 손수건, 앞치마, 버선, 식탁보, 냅킨, 레이스……'

'깔개, 다다미, 양탄자, 리놀륨, 코크 카펫……'

'부엌 용품, 도자기류, 유리류, 금은 제품류……'

이 책에 실망한 다네코는 다른 책을 살펴보기 시작했다.

'붕대법, 붕대 감기, 붕대 천……'

'출산, 신생아의 옷, 분만실, 육아 용품……'

'수입 및 지출, 연금, 이자, 기업 소득……'

'가정 관리, 가풍, 주부의 마음가짐, 근면 절약, 교제, 취미……'

다네코는 풀이 죽어 책을 내던지고 커다란 전나무 화장대 앞으로 머리를 손질하러 갔다. 하지만 양식 먹는 법은 여전히 마음에 걸렸다.

이튿날 오후, 남편은 다네코의 근심을 보다 못해, 일부러 그녀를 긴자 뒷골목에 있는 어떤 레스토랑으로 데려갔다. 다네코는 테이블에 앉으면서 우선 그곳에 자기들 말고는 아무도 없다는 것에 안심했다. 하지만 동시에 이 가게가 잘 안 되는 것인가 생각하면, 남편의 보너스에도 영향을 미친 불경기를 떠올리지 않을 수 없었다.

"안됐네, 이렇게 손님이 없어서야 원."

"모르는 소리. 일부러 손님 없는 시간을 골라 온 거야."

그러더니 남편은 나이프와 포크를 집어 들고 양식 먹는 법을 가르치기 시작했다. 그것도 실은 미덥지 않은 것이 분명했다. 그래도 그는 아스파라거스에까지 일일이 나이프를 쓰면서 어쨌든 다네코를 가르치는 일에 자신의 모든 지식을 쏟아붓고 있었다. 그녀 역시 물론 열심이었다. 하지만 마지막에 오렌지며 바나나 같은 것들이 나왔을 때는 자기도 모르게 이런 과일의 가격을 생각할 수밖에 없었다.

그들은 레스토랑을 나와 긴자의 뒷길을 걸어갔다. 남편은 이제야 의무를 다했다는 만족감을 느끼고 있는 듯했다. 하지만 다네코는 마음속에서 몇 번이나 포크 사용법이니 커피 마시는 법이니를 되풀이하고 있었다. 뿐만 아니라 만일 틀렸다가는, 하는 병적인 불안마저 느끼고 있었다.

긴자 뒷길은 고즈넉했다. 아스팔트 위에 내려앉은 햇살도 나른하니 봄다웠다. 하지만 다네코는 남편의 말에 건성으로 응수해 가며 자꾸만 뒤처지는 발걸음을 옮기고 있었다…….

그녀가 제국 호텔 안으로 들어가는 것은 물론 처음이었다. 다네코는 몬푸쿠(紋服)[39]를 입은 남편을 따라 좁은 계단을 오르며 응회석이니 벽돌을 사용한 내부 장식이 어딘가 으스스하다고 느꼈다. 뿐만 아니라 벽을 따라 달리고 있는 커다란 쥐 한 마리까지 느꼈다. 느꼈다? 그것은 정말 '느꼈다.'였다.

그녀는 남편의 소맷자락을 끌며 "어머, 여보, 쥐가." 하고 말했다. 하지만 남편은 돌아보며 좀 황당하다는 듯한 표정을

---

39) 가문의 문장을 새긴 일본의 전통 예복.

짓더니 "어디? ……잘못 본 거지." 하고 답했을 따름이었다. 다네코는 남편이 이 말을 하기 전부터 자신의 착각임을 눈치 채고 있었다. 그러나 그럴수록 오히려 더욱 신경이 곤두설 수밖에 없었다.

그들은 테이블 구석 자리에 앉아 나이프와 포크를 쓰기 시작했다. 다네코는 쓰노가쿠시(角隱)[40]를 쓴 신부에게도 때때로 눈길을 주었다. 하지만 그보다 마음에 걸리는 것은 물론 접시 위의 요리였다. 그녀는 빵을 입에 넣는 것에조차 온몸의 신경이 떨리는 것을 느꼈다. 더구나 나이프를 떨어뜨렸을 때는 어찌할 바를 모르기도 했다. 하지만 만찬은 다행히도 서서히 마지막에 가까워 왔다. 다네코는 접시 위의 샐러드를 보면서 "샐러드가 붙은 음식이 나왔을 때는 식사가 거의 끝났다고 생각해."라던 남편의 말을 떠올렸다. 하지만 가까스로 한숨 돌렸나 싶더니 이번에는 샴페인 잔을 들고 일어서야만 했다. 그것은 이 만찬 가운데서도 가장 힘든 몇 분이었다. 그녀는 주저주저하며 자리에서 일어났고 눈보다 약간 낮은 곳까지 잔을 들어 올린 채, 어느새 등골이 서늘해지는 것을 느꼈다.

부부는 전차 종점에서 좁다란 골목길을 돌아갔다. 남편은 상당히 취한 모양이었다. 다네코는 남편의 걸음에 신경을 써 가며 약간 들떠 뭐라 말을 걸기도 했다. 그러면서 그들은 전등불이 밝게 켜진 '밥집' 앞을 지나게 되었다. 그곳에는 셔츠만 입은 남자 하나가 '밥집'의 여종업원과 장난을 쳐 가며 문어를

---

40) 일본 전통 혼례에서 신부가 머리 위에 쓰는 흰 천.

안주 삼아 술을 마시고 있었다. 물론 그 모습을 그녀는 얼핏 보았을 뿐이었다. 그러나 그녀는 이 남자, 수염을 아무렇게나 기른 남자를 경멸하지 않을 수 없었다. 동시에 또한 자연스럽게 그의 자유를 부러워할 수밖에 없었다. 이 '밥집'을 지난 뒤에는 바로 '여염집'들뿐이었다. 따라서 주변이 어두워지기 시작했다. 다네코는 이런 밤에 뭔가 나무의 싹 냄새가 나는 것을 느꼈고 자기가 나고 자란 고향을 사무치게 생각했다.

50엔짜리 채권을 두세 장 사고는 "이걸로 부동산이 늘어난 거란다."라는 둥 득의만면이었던 어머니도…….

이튿날 아침, 묘하게 풀이 죽은 얼굴로 다네코는 남편에게 말을 걸었다. 남편은 역시 거울 앞에서 넥타이를 매고 있는 참이었다.

"여보, 아침 신문 봤어요?"

"응."

"혼조인지 어디인지 있는 도시락 집 딸이 미쳤다는 기사 읽었어요?"

"미쳤다고? 왜?"

남편은 조끼에 팔을 꿰며 거울 속의 다네코에게 눈길을 옮겼다. 다네코에게보다는 다네코의 눈썹에…….

"직공이라나 누구한테 입맞춤을 당해서래요."

"그걸 가지고 미치나?"

"그야 그렇죠. 그럴 것 같아. 나도 어젯밤에 무서운 꿈을 꿨어요……."

"어떤 꿈? 이 넥타이는 올해까지만 매야겠군."

"뭔가 엄청난 잘못을 해서요, 뭔지는 모르겠는데. 하여간 큰 잘못을 저질러서 기차선로에 뛰어드는 꿈이야. 거기에 기차가 왔으니……."

"치였구나 싶더니 잠이 깼지?"

남편은 벌써 윗옷을 걸치고 봄철 중절모를 쓰고 있었다. 그래도 여전히 거울을 향한 채, 넥타이 매듭을 신경 쓰고 있었다.

"아뇨, 치이고 나서도, 꿈속에서는 여전히 살아 있는 거야. 다만 몸은 엉망이 되어서 눈썹만 선로에 남아 있긴 했지만…… 아무래도 요 며칠, 양식 먹는 법에만 신경을 쓴 탓인가 봐요."

"그럴지도 모르지."

다네코는 남편을 배웅하면서 반쯤 혼잣말처럼 중얼거렸다.

"어젯밤 큰 실수를 했더라면 나 역시 뭔 짓을 했을지 모르니까."

하지만 남편은 아무 말도 없이 서둘러 회사로 가 버렸다. 다네코는 마침내 혼자가 되자, 그날도 화로 앞에 앉아, 주전자에서 잔에 따라 두었던 미지근한 차를 마시기로 했다. 그러나 그녀의 마음은 어쩐지 안정을 잃고 있었다. 그녀 앞에 있던 신문은 한창 꽃이 만발한 우에노의 사진을 싣고 있었다. 그녀는 멍하니 이 사진을 보면서 한 번 더 차를 마시려 했다. 그런데 차에는 어느새 운모처럼 생긴 기름기가 떠 있었다. 게다가 기분이 그래선지, 그것은 그녀의 눈썹과 똑같았다.

"……."

다네코는 턱을 받친 채, 머리 빗을 기운도 없이 그저 찻잔만 바라보고 있었다.

엄마

1

방구석에 놓여 있는 체경에, 서양풍으로 벽을 칠한, 거기다 일본식 다다미가 깔린 상하이 특유의 여관 2층의 일부가 또렷이 비친다. 우선 정면에 하늘색 벽, 그리고 새로 깔아 놓은 몇 장인가의 다다미, 마지막으로 이쪽으로 등을 보이고 있는 서양식 머리 모양의 여자가 한 사람. 이 모두가 싸늘한 빛 가운데 애절할 정도로 선명히 비치고 있다. 여자는 아까부터 거기서 바느질인지 뭔지를 하고 있는 모양이다.

제일 뒤쪽을 돌아보면, 수수한 비단 하오리(羽織)[41]를 걸친 어깨에 흐트러진 앞머리 한쪽으로 창백한 옆얼굴이 엿보인

---

41) 일본의 전통 의상으로, 옷 위에 걸쳐 입는 짧은 상의.

다. 물론 얇은 귀에 아련하게 빛이 내비치는 것도 보인다. 약간 긴 귀밑머리가 어렴풋이 귓볼을 흐려 놓은 것도 보인다.

이 체경이 놓인 방에는 옆방의 아기 우는 소리를 빼고는 무엇 하나 침묵을 깨는 것이라곤 없다. 아직도 그치지 않고 있는 빗소리조차 여기서는 그러한 침묵에 한층 더 단조로운 느낌을 더할 뿐이다.

"여보."

그렇게 몇 분인가가 지난 뒤에 여자는 하던 일을 계속하면서 갑자기, 하지만 불안한 듯 이렇게 누군가를 불렀다.

누군가, 방 안에는 여자 외에도 솜옷을 입은 남자 하나가 훨씬 떨어진 다다미 위쪽에 영자 신문을 펴 놓고 길게 엎드려 있다. 하지만 그 소리가 안 들리는지 남자는 가까이에 있는 재떨이에 궐련 재를 털 뿐 신문에서 눈도 들지 않는다.

"여보."

여자는 다시 한 번 불렀다. 그러면서도 여자 또한 눈은 바늘위에 둔 채다.

"왜 그래."

남자는 약간은 성가시다는 듯이 둥글둥글 살이 붙고 짧은 콧수염을 기른 활발해 보이는 머리를 들었다.

"이 방 있잖아요, 이 방 바꾸면 안 되나요?"

"방을 바꿔? 이제 막, 겨우 어젯밤에 이리로 옮겨 온 참이잖아?"

남자는 뜨악한 얼굴을 하고 있었다.

"막 옮겨 왔다고 해도, 전에 있던 방은 비어 있을 거 아니에요?"

74

남자는 이래저래 두 주 동안 그들이 옹색한 경험을 했던, 햇빛이 들지 않는 3층 방이 일순 눈앞에 보이는 것 같았다. 칠이 벗겨진 창 쪽 벽에는 색 바랜 다다미 위에 사라사 커튼이 드리워져 있다. 그 창에는 언제 물을 줬는지, 죽어 가는 제라늄 꽃이 엷은 먼지를 뒤집어쓰고 있다. 게다가 창밖을 보면 너저분한 골목에 보릿짚 모자를 쓴 중국인 인력거꾼이 서성거리고…….

　"하지만 당신이 그 방에 있기 싫다고 했잖아?"

　"예, 그런데 여기 와 보니까 갑자기 이 방이 싫어졌거든요."

　여자는 바느질을 그만두고서 나른한 듯 얼굴을 들었다. 미간이 좁고 눈 꼬리가 길어 날카로워 보이는 얼굴이다. 하지만 눈가의 기미를 보면 뭔가 힘든 일을 겪었을 것이라는 상상을 못 할 것도 없다. 그러고 보니 병적이다 싶을 정도로 관자놀이에 정맥이 도드라져 있다.

　"예? 괜찮죠? ……안 돼요?"

　"하지만 이전 방보다 더 넓고 편한데 불평을 할 핑계가 없잖아. 그런데 뭔가 싫어할 만한 일이라도 있었던 거요?"

　"무슨 일이 있었던 건 아니지만…….."

　여자는 얼핏 한숨을 쉬는 듯했지만 더는 말하지 않았다. 그저 한 번 더 다짐을 받으려는 듯이 같은 말을 되풀이했다.

　"안 돼요? 무슨 일이 있어도?"

　이번에는 남자가 신문 위로 담배 연기를 뿜을 뿐 가타부타 말이 없었다.

　방 안은 다시 조용해졌다. 밖에서는 여전히 비 내리는 소리가 들리고 있었다.

“봄비라.”

남자는 조금 뒤 벌렁 드러눕더니 혼잣말처럼 이렇게 말했다.

“우후에서 살게 되면 시 짓기라도 시작해 볼까?”

여자는 아무 대답도 않고 바느질만 하고 있다.

“우후도 그리 나쁘기만 한 데는 아냐. 우선 사택이 크고 정원도 상당히 넓어서 화초 키우기에는 딱 좋지. 어쨌든 원래는 옹가화원(雍家花園)42)이라나 해서 말이지…….”

남자는 갑자기 입을 다물었다. 조용해진 방 안에는 희미하게 우는 소리가 들린다.

“어이.”

우는 소리가 뚝 그쳤다. 그런가 하더니 금방 또 끊길 듯 끊길 듯 이어졌다.

“어이, 도시코.”

반쯤 몸을 일으킨 남자가 다다미에 한쪽 무릎을 세운 채로 당황한 기색을 보였다.

“당신, 나랑 약속했잖아? 더 이상 속 썩이지 않기로. 이제 눈물은 그만 보이기로 하지. 그만.”

남자는 문득 눈을 치켜떴다.

“아니면 혹시 그 일 말고, 뭔가 다른 슬픈 일이라도 있는 거야? 예를 들어 일본으로 돌아가고 싶다든가, 중국이라도 시골에는 가기 싫다든가.”

“아뇨. 아아뇨. 그런 게 아니고요.”

---

42) 양쯔 강에 면해 있는 중국 안휘 성의 한 도시.

도시코는 하염없이 눈물을 흘리며 뜻밖에도 강하게 부정했다.

"난 당신이 있는 곳이라면 어디든지 갈 생각이에요. 그렇기는 하지만."

도시코는 눈을 내리뜨고는 넘쳐흐르는 눈물을 억누르려는지 얇은 아랫입술을 지그시 깨물었다. 자세히 보면 창백한 뺨 아래에도 눈에 보이지 않는 불꽃같은, 절박한 무엇인가가 타오르고 있다. 떨리는 어깨, 젖은 눈썹, 남자는 그런 것들을 바라보면서 지금 기분과는 연결되지 않지만, 아내의 아름다움을 새삼스럽게 느꼈다.

"그래도, 이 방은 싫은 걸 어떡해요."

"그러니까 말이지, 아까도 말했잖아, 왜 그렇게 이 방이 싫은지 그것만 확실하게 말해 주면……."

남자는 거기까지 말하고는, 도시코의 시선이 물끄러미 자신의 얼굴에 쏟아지고 있음을 느꼈다. 눈물을 머금은 그 눈동자 밑바닥에는 거의 적의에 가까운 슬픈 빛이 번뜩이고 있었다. 왜 이 방이 싫어졌을까? 그것은 남자 자신만의 의문에 그치지 않는다. 동시에 도시코가 무언중에 남자에게 들이민 반문이기도 하다. 남자는 도시코와 눈을 마주치며 다음에 할 말을 머뭇거렸다.

하지만 말이 끊겼던 것은 불과 몇 초 동안이다. 남자의 얼굴에는 순식간에 양해의 빛이 넘쳐흘렀다.

"그거야?"

남자는 감정을 억누르듯이, 묘하게 퉁명스러운 소리로 말했다.

"그건 나도 좀 신경이 쓰였어."

도시코는 남자가 그리 말하자 무릎 위로 뚝뚝 눈물을 떨어뜨렸다.

창밖에는 어느새 해가 지고 어둠이 비를 삼켰다. 그 빗소리를 밀어젖히듯 하늘색 벽 너머에서는 지금도 아기 울음소리가 이어지고 있었다…….

2

2층 돌출 창에 찬란한 아침 햇살이 비친다. 맞은편으로는 3층짜리 붉은 벽돌 건물에 어렴풋이 이끼가 낀, 역광을 받은 집들이 솟아 있다. 어두컴컴한 이쪽 복도에서 보면 돌출 창은 이 집을 배경으로 한 커다란 한 장의 그림처럼 보인다. 튼튼한 떡갈나무 창틀이 마치 액자를 끼운 듯하다. 그 그림 한복판에 여자 하나가 이쪽으로 옆얼굴을 보이면서 자그마한 양말을 짜고 있다.

여자는 도시코보다 젊어 보였다. 비에 씻긴 아침 햇살은 그 살집이 풍만한 어깨, 화려한 오시마 비단 하오리를 걸친 어깨에 밝게 비치고 있다. 햇살은 약간 고개를 숙인 혈색 좋은 뺨에 반사되고 있다. 약간 두터운 입술 위의 아스라한 솜털 위에도 반사되고 있다.

오전 10시에서 11시 사이, 여관에서는 이때가 하루 중 가장 조용한 시간이다. 장사하러 온 사람이든 구경하러 온 사람이

든 숙박객은 대개 다 외출해 버린다. 하숙하는 직장인들도 물론 오후까지는 돌아오지 않는다. 그곳에는 오직 긴 복도에 때때로 실내화를 끄는 여종업원의 발소리만 남아 있다.

지금도 그 소리가 먼 데서부터 점점 이쪽으로 가까워지더니, 돌출 창에 이어진 복도에 사십 대로 보이는 여종업원 하나가 홍차 도구를 나르면서 그림자처럼 스쳐 지나갔다. 여종업원은 아무 말 없었으면 여자가 있는 줄도 모른 채 그냥 지나쳤을지도 모른다. 하지만 여자는 여종업원의 모습을 보자 허물없는 목소리로 말을 걸었다.

"기요 씨."

여종업원은 살짝 인사하며 돌출 창 쪽으로 다가갔다.

"아이고, 열심이시네요. 도련님은 어쩌시고?"

"우리 도련님? 도련님은 지금 휴식 중."

여자는 뜨개질을 멈춘 채 어린아이처럼 미소 지었다.

"가끔은 있잖아요, 기요 씨."

"뭔데요? 심각한 얼굴로……."

여종업원도 돌출 창의 햇빛에 앞치마만 선명하게 비치고, 거무스름한 눈가에 미소를 띠었다.

"옆방의 노무라 씨, 노무라 씨 맞죠, 그 부인?"

"예, 노무라 도시코 씨."

"도시코 씨? 그럼 나하고 같은 이름이네. 그분들은 벌써 떠났나요?"

"아뇨. 아직 대엿새는 더 머물걸요. 그 뒤에 우후로 갈 거라던가……."

"하지만 아까 그 앞을 지나왔는데 방에는 아무도 없던데요."

"예, 어젯밤 갑자기 다시 3층으로 방을 옮겼거든요……."

"그래요?"

여자는 뭔가 생각하는 듯 통통한 얼굴을 갸웃했다.

"그분이죠? 여기 오던 당일 날 애기를 잃은 것이?"

"예, 참 안됐어요. 곧바로 병원으로 옮겼지만……."

"그럼, 병원에서 죽은 거예요? 어쩐지…… 전혀 몰랐어요."

여자는 앞가르마를 탄 얼굴에 얼핏 우울한 기색을 띠었다. 하지만 금방 다시 원래 모습으로 돌아와 쾌활한 미소를 되찾고 장난기 어린 눈이 되었다.

"이것으로 볼일은 끝. 이제 그만 저쪽으로 가 주실래요?"

"정말 너무하시네요."

여종업원은 무심결에 웃음을 터뜨렸다.

"그렇게 매정한 말씀을 하시면 쓰타노야에서 전화가 와도 몰래 서방님께 연결할 거예요."

"괜찮아요. 얼른 가시라니까, 홍차가 다 식어 버리잖아요."

여종업원이 돌출 창에서 사라지자 여자는 다시 뜨개질감을 집어 들면서 작은 소리로 노래를 부르기 시작했다.

오전 10시에서 11시 사이. 여관에서는 이때가 하루 중 가장 조용한 시간이다. 방마다 놓여 있는 꽃병의, 시들기 시작한 꽃들은 이때 여종업원들이 내다 버린다. 2, 3층의 놋쇠로 만든 난간도 이때 보이가 닦는 모양이다. 이와 같은 침묵이 내려앉은 가운데 단지 오가는 사람들의 수런거림만이 이쪽저쪽 열어젖힌 창문을 통해 햇빛과 함께 쏟아져 들어온다.

그런 가운데 문득 여자의 무릎에서 털실 뭉치가 굴러떨어졌다. 털실 뭉치가 통 하고 튀어 올라 한 줄기 빨간 실을 끌며 데구르르 복도까지 굴러갈 뻔한 순간 누군가가 한 사람, 마침 그쪽으로 오고 있었는지, 조용히 그것을 집어 들었다.

"감사합니다."

여자는 등나무 의자에서 일어나며 수줍게 인사했다. 보니까 털실 뭉치를 주운 것은 조금 전에 여종업원과 입방아를 찧었던 앙상하게 마른 옆방 부인이다.

"별말씀을요."

털실 뭉치는 가느다란 손가락에서 새하얗고 통통한 손으로 옮겨 갔다.

"여기는 따뜻하네요."

도시코는 돌출 창 쪽으로 걸어가더니 눈이 부신 듯 찡그렸다.

"네에, 이러고 있으면 졸음이 솔솔 올 지경이에요."

두 엄마는 선 채로 행복한 듯 미소를 나누었다.

"어머나, 귀여운 양말이네요."

도시코의 목소리는 아무 일도 없다는 듯 자연스러웠다. 하지만 여자는 그 말에 자기도 모르게 눈길을 피했다.

"이 년 만에 뜨개바늘을 잡아 봤어요……. 하도 심심해서."

"저 같은 사람은 아무리 심심해도 그냥 멍하니 있는데…….

여자는 등나무 의자에 뜨개질감을 던져 놓고 마지못한 듯 미소를 지었다. 도시코의 말이 무심결에 다시 한 번 여자를 쳤던 것이다.

"댁의 아기는…… 아드님이었던가요? 언제 태어났죠?"

도시코는 머리를 매만지며 힐끗 여자의 얼굴을 바라보았다. 어제는 우는 소리를 듣는 것조차 견딜 수 없을 것 같았던 옆방 아기, 그랬는데 지금은 그 무엇보다도 도시코의 관심을 끄는 것이다. 게다가 그 관심을 만족시키면 오히려 새삼 고통이 더할 것이라는 것까지도 분명히 알고는 있었다. 작은 동물이 코브라 앞에서 꼼짝도 못 하는 것과 마찬가지로, 도시코의 마음도 어느 사이에 괴로움 그 자체의 최면 작용에 붙잡힌 결과일까? 그게 아니면 부상당한 병사가 굳이 상처를 헤집어 보면서 일시적인 쾌감을 느끼는 것처럼, 어쩔 수 없이 괴로움을 겪게 만드는 병적인 심리의 한 예인 것일까?

"올 정월이에요."

여자는 그렇게 대답하고는 얼핏 주저하는 기색을 보였다. 하지만 곧바로 눈을 들더니 안됐다는 듯이 덧붙였다.

"댁에서는 엄청난 일이 있었다면서요?"

도시코는 젖은 얼굴에 억지 미소를 떠올렸다.

"예, 폐렴으로 악화되어서……. 정말 악몽 같았지요."

"그것도 오시자마자였다면서요. 뭐라 말씀드려야 좋을지 모르겠네요."

여자의 눈에는 어느새 어렴풋이 눈물이 반짝이고 있었다.

"제가 그런 일을 당했으면 정말, 어쨌을지 모르겠어요."

"한동안은 정말 너무나 슬펐지만…… 이제 다 내려놔 버렸어요."

두 엄마는 선 채로 적막한 아침 햇살을 바라보았다.

"여기는 나쁜 바람이 불어요."

여자는 깊은 생각에 빠진 듯, 끊어진 이야기를 다시 이었다.

"내지는 괜찮은가 봐요. 기후도 여기처럼 불순하지 않고……."

"온 지 얼마 안 돼서 잘 모르겠지만 비가 너무 많은 곳이네요."

"올해는 특히…… 어머나, 아기가 우네요."

여자는 귀를 기울인 채로, 지금까지와는 전혀 다른 사람 같은 미소를 띠었다.

"잠깐 실례하겠습니다."

하지만 그 말이 끝나기도 전에 이미 아까 그 여종업원이 찰싹찰싹 실내화 소리를 내며, 막 울기 시작한 아기를 어르면서 안고 왔다. 갓난아기를…… 예쁜 모슬린 옷 속에서 찡그린 얼굴만 내민 갓난아기를, 도시코가 내심 보지 말자고 생각하고 있었던, 토실하게 살이 올라 턱이 두 개가 된 아기를!

"제가 창을 닦으러 갔더니 금방 잠이 깨서요."

"저런, 미안해요."

여자는 아직 익숙하지 않은 몸짓으로 가만히 아기를 품에 안았다.

"어머나, 귀여워라."

도시코는 얼굴을 기울이며 날카로운 젖내를 맡았다.

"아유, 살이 포동포동하기도 하지."

약간 상기된 여자의 얼굴에는 멈출 수 없는 미소가 넘쳐흘렀다. 여자가 도시코의 심정을 동정하지 않는 것은 아니었다. 하지만…… 하지만 젖가슴 아래에서부터…… 팽팽하게 차오른 엄마의 젖가슴 아래에서부터 왕성하게 솟아오르는 자랑스러운 감정은 어찌할 수 없었던 것이다.

3

옹가화원의 회화나무와 버드나무는 정오를 지난 시각, 미
풍에 산들거리면서 정원이며 풀이며 흙 위로 햇빛과 그림자
를 흩뿌리고 있다. 아니, 풀이나 흙뿐만이 아니다. 그 회화나
무에 걸린, 이 정원에는 어울리지 않는 하늘색 해먹에도 흩뿌
리고 있다. 해먹 속에 드러누운, 여름 바지에 조끼만 걸친 땅
딸막한 사내에게도 흩뿌리고 있다.

사내는 퀼런에 불을 붙인 채 회화나무 가지에 매단 중국풍
새장을 바라보고 있다. 새는 문조나 그 비슷한 종류 같다. 새
도 빛과 그림자의 반점 속에서 홰를 타고 여기저기 옮겨 다니
다가는 가끔씩 자못 이상하다는 듯 새장 아래에 있는 사내를
바라보곤 한다. 사내는 그때마다 미소를 지으며 퀼런을 입으
로 가져갔다. 그렇지 않으면 마치 사람에게 이야기하듯이 "이
놈."이라든지 "왜 그래?" 하는 식으로 말을 걸기도 한다.

주변은 정원수의 산들거림 속에 아련한 풀 향기를 풍기고
있었다. 가끔 한 번씩 먼 하늘로부터 기선의 기적이 울릴 뿐
지금은 사람 소리고 뭐고 아무것도 들리지 않는다. 기선은 이
미 멀리 사라졌겠지. 불그스름하게 흐린 장강 물에 눈부신 항
적을 남기며 서쪽인지 동쪽인지로 사라졌겠지. 그 강물이 보
이는 선창에는 벌거벗은 것이나 다름없는 걸인 하나가 수박
껍질을 씹고 있다. 거기서는 또, 한 무리의 새끼 돼지들이 길
게 드러누운 어미 돼지의 젖꼭지를 놓고 다투고 있을지도 모
르겠다. 새 구경에도 싫증이 난 사내는 그와 같은 공상에 잠겼

다가 어느새 꾸벅꾸벅 졸고 있었다.

"여보."

사내는 큰 눈을 떴다. 해먹 옆에 서 있는 것은 상하이의 여관에 있을 때보다 조금은 혈색이 좋아진 도시코다. 머리카락에도 여름용 오비에도 평범한 유카타(浴衣)[43]에도 역시 빛과 그림자가 반점을 그린, 화장기 없는 도시코다. 사내는 아내의 얼굴을 보면서 거리낌 없이 하품을 했다. 그러고는 자못 고단한 듯 해먹에서 몸을 일으켰다.

"우편물이에요, 여보."

도시코는 눈만 웃어 가며 편지 몇 통을 사내에게 건넸다. 동시에 유카타 품속에서 분홍색 봉투에 든 작은 편지를 꺼내 보였다.

"오늘은 제게도 왔어요."

사내는 해먹에 걸터앉은 채, 이미 짧아진 궐련을 씹으며 편지를 읽기 시작했다. 도시코도 거기 선 채로 봉투와 같은 색깔의 편지지에 가만히 시선을 떨어뜨리고 있다.

옹가화원의 회화나무와 버드나무는 정오를 지난 시각의 미풍에 산들거리며 이 평화로운 두 사람 위로 햇빛과 그림자를 흩뿌리고 있다. 문조는 거의 지저귀지 않는다. 뭔가 웅웅거리는 곤충 한 마리가 사내의 어깨에 내려앉았으나 그것도 금방 날아가 버리고 말았다…….

이런 짧은 침묵 끝에 도시코는, 내려뜬 눈도 들지 않은 채

---

43) 일본의 전통 의상으로, 여름용 홑겹 옷.

갑자기 조그맣게 소리를 냈다.

"어머나, 옆방 애기도 죽었대요."

"옆방?"

사내는 잠깐 귀를 곤두세웠다.

"옆방이란 게 어디지?"

"옆방이요. 있잖아요, 그 상하이 ○○관의⋯⋯."

"아아, 그 집 아이? 그것 참 안됐네."

"그렇게 튼튼해 보이던 아기가⋯⋯."

"뭐래, 어디가 아팠대?"

"역시 감기래요. 처음에는 춥게 자서 감기가 든 정도인 줄 알았대요."

도시코는 다소 흥분한 듯 빠른 속도로 계속 편지를 읽어 내려갔다.

"병원에 데리고 갔을 때는 이미 늦어서⋯⋯ 그런데, 너무 비슷하지 않아요? 주사를 놓고 산소 호흡을 하고, 온갖 방법을 다 썼지만⋯⋯ 응, 그리고 뭐라고 쓴 거지? 울음소리구나, 울음소리조차 점차 사그라들더니, 그날 밤 11시 5분 전쯤에 결국 숨을 거두었습니다. 그때의 제 슬픔을 부디 헤아려 주시기를⋯⋯."

"참 안됐구면."

사내는 다시 한 번, 해먹에 천천히 드러누우면서 같은 말을 되풀이했다. 사내의 머릿속 어디엔가는 지금도 빈사 상태의 아기 하나가 가냘프게 헐떡이고 있다. 그렇게 생각하자 그 헐떡임은 어느새 다시 울음소리로 바뀌고 만다. 빗소리를 뚫고 들려오는 건강한 아기의 울음소리로. ……사내는 그런 환상 속에서도 아내가 읽는 편지에 귀를 기울이고 있었다.

"부디 헤아려 주시기를, 그리고 언젠가 당신을 뵈었던 게 생각났는데, 그 무렵에는 필시 당신께서도 ……아, 아니. 정말이지 세상이 싫어."

도시코는 우울한 눈을 들더니 신경질적으로 짙은 눈썹을 찌푸렸다. 하지만 잠깐 말이 없더니 새장의 문조를 보자마자 기쁜 듯이 가냘픈 두 손을 마주쳤다.

"아, 좋은 생각이 났다! 이 문조를 놓아주면 좋겠어요."

"놓아준다고? 당신이 그렇게 애지중지하던 새를?"

"예, 애지중지하던 새라도 상관없어요. 옆방 아기를 위한 추선 공양인걸요. 그 왜, 방조(放鳥)라고 하잖아요. 방조를 하는 거예요. 문조도 틀림없이 좋아할걸. ……내 손은 안 닿으려나? 안 닿으면 당신이 좀 꺼내 줘요."

회화나무 밑둥치로 달려간 도시코는 공기짚신[44]을 신은 발로 까치발을 딛고 한껏 팔을 뻗어 보았다. 하지만 새장을 매단 가지에는 손가락조차 닿지 않는다. 문조는 미친 듯이 작은 날개를 파닥거린다. 그 바람에 먹이통에 담긴 좁쌀도 새장 밖으로 흩어졌다. 하지만 사내는 재미있다는 듯 그저 도시코를 바라보고만 있었다. 뒤로 젖힌 목, 부푼 가슴, 발끝에 몸무게를 실은 발. ……그런 아내의 모습을 바라보고 있었다.

"닿지를 않네? ……안 되겠어요."

---

44) 짚신의 일종으로 발뒤꿈치 부분에 공기를 넣게 만든 것.

도시코는 발돋움을 한 채로 남편 쪽으로 빙글 돌아섰다.

"꺼내 줘요, 어서."

"닿을 리가 있나? 발판이라도 놓으면 몰라도…… 놓아준다 하더라도 지금 당장 해야 하는 건 아니잖아?"

"아니, 지금 놓아주고 싶단 말이에요. 꺼내 줘요, 응? 안 꺼내 주면 가만 안 둘 거예요. 알겠죠? 해먹을 풀어 버릴 거야."

도시코는 사내를 흘겨보았다. 하지만 눈에도 입술에도 흐르고 있는 것은 미소였다. 그것도 거의 평정을 잃은, 격렬한 행복의 미소였다. 사내는 이때 아내의 미소에서 어떤 냉혹한 무엇을 감지했다. 햇빛에 부옇게 흐려 보이는 수풀 속에서 언제나 인간을 지켜보는 어딘지 기분 나쁜 힘과 유사한 무엇을.

"바보 같은 짓 하지 마."

사내는 궐련을 내던지며 농담처럼 아내를 나무랐다.

"무엇보다 그런 소리 하면 옆방 부인에게 미안하잖아? 그쪽은 아이를 잃었는데 이쪽에서는 웃고 떠들고……."

그러자 도시코는 어찌 된 일인지, 갑자기 얼굴이 창백해졌다. 뿐만 아니라 토라진 아이처럼 속눈썹이 긴 눈을 내리깔고는 아무렇지도 않은 듯 분홍색 편지를 찢어 버렸다. 사내는 잠시 괴로운 얼굴을 했다. 하나 거북함을 누르기 위함인지 갑자기 다시 쾌활한 이야기를 이어 갔다.

"어쨌든 뭐, 이러고 있는 건 다행스런 일임에 틀림없지. 상하이에 있을 때는 정말 힘들었잖아. 병원에 있으면 마음만 조급하고, 아니면 또 아닌 대로 걱정이고……."

그러다가 문득 사내는 입을 다물었다. 도시코는 발끝에 눈을 둔 채로, 그늘진 뺨 위로는 어느새 흘린 눈물이 반짝이고 있었다. 사내는 당황한 듯 짧은 콧수염을 잡아당기며 그에 대해서는 아무 말도 하지 않았다.

"여보."

숨 막히는 침묵이 이어진 후, 이렇게 불렀을 때도 도시코는 여전히, 남편에게서 안색 나쁜 얼굴을 돌린 채였다.

"왜?"

"내가…… 내가 나쁜 걸까요? 그 아기 죽은 것이…….."

도시코는 갑자기 남편의 얼굴을, 묘하게 열에 들뜬 눈길로 쏘아보았다.

"죽은 것이 기뻐요. 안됐다고 생각은 하면서도…… 그래도 나는 기쁘다고요. 기뻐해서는 안 되는 걸까요? 여보."

도시코의 목소리에는 지금까지 없었던 격렬한 힘이 담겨 있었다. 사내는 와이셔츠 어깨와 조끼를, 이제는 가득 비치기 시작한 눈부신 햇살로 도금하면서 그 물음에 대해서는 아무 대답도 하지 못했다. 사람의 힘으로는 어찌할 수 없는 무언가가 앞을 턱 가로막고 있는 것처럼.

꿈

나는 완전히 지쳐 있었다. 어깨와 목이 뻐근한 것은 물론이고 불면증도 꽤 지독했다.

뿐만 아니라 어쩌다 잠이 들었나 싶으면 온갖 꿈들이 어지러웠다. 언젠가 어떤 사람이 "색채가 있는 꿈은 불건전하다는 증거다."라고 말했다. 하지만 내가 꾸는 꿈은, 화가라는 직업 탓도 있는 건지 대개 색채가 있었다. 나는 어떤 친구와 함께 어느 변두리 카페 같은 유리문 안으로 들어갔다. 먼지 쌓인 유리문 밖은 마침 버드나무 새싹이 올라온 기차 건널목이었다. 우리는 구석 테이블에 앉아 뭔가 그릇에 든 음식을 먹었다. 그런데 다 먹고 나서 보니, 그릇 바닥에 남은 것은 한 치도 넘는 뱀 대가리였다. 그런 꿈도 색채는 뚜렷했다.

하숙집은 엄청나게 추운 도쿄 교외에 있었다. 나는 우울해질 때면 하숙집 뒤로 나와 둑 위로 올라가 국철 전차 선로를 내려다보곤 했다. 선로는 기름때와 녹물로 물든 자갈 위로 몇 줄씩 빛나고 있었다. 그리고 건너편 둑 위에는 아마도 모밀잣밤나무인가 싶은 나무 한 그루가 비스듬히 가지를 뻗고 있었다. 그것은 우울 그 자체라 부를 만한 풍경이었다. 하지만 긴자라든가 아사쿠사보다도 내 심경에는 딱 들어맞았다. '독으로 독을 제압한다.' 나는 홀로 둑 위에 웅크리고 앉아 담배 한 대를 피워 가며 간혹 그런 생각을 하곤 했다.

내게도 친구가 없는 것은 아니었다. 젊고, 부잣집 아들인 서양 화가였다. 그는 내가 처져 있는 것을 보고는 여행을 떠나라고 권하기도 했다. "돈은 어떻게든 마련할 수 있어." 친절하게 말해 주곤 했다. 하지만 설사 여행을 떠나 봤자 나의 우울함이 나아지지 않으리라는 것은 스스로가 누구보다 잘 알고 있었다. 사실 나는 서너 해 전에도 역시 이런 우울함에 빠져, 잠시라도 기분을 바꿔 보려고 멀리 나가사키까지 여행을 하기로 했다. 하지만 막상 나가사키에 가 보니 어떤 숙소도 마음에 들지 않았다. 뿐만 아니라, 가까스로 정한 숙소조차 밤이 되자 커다란 반딧불이가 몇 마리씩이나 팔랑팔랑 날아 들어오는 판이었다. 나는 호되게 고생을 한 끝에 일주일도 못 채우고 다시 도쿄로 돌아오기로 했었다.

아직 서릿발이 남아 있던 어느 날 오후, 나는 수표를 찾으러 갔다 오는 길에 문득 뭔가를 그리고 싶다는 충동을 느꼈다. 돈이 들어왔으니 모델을 쓸 수 있게 되었다는 것도 원인이 되었음에 틀림없다. 하지만 그것 말고도 무언가 충동적으로 창작 의욕이 높아졌다는 것도 사실이었다. 나는 하숙으로 돌아가지 않고 일단 M이라는 집을 찾아가 10호 정도의 인물화를 그리기 위해 모델 한 사람을 고용하기로 했다. 이런 결심은 우울 가운데서도 오랜만에 나를 활기 있게 만들었다. '이 그림만 완성되면 죽어도 좋아' 그런 생각마저 실제로 들었던 것이다.

M이라는 집에서 보내 준 모델은 얼굴이 별로 예쁘지 않았다. 하지만 몸매, 특히 가슴은 정말 근사했다. 게다가 뒤로 넘긴 머리카락도 숱이 많고 탐스러웠다. 나는 이 모델에게 만족하여 그녀를 등의자 위에 앉혀 보고는 곧바로 작업을 시작하기로 했다. 알몸이 된 그녀는 꽃다발 대신 구겨 놓은 영자 신문을 들고 가볍게 다리를 꼬고 앉아 고개를 갸웃한 포즈를 취하고 있었다. 하지만 막상 캔버스 앞에 서고 보니 새삼스레 피로감이 느껴졌다. 북향인 내 방에는 화로가 하나 놓여 있을 뿐이었다. 나는 물론 이 화로에 가장자리가 그을릴 정도로 탄을 피웠다. 하지만 아직 방은 충분히 덥혀지지 않았다. 그녀는 등의자에 앉아 때때로 양쪽 허벅지의 근육을 반사적으로 떨고 있었다. 나는 붓을 움직여 가며 그때마다 짜증이 났다. 그녀에 대해서라기보다는 스토브 하나 제대로 못 사는 자신을 향한 짜증이었다. 그와 동시에 이런 일에 일일이 신경이 곤두서는 스스로에 대한 것이기도 했다.

"집이 어디야?"

"우리 집? 야나카 산사키초."

"혼자 살아?"

"아뇨, 친구랑 둘이서 세 들어 있어요."

나는 이런 이야기를 해 가며, 정물을 그렸던 낡은 캔버스 위에 천천히 색칠을 하고 있었다. 그녀는 고개를 갸웃한 채, 전혀 표정이라는 것이 없었다. 더욱이 그녀의 말투는 물론 그녀의 음성에조차 변화라는 것이 없었다. 태어날 때부터 타고난 일종의 기질인 것 같았다. 나는 그 사실이 마음 편했고 때로 그녀에게 시간 외에도 포즈를 취해 달라고 했다. 하지만 문득 눈동자조차 움직이지 않는 그녀의 모습에 묘한 압박감을 느낄 때도 있었다.

작업은 그다지 진척이 없었다. 나는 하루 일을 마치고 나면, 보통 카펫 위에 드러누워 목덜미나 머리를 주물러 보기도 하고 멍하니 방 안을 둘러보기도 했다. 내 방에는 캔버스 말고는 등의자 하나가 있을 뿐이었다. 등의자는 공기 중의 습도 탓이었는지, 간혹 아무도 앉지 않았는데 삐걱대는 소리를 내는 경우가 있었다. 이럴 때면 으스스해져서 얼른 어딘가 산책이라도 나가곤 했다. 하지만 산책을 나가 봤자 하숙집 뒤의 둑길을 따라 절이 많은 촌 동네로 가는 정도였다.

어쨌든 나는 쉬지 않고 날마다 캔버스를 향해 있었다. 모델 역시 매일 찾아왔다. 그러다 보니 나는 이전보다 더욱 그녀의 몸에 대해 압박감을 느끼게 되었다. 그건 어쩌면 그녀의 건강에 대한 시샘도 섞여 있음이 분명했다. 그녀는 변함없이 무표정하게, 꼼짝 않고 방 한구석에 눈길을 준 채, 불그스름한 카펫 위에 누워 있었다.

'이 여자는 인간보다 동물을 닮았다.' 나는 캔버스에 붓질을 하며 때때로 그런 생각을 하곤 했다.

미지근한 바람이 불던 어느 날 오후, 나는 역시 캔버스를 향해 부지런히 붓질을 하고 있었다. 모델은 오늘따라 다른 때보다도 훨씬 무뚝뚝해 보였다. 나는 마침내 그녀의 몸에서 야만적인 힘을 느끼기 시작했다. 게다가 그녀의 겨드랑이 아래 같은 곳에서 무슨 냄새가 났다. 마치 흑인들의 피부에서 나는 듯한 냄새였다.

"어디서 태어났어?"

"군마 현 ○○초"

"○○초? 베 짜는 공장이 많은 동네네."

"예."

"베는 안 짰어?"

"어릴 때 짜 본 적이 있어요."

나는 이런 이야기를 하면서 그녀의 유두가 커지기 시작했다는 것을 눈치챘다. 그것은 마치 양배추 싹이 나기 시작하는 것에 가까웠다. 나는 물론 평소처럼 열심히 붓을 움직이고 있었다. 하지만 그녀의 유두에, 그 섬뜩한 아름다움에 묘하게 신경이 쓰였다.

그날 밤도 바람은 계속 불었다. 나는 문득 잠이 깨어 하숙집 변소에 가려 했다. 하지만 의식이 확실해지고 보니, 방문은 열었지만, 줄곧 내 방 안을 걷고 있었던 모양이다. 나는 무의식중에 발을 멈추고 멍하니 내 방 안, 특히 내 발 아래 있는 불그스름한 카펫에 눈길을 주었다. 그리고 발가락 끝으로 살짝 카펫을 문질러 보았다. 카펫의 감촉은 의외로 모피에 가까웠다. "이 카펫 안쪽은 무슨 색이었더라?" 그런 것도 내게는 신경이 쓰였다. 그러면서 막상 안쪽을 뒤집어 보는 것은 이상하게 무서웠다. 나는 변소에 다녀와서는 서둘러 잠자리에 들기로 했다.

다음 날 일을 마치고 나서는 평소보다 한층 더 실망했다. 그렇다고 방에 그냥 있는 것은 오히려 편치 않은 일이었다. 그래서 역시 하숙집 뒤쪽의 둑 위에 나가기로 했다. 이미 해가 지기 시작하고 있었다. 하지만 나무들이나 전봇대는 어렴풋한 빛에도 불구하고 이상하게 또렷이 보였다. 나는 둑을 따라 걸으며 크게 소리 지르고 싶은 유혹을 느꼈다. 하지만 물론 그런 유혹은 억눌러야 하는 것이 틀림없다. 나는 마치 머리만 걷고 있는 것처럼 느끼며 둑길을 따라 만들어져 있는 초라한 촌 동네로 내려갔다.

이 촌 동네는 여전히 인적이 거의 보이지 않았다. 하지만 길가의 한 전봇대에 조선 소가 한 마리 묶여 있었다. 소는 목을 늘여 뺀 채, 묘하게 여성적으로 젖어 있는 눈으로 꼼짝 않고 나를 응시했다. 그건 뭐랄까, 내가 다가오기를 기다리고 있는 듯한 표정이었다. 나는 이런 조선 소의 표정에서 조용히 싸움을 걸어오는 듯한 느낌을 받았다. '저놈은 도살자에게 맞설 때도 저런 눈을 할 게 분명해.' 그런 생각도 나를 불안하게 만들었다. 나는 점점 우울해졌고 결국 그곳을 지나치지 못하고 다른 골목길로 돌아갔다.

그후, 이삼일이 지난 어느 오후, 나는 다시 캔버스를 향해서서 부지런히 붓을 놀리고 있었다. 불그스레한 카펫 위에 드러누운 모델은 역시 눈도 깜빡하지 않고 있었다. 나는 그럭저럭 한 반달가량 이 모델을 앞에 두고 진척 없는 작업을 이어가고 있었다. 하지만 우리의 마음은 전혀 서로 교류가 없었다.

아니, 오히려 나로서는 그녀에게 위압당하는 듯한 느낌만 점차 강해질 따름이었다. 그녀는 휴식 시간에도 속옷 한 장 걸치지 않았다. 뿐만 아니라, 내 말에도 건성으로 대답할 뿐이었다. 하지만 오늘은 무슨 일인지, 내게서 등을 돌린 채(나는 문득 그녀의 오른쪽 어깨에 사마귀가 있다는 것을 발견했다.) 카펫 위에 다리를 뻗고 이렇게 말을 걸었다.

"선생님, 이 하숙으로 오는 길에 작은 돌들이 몇 줄 깔려 있죠?"

"응."

"그거 태반 무덤[45]이에요."

"태반 무덤?"

"예, 태반을 묻었다는 표시로 세워 놓은 돌이죠."

"어떻게 알아?"

"그렇다고 써 놓은 글자가 보이던걸요."

그녀는 어깨 너머로 나를 바라보며 슬쩍 냉소에 가까운 표정을 지었다.

"누구나 태반을 뒤집어쓰고 태어나는 걸까요?"

"별소리를 다 하는군."

"아니, 태반을 뒤집어쓰고 태어나는 거라 생각을 하면……."

"……?"

"꼭 개가 낳은 새끼 같은 느낌도 드네요."

---

45) 일본의 전통 풍속 중 한 가지. 출산 후 태반을 집 안 어딘가에 묻고 돌을 세워 기념함.

나는 다시 그녀를 앞에 두고 진척 없는 붓질을 시작했다. 진척이 없다? 그것은 딱히 마음이 안 내킨다는 것은 아니었다. 나는 늘 그녀의 내부에서 거칠게 표현되기를 원하는 무엇인가를 느끼고 있었다. 하지만 이 무엇인가를 표현하는 일은 내 역량이 따라갈 수 없었다. 게다가, 표현하는 것을 피하고 싶다는 마음마저 들었다. 그것은 어쩌면 유화 물감이나 붓을 써서 표현하는 것을 피하고 싶다는 마음일지도 몰랐다. 그렇다면 뭘로 그릴까? 나는 붓질을 하면서 간혹 어딘가 박물관에 있던 돌 몽둥이나 돌칼을 떠올리곤 했다.

　그녀가 돌아가 버린 후, 나는 흐릿한 전등 아래 커다란 고갱 화집을 펼쳐 놓고 타히티의 그림을 한 장씩 들여다보곤 했다. 그러다가 문득 정신을 차려 보면, "이리 되어야 하리라 생각은 하오나." 하는 문어체의 문장을 반복하고 있었다. 어째서 그런 말을 되풀이했는지는 물론 나도 모를 일이었다. 어쨌든 나는 등골이 서늘해져서, 심부름하는 여자아이에게 이불을 펴라고 시켜, 수면제를 먹고 잠들었다.

　내가 잠에서 깬 것은 이럭저럭 10시가 가까운 무렵이었다. 나는 엊저녁 날이 따스했던 탓인지 카펫 위에 나와 있었다. 하지만 그보다 더 신경이 쓰인 것은 잠에서 깨기 전에 꾼 꿈이었다. 나는 이 방 한가운데 서서 한 손으로 그녀를 목 졸라 죽이려 하고 있었다.(더구나 그것이 꿈이라는 사실을 확실히 알고 있었다.) 그녀는 얼굴을 약간 젖히고 역시나 무표정하게 조금씩 눈을 감았다. 동시에 또한 그녀의 유방은 동글동글 어여쁘게 커져 가고 있었다.

그것은 어렴풋이 정맥이 드러나 보이는, 엷게 빛나는 유방이었다. 나는 그녀를 목 졸라 죽이는 일에 전혀 주저함이 없었다. 아니, 오히려 당연한 일을 해내는 상쾌함 같은 것을 느끼고 있었다. 그녀는 마침내 눈을 감은 채로 너무나 조용히 죽은 듯했다. 이런 꿈에서 깨어난 나는 얼굴을 씻고 와서 진한 차를 연거푸 두세 잔 들이마시기도 했다. 하지만 내 마음은 더욱 우울해질 따름이었다. 아무리 곰곰이 생각해 봐도 그녀를 죽이고 싶다고 생각한 적은 없었다. 하지만 나의 의식 밖에서는……. 나는 궐련을 피워 가며 묘하게 두근거리는 마음을 가라앉히고는 모델이 오기를 기다렸다. 하지만 그녀는 1시가 되어도 내 방을 찾지 않았다. 이렇게 그녀를 기다리는 동안이 내게는 몹시 괴로웠다. 나는 차라리 그녀를 기다리지 말고 산책이나 나갈까 하는 생각도 했다. 그러나 산책을 나가는 것도 실은 두려웠다. 내 방문 밖으로 나간다. 그런 아무것도 아닌 일조차 내 신경 줄은 견디지 못했다.

날은 점점 어두워져 가고 있었다. 나는 방 안을 어슬렁거리며 올 리가 없는 모델을 기다리고 있었다. 그러다가 내가 떠올린 것은 열두어 해 전의 사건이었다. 아직 어린아이였던 나는 그때도 이런 날 저녁에 선향 불꽃놀이[46]에 불을 붙이고 있었다. 그것은 물론 도쿄가 아닌, 부모님이 살고 있던 시골집 마당이었다. 그런데 누군가 큰 소리로 "야, 정신 차려." 하는 이가 있었다. 더구나 내 어깨를 흔드는 사람도 있었다. 나는 마

---

46) 선향처럼 생긴 긴 종이 심 끝에 화약을 묻혀 가지고 노는 불꽃놀이.

당가에 앉아 있다고 생각했다. 그런데 어렴풋이 정신을 차려 보니, 어느새 집 뒤에 있는 파밭 앞에 쭈그리고 앉아, 부지런히 파에 대고 불을 붙이고 있었다. 뿐만 아니라 내 성냥갑은 어느 틈에 거의 비어 가고 있었다.

나는 궐련을 피워 가며 내 삶에 스스로도 전혀 모르는 시간이 존재한다는 사실을 생각하지 않을 수가 없었다. 이런 생각은 나에게 불안하다기보다는 오히려 오싹한 것이었다. 나는 어젯밤 꿈속에서 한 손으로 그녀를 목 졸라 죽였다. 하지만 그게 꿈이 아니었다면…….

모델은 다음 날도 오지 않았다. 나는 마침내 M이라는 집에 가서 그녀의 안부를 묻기로 했다. 하지만 M의 주인 역시 그녀에 대해 알지 못했다. 나는 더욱 불안해져서 그녀의 거처를 알아냈다. 그녀는 자기 말대로라면 야나카 산사키초에 있을 터였다. 하지만 M의 주인 말에 따르면 혼고 히가시카타마치에 있을 것이다. 나는 전등불이 켜지기 시작할 무렵 혼고 히가시카타마치에 있다는 그녀의 숙소에 도착했다. 그것은 어떤 골목에 있는, 불그스름한 페인트를 칠한 서양식 세탁소였다. 유리문을 단 세탁소에는 셔츠 한 장만 입은 일꾼 둘이서 열심히 다리미질을 하고 있었다. 나는 굳이 서둘지도 않고 가게 앞의 유리문을 열려 했다. 하지만 어느 틈에 내 머리는 유리문을 들이박고 있었다. 이 소리에는 일꾼들은 물론이고 나 스스로도 놀라지 않을 수 없었다. 나는 주저주저 가게 안으로 들어가 일꾼 중 한 사람에게 말을 걸었다.

"○○ 씨라는 사람이 있는지요?"

"○○ 씨는 그저께부터 안 돌아왔는데요."

이 말은 나를 불안하게 만들었다. 하지만 그 이상 물어보는 것도 생각해 볼 문제였다. 내게는, 무슨 일이 있을 경우 그들에게 의심을 받지 않도록 조심해야 한다는 생각도 있었던 것이다.

"그 사람은 가끔 집을 비우면 한 일주일씩 안 들어오기도 하니까요."

얼굴색 나쁜 일꾼 하나는 다리미질하는 손을 멈추지 않고 이런 말을 덧붙이기도 했다. 나는 그의 말 속에서 확실히 경멸에 가까운 무언가를 느꼈고 스스로에게 화를 내 가며 서둘러 가게를 나왔다. 하지만 그것은 아직 나은 편이었다. 나는 비교적 살림집들이 많은 히가시카타마치를 걷고 있는 동안 문득 언젠가 꿈속에서 이런 일이 있었다는 것을 생각해 냈다. 페인트칠을 한 서양식 세탁소도, 얼굴색 나쁜 일꾼도, 불이 비쳐 보이는 다리미도, 아니, 그녀를 찾아갔던 것도 분명히 내게는 몇 달 전(혹은 몇 년 전) 꿈과 같았다. 뿐만 아니라 나는 그 꿈속에서도 역시 세탁소를 나온 후 이런 쓸쓸한 거리를 홀로 걷고 있었던 것 같다. 그리고, 그다음 이어진 꿈의 기억은 내게 전혀 남아 있지 않았다. 하지만 지금 무슨 일이 일어난다면, 그것 역시 단박에 그 꿈속의 일이 될지도 모른다는 기분이 들었다…….

흙 한 덩이

　스미의 아들놈이 죽어 버린 것은 찻잎 따기가 시작되는 시
기였다. 아들인 니타로는 팔 년여를 거의 누워서만 지냈다. 이
런 아들이 죽은 것을 두고 다들 내세에 더 좋은 곳에 갈 거라
고 해 주었지만 스미에게는 이것이 꼭 슬프기만 한 일은 아니
었다. 스미는 니타로의 관 앞에 선향 하나를 바치고 나서 어쨌
든 아사히나 숲 속의 갑갑한 외길 같은 것을 가까스로 빠져나
온 듯한 기분이 들었다.

　니타로의 장례식을 마치고 나서 우선 문제가 되었던 것은
며느리 다미의 처지였다. 다미에게는 아들 하나가 있었다. 게
다가 몸져누운 니타로를 대신해 논밭일도 대부분 맡고 있었
다. 그러니 지금 내보냈다가는 아이를 돌보는 것도 그렇고 살
림이 도저히 유지될 것 같지 않았다. 전부터 스미는 사십구재
가 끝나면 다미에게 사위를 얻어 주고 아들이 있던 때와 마찬

가지로 일을 시킬 요량이었다. 사위로는 니타로의 사촌인 요키치를 맞아들일 생각이었다.

그랬던 참이라 장례를 치르고서 일곱 밤이 지난 이튿날 아침 다미가 짐을 정리하기 시작했을 때 스미는 소스라치게 놀랐다. 스미는 그때 손자인 히로지를 마루에서 놀게 하고 있었다. 장난감은 학교에서 꺾어 온 만개한 벚꽃 가지 하나였다.

"아니, 애야. 내가 지금까지 아무 말 안 한 건 잘못이다만 너지금 이 아이와 나를 내버려 두고, 벌써 나가 버리려는 거니?"

스미는 항의라기보다는 하소연이라도 하는 듯한 말투였다. 하지만 다미는 이쪽으로 눈도 돌리지 않고 "무슨 소리예요, 어머니?" 하고 웃음소리를 냈을 뿐이었다. 그뿐인데도 스미는 얼마나 안심했는지 몰랐다.

"그렇겠지. 설마 그런 짓은 안 하겠지……."

스미는 여전히 중얼중얼 투덜거림이 섞인 애원을 반복했다. 동시에 또 그녀 자신의 말에 점점 감정이 복받쳤다. 끝내는 눈물까지 몇 줄기 주름투성이 뺨을 흘러내렸다.

"그럼요. 나도 어머니만 좋으시다면 언제까지나 이 집에 있을 거예요. 이런 아이까지 있는데, 누가 좋아서 다른 데로 나가요?"

다미도 어느새 눈물을 글썽이며 히로지를 무릎 위로 끌어올렸다. 히로지는 묘하게 부끄럽다는 듯이 안방 낡은 다다미 위로 내던져진 벚꽃 가지만 뚫어져라 쳐다보았다…….

다미는 니타로가 살아 있을 때와 전혀 다름없이 일을 계속했다. 하지만 사위를 얻는 일은 생각보다 쉽지 않았다. 다미는 이 이야기에 아무런 관심도 없는 모양이었다. 스미야 물론 기회만 있으면 슬쩍 다미의 마음을 떠보기도 하고 노골적으로 이야기를 꺼내기도 했다. 하지만 다미는 그때마다 "글쎄, 뭐 내년이나 되면요." 하며 건성으로 대답할 뿐이었다. 이것은 스미를 걱정스럽게도, 기쁘게도 했다. 스미는 남들 눈을 신경 쓰면서도 어쨌거나 며느리가 말한 대로 해가 바뀌기를 기다리기로 했다.

그러나 다미는 이듬해가 되어도 역시 논밭에 일하러 나가는 것 말고는 아무런 생각이 없는 듯했다. 스미는 다시 한 번 작년보다 한층 강경하게 사위를 들이자고 권하기 시작했다. 그건 우선 친척들에게 욕을 먹고 세간에선 흉을 보는 것이 마음에 걸린 탓도 있었다.

"그런데 말이다, 얘야, 너는 지금 이렇게 젊은데 사내 없이는 살 수가 없을 게다."

"할 수 없죠. 형편이 이런데 남까지 들여와 봐요. 히로지도 불쌍하고 어머니도 불편할 거고, 뭣보다도 내가 이만저만 힘든 게 아니라니까요."

"그러니까 요키치를 들이자니까 그러네. 그 녀석도 요즘 노름에서 손을 싹 씻었다고 하던데."

"그야 어머니에겐 피붙이지만 나한텐 역시 남이고. 아니, 나만 참고 살면……."

"하지만 그 참는다는 게 한두 해도 아니고 말이다."

"괜찮아요. 히로지를 위해선데요, 뭐. 내가 지금 고생하면 이집 논밭이 둘로 안 나뉘고 죄다 히로지 손에 넘어갈 테니까요."

"하지만 아가야.(스미는 언제나 이쯤에서 진지하게 목소리를 낮추곤 했다.) 남들 입이 시끄러우니까. 네가 지금 내 앞에서 한 말을 그대로 딴 사람들한테도 해 줘야 한다…….'

그런 문답이 두 사람 사이에서 몇 번이나 오갔는지 모른다. 하지만 다미의 결심은 그 때문에 더 굳어질지언정 약해지지 않는 듯했다. 사실 다미는 남자 손을 빌리지 않고도 감자를 심거나 보리를 베는 등 이전보다 더 열심히 일했다. 뿐만 아니라 여름에는 수소를 먹이느라 비오는 날도 풀을 베러 나가곤 했다. 이렇게 바지런히 일을 하는 것은, 이제 와 생판 남을 들이겠다는 얘기에 대한 그녀 나름의 강한 항변이었다. 스미도 마침내 사위를 얻겠다는 생각은 단념했다. 물론 단념한다는 것이 굳이 그녀에게 불쾌할 것도 없었다.

다미는 여자 혼자 손으로 일가의 생활을 버티어 냈다. 그것은 물론 '히로지를 위해'라는 일념도 작용했음에 분명하다. 하지만 또 한 가지는 그녀의 마음에 깊이 뿌리내리고 있는, 유전적인 힘도 있었던 것 같다. 다미는 불모의 산촌에서 이 지역으로 이주해 온 이른바 '건너온 사람'의 딸이었다. "그 집 다미 씨는 얼굴에 안 어울리게 힘이 세더구먼. 지난번에도 커다란 볏단을 네 개씩이나 등에 지고 지나가더라니까." 스미는 이웃집 노파들에게 그런 소리를 듣는 일이 종종 있었다.

스미는 다미에 대한 감사를 일로 보여 주려 했다. 손자를 보살피고, 소를 돌보고, 밥을 짓고, 빨래를 하고, 옆집으로 물을 길러 가고…… 집안일은 끝이 없었다. 그래도 스미는 허리도 못 편 채 기꺼이 그 일을 해냈다.

가을도 깊어 가던 어느 날 밤, 다미는 솔잎 더미를 끌어안고 겨우 집으로 돌아왔다. 스미는 히로지를 업은 채 마침 좁아터진 토방 구석에서 목욕물을 데우고 있었다.

"추웠지. 늦었구나."

"오늘은 다른 때보다 조금 더 일을 하느라."

다미는 솔잎 더미를 아궁이 쪽으로 던져 놓고는 진흙투성이 짚신도 벗지 않은 채, 커다란 화롯가로 올라갔다. 화로 안에는 상수리나무 뿌리 하나가 이글이글 불타고 있었다. 스미는 얼른 일어서려 했지만 히로지를 업은 허리는 목욕통 모서리를 붙잡지 않고는 쉽게 펴지지 않았다.

"어서 목욕하려무나."

"목욕보다도 배가 고파서요. 어디, 우선 고구마라도 먹어야지. 쪄 놓은 거 있어요, 어머니?"

스미는 비척비척 개수대로 가더니 반찬 삼아 쪄 놓은 고구마를 냄비째 화롯가에 내려놓았다.

"아까 쪄 놓고 기다렸으니 벌써 식어 버렸을 거다."

두 사람은 고구마를 꼬치에 꿰어 들고 함께 화롯불에 데우기 시작했다.

"히로지는 곤히 자네요. 그냥 내려놔도 될 텐데."

"아니, 오늘은 너무 추워서 바닥에선 깊이 못 자."

다미는 대화하는 동안에도 벌써 김이 나기 시작한 고구마를 먹기 시작했다. 하루의 노동에 지친 농부만이 그렇게 먹을 수 있을 것이다. 고구마를 꼬치에서 빠지는 쪽부터 크게 한입

씩 베어 물었다. 스미는 조그맣게 코까지 고는 히로지의 무게를 느껴 가며 바지런히 고구마를 데웠다.

"좌우간 너처럼 일을 해서는 딴 사람들 배나 더 허기가 질 거야."

스미는 간혹 며느리의 얼굴에 감탄에 찬 눈길을 던졌다. 하지만 다미는 잠자코, 타는 모닥불 빛을 받으며 볼이 미어져라 아구아구 고구마를 먹었다.

다미는 점점 더 몸을 사리지 않고 남자들의 일거리를 빼앗았다. 때로는 밤에도 석유등 불빛에 푸성귀 따위를 솎는 일까지 했다. 스미는 이렇게 남자보다 더 일을 잘하는 며느리에게 언제나 경의를 느꼈다. 아니, 경의라기보다 오히려 외경심이 느껴졌다. 다미는 들이나 산에서 하는 일 이외의 것은 모조리 스미에게 미뤄 두었다. 최근에는 자기 속옷조차 거의 빨지 않았다. 스미는 그래도 불평하지 않고 구부정한 허리를 두드려 가며 열심히 일했다. 뿐만 아니라 이웃집 노파라도 만날라 치면 "어쨌든 다미가 저렇게 잘해 주니까 나는 언제 죽어도 우리 집은 걱정이 없어." 하며 입에 침이 마르도록 며느리를 칭찬해 대곤 했다.

하지만 다미의 '돈 버는 병'은 쉽사리 만족을 모르는 모양이었다. 다미는 다시 일 년이 지나자 이번에는 강 건너 뽕밭에까지 손을 대겠다는 소리를 하기 시작했다. 다미의 말에 의하면 그 다섯 단보[47]에 가까운 밭을 10엔 정도에 소작을 놓고 있

---

47) 한 단보는 미터법으로 약 10제곱미터.

는 건 아무리 생각해도 멍청한 짓이란다. 그보다는 거기서 뽕나무를 길러 짬짬이 누에를 치면 누에고치 값이 변하지 않는한, 분명히 한 해에 150엔은 손에 쥘 수 있다든가 하는 이야기였다. 하지만 아무리 돈 욕심이 나기로서니 여기서 더 힘들어진다는 것은 스미로서는 도저히 견딜 수 없었다. 더구나 손이많이 가는 양잠 같은 것은 말도 안 되는 이야기였다. 스미는마침내 볼멘소리로 이렇게 다미에게 반항했다.

"들어 봐라, 얘야. 나라고 도망치려는 건 아니야. 그런 건 아니지만 남자 손이 있기를 하니, 어린애까지 딸려서 지금도 너무 짐이 많다. 애, 말도 안 되지, 어떻게 누에를 친다는 거니?너도 조금은 내 생각을 해 줘야지."

다미도 시어머니가 우는 소리를 하니 더 고집을 부릴 수는없었다. 하지만 양잠은 단념하더라도 뽕밭을 만드는 것만큼은 끝내 제 생각을 밀어붙이겠다고 나섰다. "상관없어요. 어차피 밭에는 나 혼자 나가면 되니까요." 다미는 불만스럽다는듯이 스미를 보면서 이렇게 듣기 싫은 소리를 하기도 했다.

스미는 이 일 이후, 사위를 얻자는 생각을 다시 하기 시작했다. 이전에도 살림 걱정을 하거나 남들 눈을 생각해서 사위를얻을까 했던 적은 여러 번 있었다. 하지만 이번에는 잠시라도집을 지키는 괴로움을 벗어나고 싶어 사위 생각을 하기 시작한 것이었다. 그런 만큼 이전에 비하면 이번에는 더욱더 절박할 따름이었다.

마침 뒤쪽의 귤 밭에 흐드러지게 꽃이 달릴 무렵, 남폿불 앞에 자리를 잡은 스미는 커다란 밤일용 안경 너머로 슬쩍 이야기를 꺼내 보았다. 하지만 화롯가에 책상다리를 하고 앉은 다미는 소금물에 절여 볶은 완두콩을 씹어 가며 "또 그 사위 이야기야? 난 몰라요." 하고 아예 상대를 하려 들지 않았다. 예전의 스미였다면 그걸로 대충 포기해 버릴 참이었다. 하지만 이번에야말로 스미도 끈덕지게 타이르기 시작했다.

"하지만 말이다, 그런 소리만 하고 있을 수도 없어. 내일 미야시타네 집 장례식에서는 마침 우리 집에 무덤 파는 일 순번이 돌아왔는데 이런 때에도 남자 손이 없어서야……."

"일 없어요. 내가 가서 파면 되지."

"아무리 그래도, 여자가 어떻게……."

스미는 그냥 웃어넘기려 했다. 하지만 다미의 얼굴을 보니 그냥 웃으면 안 될 듯싶었다.

"어머니, 혹시 뒷방으로 물러앉고 싶어진 것은 아니죠?"

다미는 책상다리를 한 무릎을 끌어안더니 차갑게 못을 박았다. 느닷없이 급소를 찔린 스미는 무심결에 커다란 안경을 벗었다. 하지만 무엇 때문에 벗었는지는 그녀 자신도 몰랐다.

"무슨 애는, 그런 소리를!"

"어머니, 히로지 애비가 돌아갔을 때 어머니 입으로 한 말 잊은 거 아니죠? 여기 이 집 논밭을 둘로 나누는 건 조상님들한테 죄스러울 거라고……."

"아, 그야 그렇게 말했지. 하지만 생각해 보면 다 시절에 따라 살아야 하는 법 아니니. 이래 가지고서야 어쩐다니……."

스미는 열심히 남자 손이 있어야 한다는 이야기를 했다. 하지만 어쨌든 스미의 의견은 자기 귀에도 그다지 그럴듯한 울림이 없었다. 그것은 우선 그녀의 속내, 요컨대 자기가 편해지고 싶다는 마음을 꺼내 놓을 수 없어서였다. 다미 또한 바로 그 점을 노리고 여전히 짜디짠 완두콩을 씹어 가며 가차 없이 시어머니에게 따지고 들었다. 뿐만 아니라 이러는 데는 스미가 모르던 타고난 말재주까지 거들었다.

"어머니야 그래도 되겠죠. 먼저 가시면 될 테니까. 하지만 어머니, 내 처지가 돼 보면 그런 말 못 하세요. 나도 뭐 자랑이라고 과부·노릇을 하고 있겠어요. 뼈마디가 쑤셔서 잠도 못 잘 때에는 멍청한 고집을 부렸다고 사무칠 때가 없다고는 못 해요. 그야 그렇지만 이것도 다 집안 위하는 길이고, 히로지를 위하는 일이다 싶어서 마음 꾹 붙들어 먹고 울며불며 하고 있는 건데……."

스미는 그저 망연히 며느리의 얼굴만 쳐다보고 있었다. 그러는 동안 그녀의 마음에 한 가지 사실이 분명해져 왔다. 그것은 아무리 몸부림을 쳐 봤자, 눈을 감기 전에 도저히 편해질 수 없으리라는 사실이었다. 스미는 며느리가 말을 마치자, 다시 커다란 안경을 썼다. 그러고는 반쯤 혼잣말처럼 이렇게 말을 맺었다.

"그래도, 아가, 세상이라는 게 좀처럼 생각대로는 안 되는 거야. 너도 생각을 좀 잘 해 봐라. 나는 이제 더 아무 말도 안 하련다."

20분 후, 누군가 마을 젊은이 하나가 나직한 소리로 노래를 불러 가며 집 앞을 지나갔다. "젊은 아줌마, 오늘은 풀을 베나? 풀이여 나부껴라, 낫은 잘 들고." 노랫소리가 멀어졌을 때 스미는 한 번 더 안경 너머로 힐끗 다미의 얼굴을 바라보았다. 하지만 다미는 남폿불 너머로 다리를 쭉 뻗고 앉은 채, 선하품만 하고 있었다.

"아, 자야지. 아침 일찍 일어나야 하는데."

다미는 겨우 이런 소릴 하나 싶더니 완두콩 한 줌을 집어 들고는 힘겹게 화롯가에서 일어났다.

스미는 그 후 삼사 년 동안 묵묵히 고생을 견뎌 냈다. 그것은 말하자면, 한창 일할 때인 말과 어쩌다 같은 멍에를 매게 된 늙은 말이 경험하는 괴로움이었다. 다미는 여전히 집 밖에서 부지런히 들일을 했다. 스미는 남들 보기에는 여전히 바지런히 집안일을 하고 있었다. 보이지 않는 채찍의 그림자가 끊임없이 그녀를 위협하고 있었다. 언젠가는 목욕물을 데워 놓지 않아서, 때로는 이삭 널기를 잊는 바람에, 혹은 소가 나가 버리는 통에, 스미는 언제나 성정이 드센 다미에게서 지청구와 잔소리를 듣곤 했다. 그녀는 대꾸도 하지 않고 그저 고생을 꾹 참고 견뎌 냈다. 그것은 무엇보다 참고 순종하는 데 길들여진 정신을 지니고 있는 까닭이었다. 그리고 두 번째로는 손자 히로지가 제 엄마보다 할머니를 훨씬 잘 따랐기 때문이었다.

스미는 사실 겉으로는 이전과 거의 달라진 것이 없었다. 만약 조금이라도 달라졌다면 그것은 다만 전처럼 며느리 칭찬을 하지 않는다는 것뿐이었다. 하지만 이러한 작은 변화가 굳이 남들의 눈을 끌 것도 없었다. 적어도 이웃집 노파들에게는 항상 '복도 많은' 스미였다.

어느 여름 뙤약볕이 뜨거운 한낮, 스미는 헛간 앞을 덮은 포도덩굴 그늘에서 옆집 노파와 이야기를 하고 있었다. 주위에서는 외양간 파리 소리밖에 들리지 않았다. 이웃집 노파는 이야기를 하며 짤막한 궐련을 피우기도 했다. 그것은 아들 녀석의 꽁초를 살뜰히 모아 만든 것이었다.

"다미는? 응, 풀 베어 말리러? 젊은 사람이 안 하는 일이 없어."

"뭘, 여자라는 것은 밖에 나가는 것보다 집안일 하는 게 제일이지."

"아냐, 밭일을 좋아하니 천만다행이지. 우리 며늘애는 시집오고 이날까지 칠 년이나 되어도 논밭은커녕 풀 뽑으러도 한번 나간 적이 없으니. 애 옷을 빤다는 둥, 제 옷을 고친다는 둥 하고 세월을 보낸다니까."

"그렇게 하는 것이 좋지. 애들 옷도 제대로 입히고, 저도 깔끔하게 하고 다니면서 뜬세상 보내야지."

"그래도 요즘 젊은 것들, 도대체가 들일을 싫어해서 말이야. 근데 뭐야, 지금 이 소리?"

"지금 이 소리? 그건 저기, 소 방귀 소리지."

"소가 방귀를? 세상에. 어쨌든 염천에 등짝을 익혀 가면서 조밭의 풀을 뽑는 건 젊을 때는 힘들 거야."

두 할머니는 이런 식으로, 평화롭게 수다를 떨곤 했다.

니타로가 죽은 후 팔 년 남짓, 다미는 여자 혼자 몸으로 일가의 생활을 떠받쳐 왔다. 동시에 언제부터인가 다미의 이름이 마을 밖으로까지 퍼져 나갔다. 다미는 더 이상 '돈 버는 병'으로 밤낮 없는 젊은 과부가 아니었다. 젊은이들이 떠드는 '젊은 아줌마'는 더구나 아니었다. 그 대신 며느리의 모범이 되었다. 요즘 세상에서는 정절의 귀감이었다. "늪 건너 다미를 좀 봐라." 그런 말이 잔소리와 함께 누구 입에서고 나올 정도였다. 스미는 자신의 괴로움을 옆집 노파에게조차 털어놓지 않았다. 굳이 하소연할 생각도 없었다. 그녀의 마음 깊은 곳에서는, 확실히 의식하지 않았다 해도, 어딘가 하늘에 내맡기고 있는 구석이 있었다. 그 소원도 결국은 물거품이 되었다. 이제 와서는 손자 히로지 말고 믿을 것이 아무것도 없었다. 스미는 열두세 살이 된 손자에게 필사적인 사랑을 쏟아부었다. 하지만 이 마지막 소망조차 끊길 듯한 순간이 자주 있었다.

맑은 날이 이어지던 어느 가을 오후, 책 보따리를 안고 손자 히로지가 서둘러 학교에서 돌아왔다. 스미는 마침 헛간 앞에서 솜씨 좋은 칼질로 땡감을 깎아 곶감을 만들려고 널고 있었다. 히로지는 좁쌀 이삭을 널어 둔 멍석을 가볍게 뛰어넘나 싶더니 얌전히 두 발을 모으고는 할머니에게 가볍게 거수경례를 했다. 그리고는 느닷없이 이렇게 정색을 하고 물었다.

"저기, 할머니. 우리 엄마가 엄청 훌륭한 사람이야?"

"왜?"

스미는 칼을 내려놓고 손자의 얼굴을 들여다보았다.

"아니, 선생님이 도덕 시간에 그렇게 말씀하시더라고. 히로지네 어머니는 이 근처에 둘도 없이 훌륭한 사람이라고."

"선생님이?"

"응, 선생님이. 거짓말이지?"

스미는 우선 당황스러웠다. 손자마저 학교 선생님에게서 그런 거짓말을 배워 오다니, 사실 스미에게는 너무나 뜻밖의 사건이었다. 하지만 잠시 당황했던 스미는 발작적인 분노에 사로잡혀 사람이 변한 듯이 다미를 향해 욕지거리를 퍼붓기 시작했다.

"암, 거짓말이지. 새빨간 거짓말이야. 네 어미라는 사람은 말이다, 밖에서는 엄청 일을 하니까 남들 앞에서는 훌륭해 보이지만 속은 고약한 사람이야. 할머니만 이렇게 부려 먹고, 성질은 또 어찌나 억척스럽고 사나운지……."

히로지는 그저 놀란 듯이 안색이 변한 할머니를 바라보았다. 그러다가 스미는 정신이 들었는지 금세 눈물을 흘리기 시작했다.

"그러니까, 이 할머니는 말이다, 너 하나만 믿고 산단다. 너는 그걸 잊으면 안 돼. 너는 열일곱 살만 되면 바로 장가가서 할머니도 숨 좀 쉬게 해 줘. 네 어미는 징병이나 끝나고서라는 둥 한가한 소릴 하는데, 어떻게 그때까지 기다리겠니! 알겠지? 너는 할머니한테 네 애비 몫까지 두 사람 몫으로 효도해야 돼. 그러면 할머니도 서운하지 않게 해 주마. 뭐든지 다 너한테 줄 테니까……."

"이 감도 익으면 나한테 줄 거야?"

히로지는 벌써 먹고 싶다는 듯이 바구니 속의 감을 매만졌다.

"주고말고. 너는 아직 어려도 말귀를 잘 알아듣는구나. 언제까지나 그 마음 잊어버리면 안 돼."

스미는 눈물을 흘려 가며 딸꾹질이라도 하듯이 웃음을 터뜨렸다…….

이런 작은 사건이 있고 이튿날 밤, 스미는 마침내 별일 아닌 것으로 다미와 심하게 다투었다. 발단은 다미가 먹을 감자를 스미가 먹었다든가 하는 따위의 일이었다. 하지만 말씨름을 하다 보니 다미는 냉소를 띤 채 "일하기 싫으면 죽는 수밖에 없지." 했다. 그러자 스미는 평소와는 달리 미친 듯이 날뛰기 시작했다. 마침 그때 손자 히로지는 할머니 무릎을 베고 쿨쿨 잠들어 있었다. 하지만 스미는 그 손자까지 "히로지, 어서 일어나." 하고 흔들어 깨우면서 계속해서 이렇게 악다구니를 퍼붓는 것이었다.

"히로지, 어서 일어나라. 히로지, 어서 일어나서 네 어미 하는 소리 좀 들어 봐라. 네 어미가 나한테 죽으라고 하는구나. 응, 잘 들어라. 네 어미가 돈을 좀 불려 놓긴 했지만 한 정하고 석 단 밭은 죄다 할아버지 할머니가 개간한 거란다. 그걸 세상에, 뭐라고? 네 어미가 편해지고 싶으면 죽으라는구나. 다미, 그래, 내가 죽으마. 죽는 게 뭐가 무섭다고? 네가 시키는 대로는 못 하지. 내가 죽으마. 뭐라고 해도 죽을 거다. 죽어서 너한테 들러붙어 주마……."

스미는 큰 소리로 악을 써 가며, 울음을 터뜨린 손자를 끌어안았다. 하지만 다미는 여전히 화롯가에 벌렁 드러누운 채, 건성으로 듣고 있을 따름이었다.

그러나 스미는 죽지 않았다. 그 대신 이듬해 삼복이 끝나기 전, 튼튼한 게 자랑이었던 다미가 장티푸스에 걸려 발병 후 여드레째 되는 날 죽고 말았다. 당시 장티푸스 환자는 이 작은 마을에서만도 몇 명이나 나왔는지 모른다. 다미는 발병 전에, 역시 장티푸스로 쓰러진 대장간네 장례식에 묘를 파러 다녀왔다. 대장간에는 장례식 날이 되어서야 병원으로 보내진 꼬맹이 제자가 남아 있었다. "분명 그때 옮은 거야." 스미는 의사가 돌아간 후, 얼굴이 새빨개져 있던 환자 다미에게 이런 비난을 비치기도 했다.

다미의 장례식 날은 비가 내렸다. 하지만 마을 사람들은 촌장을 비롯하여 한 사람도 빠짐없이 조문을 왔다. 또 조문을 온 사람들은 너나 할 것 없이 모두 요절한 다미를 애석해하고 돈 벌 사람을 잃어버린 히로지와 스미를 가엾어했다. 특히 마을의 주민 대표는 군에서도 얼마 안 있어 다미의 근면함을 표창해 줄 예정이었다는 이야기를 했다. 스미는 그저 이런 말들에 머리를 조아릴 뿐이었다. "그냥 운이라 생각하고 포기해야지. 우리도 다미 씨 표창에 대해서는 작년부터 군청에 신청서를 냈는데, 촌장님이나 나나 기차 삯을 내 가면서 다섯 번이나 군수님을 만나러 갔고 말이야, 이만저만 힘든 게 아니었지. 우리도 포기를 할 테니 할머니도 그렇게 생각해야겠소이다." 사람 좋은 대머리 주민 대표는 이런 이야기까지 덧붙였다. 그러는 것을 아직 젊은 소학교 교사는 불쾌하다는 듯 힐끗힐끗 바라보기도 했다.

다미의 장례식을 마친 날 밤, 스미는 불단이 있는 안방 구석에서 히로지와 함께 모기장 안에 들어가 있었다. 평소에는 물론 두 사람 모두 깜깜한 어둠 속에서 잠이 들었다. 하지만 이날 밤은 불단에 아직 등잔이 켜져 있었다. 그런 데다가 묘한 소독약 냄새도 낡은 다다미에 스며 있는 듯했다. 스미는 이런저런 이유로 언제까지나 좀체 잠들지 못했다. 다미의 죽음은 분명 그녀의 신상에 큰 행복을 불러왔다. 그녀는 이제 일을 안 해도 되었다. 잔소리를 들을 걱정도 없었다. 게다가 저금이 3000엔이나 되고 밭도 한 정 석 단이나 되었다. 이제부터는 날마다 손자와 함께 쌀밥을 마음껏 먹을 수도 있었다. 평소에 좋아하던 절인 송어를 축으로 사 놓고 먹을 수도 있었다. 스미는 지금까지 평생 동안 이렇게 마음이 편해 본 적이 없었다. 이렇게 마음이 편해……? 기억은 명확하게 구 년 전 어느 날 밤을 불러냈다. 그날 밤도 마음이 놓였다는 사실만 보면, 오늘 밤과 거의 다를 바가 없었다. 그것은 피를 나눈 아들의 장례가 끝난 날 밤이었다. 오늘 밤은? 오늘 밤 역시 손자 하나를 낳은 며느리의 장례식을 막 끝낸 참이었다.

스미는 자기도 모르게 눈을 떴다. 손자는 그녀의 바로 옆에 천진한 얼굴로 잠들어 있었다. 스미는 그 잠든 얼굴을 보고 있는 동안 점점 이런 자신을 한심한 인간이라고 느끼기 시작했다. 동시에 또한 그녀와 악연을 맺은 아들 니타로라든가 며느리 다미 역시 한심한 인간이라는 생각이 들었다. 마음의 변화는 금세 구 년간의 증오와 분노를 밀어냈다. 아니, 그녀를 위로하고 있던 장래의 행복조차 밀어내 버렸다. 그들 세 명의 모자는 하나같이 한심한 인간들이었다. 하지만 그 가운데 오직 하나 살아서 창피를 당한 그녀 자신이 가장 한심한 인간이었다. "아가, 너는 왜 죽었니……?" 스미는 무심결에 입속말로 이렇게 신불(神佛)에게 말을 걸었다. 그러자 갑자기 걷잡을 수 없이 눈물이 줄줄 흘러나왔다…….

스미는 4시를 알리는 소리를 듣고서야 가까스로 혼곤하게 잠이 들었다. 하지만 이미 그때는 이 집의 초가지붕 하늘도 서늘한 새벽을 맞고 있었다…….

지옥변[48]

1

호리카와 대신님[49] 같은 분은, 지금까지는 물론이고 다음 세상에도 아마 다시는 없으실 겁니다. 소문에 듣자니까 그분이 태어나시기 전에 대위덕명왕[50]이 어머님 꿈속에 나타나셨다던가 합니다만, 어쨌거나 날 때부터 보통 사람과는 다르셨던 모양입니다. 그러하셨으니 그분이 하시는 일치고 단 하나도 우

---

48) 지옥변상(地獄變相)의 준말. 죄인들이 지옥에서 고통받는 모습을 그린 그림.

49) 호리카와는 교토 안의 지역 이름으로 그곳의 대신이라는 의미. 당시 세도가였던 후지와라 모토쓰네가 '호리카와 대신'이라 불린 적이 있으나 작품에서는 인물을 특정하지 않음.

50) 5대 명왕 가운데 서방을 지키고 악룡이나 독사를 굴복시키는 신.

리 같은 이들의 의표를 찌르지 않는 게 없었답니다. 그냥 호리카와 저택의 규모만 보더라도 장대하다고 해야 할까요, 호방하다고 해야 할까요, 우리 같은 평범한 사람들이 도저히 미치지 못할 극단적인 구석이 있는 듯합니다. 개중에는 또 그런 부분을 왈가왈부해 가며 대신님의 성품을 시황제며 수양제에 비교하는 자들도 있지만, 그건 속담에서 말하듯이 장님 코끼리 더듬기 같은 것이겠지요. 그분의 뜻은 절대로 그렇게 당신 혼자서 부귀영화를 누리려는 게 아니었습니다. 그보다는 자기보다 낮은 사람들을 생각하시는, 말하자면 천하의 만민과 함께 기쁨을 누리려는 분으로, 대담하고 도량이 크셨지요.

그러하시니, 니조 대궁의 백귀야행[51]을 만나셨어도 별 탈이 없었던 것이겠지요. 또한 미치노쿠 시오가마의 풍경을 그대로 담아낸 것으로 유명한 히가시산조의 가와라노인(河原院)[52]에 밤이면 밤마다 나타난다고 소문난 도루 좌대신의 유령조차 대신님의 꾸중을 듣고서는 모습을 감췄다는 것입니다. 이러한 위엄이 있으니 그 무렵 교토 시내의 남녀노소 모두 대신님을 마치 재림하신 부처님처럼 받들어 모신 것도 결코 무리가 아니었습니다. 언제였던가, 궁 안의 매화연에서 돌아오시다가 우마차의 소가 풀려나 마침 지나가던 노인에게 부상을 입혔을 때조차, 그 노인은 합장을 하며 대신님의 소에 치인 것을 고마워했다고 할 정도랍니다.

---

51) 밤의 어둠 속에서 온갖 요괴들이 줄을 지어 행진하는 것.
52) 교토에서 좌대신을 지낸 미나모토 도루의 별장.

이런 상황이었으니 대신님 일대기에는 훗날까지도 이야기가 될 만한 일들이 엄청나게 많았습니다. 다이쿄[53] 선물로 백마 만 서른 필을 하사받기도 하셨고, 나가라 다리를 세울 때 하시바시라[54]로 총애하던 소년을 묻은 일도 있었으며, 또한 화타의 의술을 전해 준 중국 승려에게 당신 종아리의 종기를 가르게 한 일도 있었으니…… 일일이 말하려면 끝이 없겠습니다. 하지만 그 많은 일 중에서도 지금은 가보가 되어 있는 지옥변 병풍의 유래만큼 무서운 이야기는 있을 리 없습니다. 평소 여간해서는 동요하시지 않는 대신님마저도 그때만은 놀라셨던 모양입니다. 그러니 곁에서 시중을 들던 저희가 넋이 나갈 정도였던 거야 말할 것도 없습니다. 그중에서도 바로 저 같은 경우는 대신님을 20년간이나 모셔 왔지만 그렇게 엄청난 장면을 본 건 그것이 처음이자 마지막이었습니다.

하지만 그 이야기를 하려면 대충이라도 우선, 그 지옥변 병풍을 그린 요시히데라는 환쟁이에 관해 말씀드릴 필요가 있겠지요.

2

요시히데라고 하면, 어쩌면 지금까지도 여전히 그 사내를

---

53) 천황이 베푸는 연회.
54) 공사가 순조롭지 않을 때, 신의 노여움을 풀기 위해 산 채로 인간을 공양하는 풍습.

기억하는 분이 계실 겁니다. 그 무렵 붓을 들었다 하면 요시히데보다 나은 사람은 아무도 없다고 할 만큼 유명한 화가였습니다. 그 일이 일어났을 때는 이럭저럭 벌써 쉰 고개를 넘었을까요? 딱 보기에는 그저 키가 작고 뼈와 가죽만 남은, 심술궂어 보이는 노인네였습니다. 대신님의 저택에 올 때는 곧잘 은은한 황색 가리기누(狩衣)[55]에 모미에보시까지 갖춰 쓰고 있었지만 성품은 더없이 천박하고, 왠지 노인답지 않게 입술만이 눈에 띄게 붉어서 더욱 기분 나쁘고, 꼭 짐승 같은 느낌이 들었습니다. 어떤 이는 그것이 그림붓을 빨다 보니 붉은 물이 든 것이라고 하기도 했지만…… 글쎄 어떨지. 물론 그보다 입이 거친 사람들은 요시히데의 행동 하나하나가 원숭이 같다는 둥 하면서 사루히데(猿秀)[56]라는 별명까지 붙였던 적도 있었습니다.

실은 사루히데라고 하면 이런 이야기도 있습니다. 그 무렵 대신님 저택에는 열다섯 살 먹은 요시히데의 외동딸이 시녀로 있었는데, 아비를 전혀 닮지 않은 사랑스러운 아가씨였습니다. 게다가 일찍 어미를 여읜 탓인지 생각이 깊고 나이보다 성숙하며 영리한 성정으로, 나이가 어린데도 만사에 눈치가 빨라서 마님을 비롯하여 다른 시녀들에게서도 귀여움을 받았던 모양입니다.

그런데 어쩌다가 단바 지방에서 훈련시킨 원숭이 한 마리

55) 헤이안 시대 귀족들의 평상복. 원래는 사냥할 때 입는 옷.
56) 원숭이를 뜻하는 '猿'의 일본어 발음은 '사루'.

를 바친 사람이 있었는데 마침 한창 개구쟁이였던 도련님께서 요시히데라는 이름을 붙이셨습니다. 그렇지 않아도 원숭이 하는 짓이 우습던 차에 이런 이름까지 붙었으니 온 집안 누구 하나 웃지 않는 사람이 없었습니다. 그것도 웃기만 하면 좋으련만 반은 장난으로 모두들 "봐, 마당 소나무에 올라갔잖아, 방바닥을 더럽혔네." 하고 그때마다 요시히데, 요시히데, 불러 가면서 어떻게든 괴롭히려 드는 것이었습니다.

그러던 어느 날, 앞에서 말씀드린 요시히데의 딸이 편지를 묶은 홍매화 가지를 들고 기다란 복도를 지나가려니까 저 건너 미닫이 너머에서 원숭이 요시히데가 어쩌다 다리라도 다친 것인지, 평소처럼 기둥을 타고 올라갈 힘도 없는 모양으로 절룩거리며 허둥지둥 도망을 치는 것이었습니다. 더구나 그 뒤에서 회초리를 든 도련님이 "귤 도둑놈, 거기 서라, 서." 하고 말씀하시며 뒤쫓고 계시지 않겠습니까? 요시히데의 딸은 이 모습을 보고 잠깐 망설였는데, 마침 그때 도망쳐 온 원숭이가 옷소매에 매달리며 가엾은 소리로 울어 대었습니다. 그러자 갑자기 불쌍하다는 생각이 들어 어쩔 수 없었던 것일까요? 한 손에 매화 가지를 든 채, 다른 한 손으로 보랏빛 옷자락을 펼치더니 상냥하게 그 원숭이를 안아 올리고는 도련님 앞에 엎드리며 "황송하오나 짐승이옵니다. 부디 용서해 주시지요." 하고 서늘한 목소리로 아뢰었습니다.

하지만 도련님 쪽에서는 기를 쓰고 달려오시던 참이라 화가 난 얼굴로 두세 번 발을 구르시고는 "어째서 편을 드는 거냐? 그 원숭이는 귤 도둑놈이야." 하십니다.

"미천한 짐승이오니⋯⋯."

아가씨는 다시 한 번 그렇게 말하고는, 쓸쓸하게 미소를 지으며 "게다가 요시히데라 하시니 아버지가 매를 맞는 것만 같아서 아무래도 그냥 보고만 있을 수가 없어서요." 하고 단호하게 말씀을 드리는 것이었습니다. 이러는 데는 도련님도 고집을 꺾으신 것이겠지요.

"그런가? 아버지 목숨을 구하려는 것이라면 용서해 주기로 하지."

어쩔 수 없이 그렇게 말씀하시더니 회초리를 거기 버리고는 아까까지 계시던 미닫이문 쪽으로 그대로 돌아가 버리셨습니다.

3

요시히데의 딸과 이 새끼 원숭이가 친해진 것은 그때부터였습니다. 아가씨는 대신님의 따님에게서 받은 금방울을 아름다운 빨간 끈에 매달아 그것을 원숭이 목에 걸어 주었고 원숭이는 또 어떤 일이 있어도 아가씨 곁을 떠나는 일이 없었습니다. 언젠가 아가씨가 감기에 걸려 앓아누웠을 때만 해도 새끼 원숭이는 턱하니 베갯머리에 앉아서는 걱정스럽다는 듯한 얼굴로 부질없이 손톱만 깨물고 있었습니다.

이렇게 되자 또 묘하게도 누구 하나 지금까지처럼 이 새끼 원숭이를 괴롭히는 이가 없었습니다. 아니, 오히려 조금씩 귀여위하기 시작하더니 마침내는 도련님마저 가끔 감이니 밤을 던져 주시는가 하면, 어떤 사무라이 하나가 이 원숭이를 발로 찼을 때는 엄청나게 화를 내셨다고도 했습니다. 그후 대신님 께서 굳이 요시히데의 딸에게 원숭이를 데리고 들어와 보라 는 말씀을 하신 것도 도련님이 화를 내셨다는 이야기를 들으 셨기 때문이라는군요. 그러다 보니 자연히 아가씨가 원숭이 를 귀여워하는 연유도 귀에 들어갔던 것이겠지요.

"효녀로군. 칭찬을 해 줘야지."

그러한 뜻에 따라서 아가씨는 그때 빨간 비단옷을 상으로 받았습니다. 그런데 글쎄 이 비단옷을 언제 배운 것인지, 원숭 이가 정중하고 예의 바르게 받아들였던 까닭에 대신님의 기 분은 한층 더 좋아졌던 것입니다. 그러니 대신님께서 요시히 데의 딸을 귀여워하셨던 것은, 전적으로 이 원숭이를 예뻐하 던 효성을 칭찬하신 것이었을 뿐, 결코 세간에서 이러쿵저러 쿵 이야기하듯이 호색 때문이 아니었습니다. 물론 이런 소문 이 난 것도 이유가 아주 없지는 않았으나 그 부분은 나중에 천 천히 말씀을 드리기로 하겠습니다. 여기서는 그저 대신님께 서 제아무리 아름답다고 한들, 환쟁이 딸 같은 것에 마음을 두 실 분은 아니라고 하는 것을 말씀드리겠습니다.

그렇게 하여 요시히데의 딸은 면목을 세우고 어전에서 물 러났습니다만, 워낙 영리한 여자였기 때문에 성정이 얄팍한 다 른 시녀들이 시샘하는 일도 없었습니다. 오히려 그 이후, 원숭 이와 함께 더욱 총애를 받게 되었고, 특히 마님 곁을 떠나는 일이 없을 정도여서, 제례 등을 구경하러 나가는 우마차에도 언제나 함께 타곤 했습니다.

자, 아가씨 이야기는 일단 여기까지 하고, 이제부터 다시 아버지 요시히데 이야기를 해 보지요. 원숭이 쪽은 이렇게 오래지 않아 모두들 귀여워하게 되었습니다만, 정작 요시히데는 여전히 모두들 싫어해서 듣지 않는 곳에서는 다들 변함없이 사루히데라고 부르고 있었지요. 더구나 그게 또 저택 안에서만 그런 것이 아니었어요. 실제로 요코가와의 고승께서도 요시히데라 하면 악마라도 만나신 듯 안색까지 변하며 미워하셨으니까요.(물론 이것은 요시히데가 고승의 행장을 우스꽝스럽게 그렸기 때문이라고들 하지만 물론 아랫것들의 소문이니 확실히 그렇다고 말씀드릴 수는 없겠습니다.) 어쨌든 이 사내에 관한 평판은 어느 쪽에 물어도 대충 비슷했습니다. 어쩌다가 나쁘게 말하지 않는 이가 있다손 치더라도, 그건 두세 명의 그림쟁이 동료들이거나 아니면 이 남자의 그림만 알고 있을 뿐, 인간성을 모르는 이들 뿐이었을 겁니다.

하지만 사실 요시히데는, 겉모습이 천박했던 것뿐 아니라, 사람들이 싫어할 만한 나쁜 성벽까지 있었으니 어쩌면 그건 온전히 자업자득이라고나 해야 할 일이었습니다.

4

그 성벽이라고 하는 것은 인색하고, 무자비하고, 염치없고, 게으른 데다가 탐욕스럽고…… 아니, 그중에서도 특히 심한 것은, 건방지고 교만하게도 제가 항상 이 나라 제일가는 화가라는 자랑을 코끝에 걸고 다녔다는 것이겠지요. 그것도 그림에 관해서만 그렇다면 또 모르겠는데, 그 사내의 오기라는 것이 글쎄, 세간의 모든 격식이라든가 예의라든가 하는 것들조차 모조리 우습게 여기고 있었답니다. 이건 오랫동안 요시히데의 제자였던 자가 한 이야깁니다만, 어느 날 어느 분 댁에서 유명한 무녀에게 신이 내려 무서운 신탁이 내려왔을 때도 이 남자는 짐짓 못 들은 체하며 마침 가지고 있던 붓과 먹으로 그 무녀의 끔찍한 얼굴을 열심히 그리고 있었다던가요? 아마도 신령의 저주조차 그 사내의 눈으로 보자면 아이들 눈속임 정도로밖에 보이지 않았던 것이겠지요.

그런 남자이니 길상천[57]을 그릴 때는 천한 창녀의 얼굴을 그린다든지 부동명왕을 그릴 때는 무뢰한 하급 옥리의 모습을 흉내 내는 등 온갖 불경한 짓을 했지만, 누가 그런 짓을 꾸짖기라도 할라치면 "요시히데가 그려 놓은 신불이 요시히데에게 벌을 내리다니 별소릴 다 듣겠군." 하고 큰소리를 치는 것 아니겠습니까? 이러는 데에는 아무리 제자라 하더라도 기가 막혀서 개중에는 앞날이 두려워 일찌감치 그만둬 버린 자들도 적지 않았던 듯합니다. 일단 한 마디로 말씀드리자면 오만불손 그 자체라고 할 수 있을까요? 어쨌든 당시 하늘 아래 자기만큼 훌륭한 인간은 없다고 생각했던 사내이올습니다.

그러니 요시히데가 화단에서도 얼마나 잘난 체하고 있었는지는 말씀드릴 것도 없겠지요. 물론 그림에서조차, 그 사내의 것은 붓놀림이나 채색 같은 것이 다른 화가들과는 완전히 딴판이었기 때문에, 사이 나쁜 화가들끼리는 그자가 아예 사기꾼이라는 평판도 상당히 돌았던 모양입니다. 그런 사람들 말에 따르면 가와나리며 가나오카, 그밖에도 옛날 명장들의 붓질이라는 것에는 널문 위에 그린 매화가 달밤마다 향기를 뿜었다느니, 병풍 속의 고관대작이 피리 부는 소리가 들렸다느니 하며 멋들어진 소문들이 나게 마련이건만 요시히데의 그림은 언제나 정해 놓은 듯 기분 나쁘고 이상한 소문만 전해진다는 것이지요. 예를 들어 그 남자가 류가이지(龍蓋寺)의 문에 그렸던 오취생사[58] 그림만 하더라도 밤늦게 이 문 아래를 지나가면 천인이 한숨을 내쉬거나 흐느껴 우는 소리가 들린다고 했습니다. 아니, 그중에는 죽은 사람이 썩어 가는 냄새를 맡았다는 사람조차 있을 지경이었습니다. 더구나 대신님의 명령으로 그린 시녀들의 초상화 같은 것도, 거기 그려지기만 했다 하면 삼 년도 되기 전에 다들 혼이 빠져나가는 병에 걸려 죽었다고들 하지 않겠습니까? 나쁘게 말하는 사람들 이야기로는 그것이 다 요시히데의 그림이 사도에 빠져 있다는, 더할 나위 없는 증거라고들 했습니다.

하지만 앞에서도 말씀드렸듯이 워낙 비틀린 사내이다 보니 그런 것이 오히려 요시히데에게는 커다란 자랑거리가 되어

---

[58] 전세의 업에 따라 천상, 인간, 축생, 아귀, 지옥이라는 다섯 세상 가운데 하나로 환생하게 된다는 불교의 전승.

언젠가 대신님께서 농담으로 "그대는 어쨌거나 추한 것을 좋아하는 모양이로군." 하고 말씀하셨더니, 그 나이에 안 어울리는 붉은 입술로 히죽, 기분 나쁘게 웃으며 "그렇사옵니다. 돌팔이 그림쟁이들은 아무도 추한 것의 아름다움이라는 것을 알 리가 없습니다."라며 시건방진 소리를 했습니다. 아무리 이 나라 제일가는 화가라 하더라도, 어디 대신님 안전에서 그 따위 소리를 감히 내뱉다니요. 앞서도 말씀드렸던 그 제자는 남몰래 스승에게 '지라영수(智羅永壽)'라는 별명을 붙여 그 오만함을 놀리고 있었는데 오죽하면 그랬겠습니까. 이미 다들 알고 계시겠지만 '지라영수'라는 것은 옛날 중국에서 건너온 덴구[59]의 이름이올습니다.

하지만 이런 요시히데, 이렇게 말로 다 할 수 없이 막되어 먹은 요시히데에게도 단 한 가지 인간다운 애정의 대상이 있었습니다.

5

그것은 요시히데가 대신님 댁 시녀로 들어간 외동딸을 마치 미친 듯이 귀여워했다는 것이지요. 앞서 말씀드렸듯이 딸도 더없이 착하고 효성스러운 여자이기는 했지만, 이 사내의 자식 사랑은, 결코 거기 뒤지지 않았습니다. 무엇보다 딸아이

---

59) 일본의 요괴. 코가 큰 탓에 거만한 사람을 비유하기도 함.

의 옷이라든가, 머리빗 같은 것만 하더라도, 어느 절에 공양이 나 희사라곤 해 본 적이 없는 이 남자가 돈 아까운 줄 모르고 갖춰 주곤 하는 것이니 거짓말 같지 않습니까?

하지만 요시히데의 딸자식 사랑이라는 것은 그저 예뻐할 뿐이지, 언젠가는 좋은 사위를 얻어 주자는 생각 같은 것은 꿈 에도 해 본 적이 없었습니다. 그러기는커녕, 딸에게 집적대 는 자가 있었다가는 오히려 동네 깡패들이라도 모아서 밤길 에 몽둥이찜질쯤은 할 기세였답니다. 그러니 그 딸이 대신님 의 말씀으로 시녀가 되었을 때도 아버지 쪽은 불만이 가득하 여 얼마 동안 대신님 앞에서도 부루퉁해 있었습니다. 대신님 께서 아가씨의 아름다움에 반해서 부모가 싫다는 데도 억지 로 데려가셨다는 둥 하는 소문은 아마도 이런 모습을 본 자들 이 넘겨짚어 나온 것이겠지요.

물론 이런 소문은 거짓입니다만, 오직 자식 사랑하는 한마 음으로 요시히데가 늘 딸이 돌아오기를 바라고 있었던 것은 확실합니다. 언젠가 대신님의 명령으로 치아문수[60]를 그렸을 때도, 총애하시던 자제분의 얼굴을 그렸는데 근사하게 완성 이 되어서 대신님께서도 더없이 만족하셨습니다.

"상으로 뭐든지 주겠네. 사양 말고 말을 하게."라는 황공한 말씀도 내리셨습지요. 그러자 요시히데는 정중하게 무슨 말 씀을 드렸는가 하면 말입니다.

"부디 저의 여식을 돌려보내 주시기를." 하고 겁도 없이 청

---

60) 어린아이의 형상을 한 문수 보살.

을 올렸습니다. 다른 댁이라면 또 모르지만, 호리카와 대신님 곁에서 그분을 뫼시고 있는데 아무리 예쁘다고 한들, 이렇게 버릇없이 그만두겠다고 하는 놈이 어디 또 있겠습니까? 이러는 데는 너그러우신 대신님께서도 어지간히 심기가 불편하셨던지 한참을 그저 말없이 요시히데의 얼굴을 바라보고 계시더니 마침내 말씀하셨습니다.

"그건 안 되지."

그렇게 내뱉듯 하시고는 서둘러 일어나 버리셨습니다. 이런 일이 모두 네댓 번이나 있었을까요? 이제 와 생각해 보면, 대신님께서 요시히데를 보시는 눈이 그때마다 조금씩 차가워져 갔던 듯합니다. 그러자 또 딸 쪽에서는 아버지의 신변이 걱정된 탓이었을까요, 시녀들의 방에 내려와 있을 때면 곧잘 옷소매를 물고 훌쩍훌쩍 울곤 했습니다. 그런 참에 대신님께서 요시히데의 딸을 마음에 두셨다는 둥 하는 소문이 더더욱 퍼졌던 것이겠지요. 개중에는 지옥변을 그린 병풍의 유래도 실은 그 아가씨가 대신님의 뜻을 따르지 않았기 때문이라는 식으로 말하기도 합디다만, 애당초 그런 일이 있을 리가 없습니다.

제가 보기에는 대신님께서 요시히데의 딸을 보내 주지 않으셨던 것은 오직 아이의 처지를 불쌍히 여기셔서 그리도 형편없는 아버지 곁이 아니라 댁에 있으면서 아무런 부족 없이 지내게 하시려는 고마운 마음 때문이었습니다. 그야 물론 워낙 상냥한 그 아가씨를 귀여워하셨다는 것은 분명하지요. 하지만 호색 때문이라고 하는 것은 아마도 견강부회일 것입니다. 아니 어림없는 거짓말이라고 말씀드리는 편이 옳겠네요.

그런 것이야 어쨌든, 이렇게 딸 일 때문에 요시히데의 처지가 상당히 어려워졌을 때였습니다. 무슨 생각이셨는지 대신님께서는 갑자기 요시히데를 부르시더니 지옥변 병풍을 그리라고 명령하셨습니다.

6

지옥변 병풍이라고 하면, 저는 벌써 그 끔찍한 그림의 광경이 생생하게 눈앞에 떠오르는 듯한 기분이 듭니다.

같은 지옥변이라고 해도 요시히데가 그린 것은 다른 화가들 것과 비교하면 우선 구성부터가 다릅니다. 그것은 한 첩짜리 병풍 구석에 조그맣게 시왕[61]을 비롯한 권속들의 모습을 그리고 나머지는 온통 엄청난 맹화가 검산도수도 타 버리지 않을까 싶을 만큼 소용돌이치고 있었습니다. 이러니 당나라 풍 명관들의 의상이 이따금씩 황색이나 남색을 띠고 있는 것 말고는 어디를 보아도 시뻘겋게 타오르는 화염 빛이었고, 그 속에 마치 만(卍) 자처럼 먹을 뿌린 흑연과 금가루를 입은 불꽃들이 미쳐 날뛰고 있는 것이었습니다.

이것만으로도 꽤나 사람들의 눈을 놀라게 할 붓놀림이었지만 게다가 또 업화에 불타면서 몸부림치며 고통 받는 죄인 역시, 보통의 지옥도에서 볼 만한 위인은 거의 하나도 없었습니

---

61) 지옥에 떨어진 자들을 심판한다는 열 명의 왕.

다. 왜냐하면 요시히데는 이 많은 죄인들 속에 위로는 월향 운객에서 아래로는 거지 백정까지 온갖 신분의 인간을 그려 냈기 때문입니다. 관복을 차려입은 고관들, 오색 옷을 걸친 요염한 나인들, 염주를 목에 건 염불승, 굽이 높은 게타를 신은 사무라이 서생, 정장을 차려입은 여자아이, 미테구치(幣)[62]를 붙이고 있는 음양사. 일일이 들자면 한이 없겠습니다. 어쨌든 그런 오만가지 인간들이 불과 연기가 소용돌이치는 속에서 소머리며 말머리가 달린 옥리들에게 시달리면서 폭풍우에 떨어져 날리는 낙엽처럼 뿔뿔이 사방팔방으로 도망쳐 다니는 것입니다. 말굽 모양 창에 머리카락이 휘감겨 거미마냥 손발을 움츠리고 있는 여자는 무녀 같은 것 아니겠습니까? 창에 가슴이 꿰뚫려 박쥐처럼 거꾸로 매달린 남자는 아직 수령도 되지 못한 귀족인지 뭔지가 틀림없을 것입니다. 그밖에도 혹은 쇠몽둥이로 얻어맞는 자, 혹은 무거운 바윗돌에 찍어 눌리고 있는 자, 혹은 괴조의 부리에 끼인 자, 혹은 또 독룡의 아가리에 물린 자까지, 벌 또한 죄인의 수에 따라 몇 종류나 있는지 모르겠습니다.

그런데 그중에서도 특별히 한 가지 눈에 띌 정도로 끔찍해 보이는 것은 마치 들짐승의 송곳니 같은 칼 나무 꼭대기를 반쯤 가리고(그 칼 나무 우듬지에도 수많은 망자들이 겹겹이 오체가 꿰뚫려 있었습니다.) 중천에서 떨어지고 있는 우마차 한 대였지요. 지옥의 바람이 몰아쳐 치켜 올린 그 우마차의 발(簾) 안에

---

62) 종이나 나무, 금속 등으로 만든, 신이 머무는 곳.

는 후궁으로도 보일 만큼 화려하게 치장한 여인 한 명이 기다
란 흑발을 불꽃 속에 휘날리며 하얀 목덜미를 비튼 채 몸부림
치며 괴로워하고 있었는데 그 여인의 모습하며 또한 불타고
있는 우마차하며 무엇 하나 염열지옥의 고통을 떠올리게 하
지 않는 것이 없었습니다. 말하자면 널따란 화폭의 공포가 이
하나의 인물에 모여 있다고나 할까요? 이것을 보는 자의 귓가
에 자연히 엄청난 울부짖음 소리가 전해져 오지 않을까 싶을
만큼, 그림은 입신의 경지였습니다.

아아, 바로 이것이지요. 이것을 그리기 위해 그 끔찍한 일이
벌어졌던 것입니다. 또 그렇지 않았더라면 아무리 요시히데
라 할지라도 어떻게 그런 생생한 나락의 고통을 그릴 수 있었
겠습니까? 그 사내는 이 병풍 그림을 완성한 대신 목숨을 끊
을 만한 비참한 일을 당했습니다. 말하자면 이 그림의 지옥은
이 나라 제일의 화가 요시히데, 자신이 언젠가 떨어질 지옥이
었던 것입니다…….

그 보기 드문 지옥변 병풍 이야기를 해 드리느라 서두른 나
머지, 어쩌면 이야기 순서를 헝클어뜨렸는지도 모르겠습니
다. 그러면 지금부터 이어서 대신님으로부터 지옥도를 그리
라는 명령을 받았던 요시히데 이야기를 해 봅시다.

7

요시히데는 그로부터 대여섯 달 동안, 저택에는 코빼기도

비치지 않고 병풍 그림에만 매달려 있었습니다. 그렇게 자식 생각을 하는 사람인데 막상 그림을 그리기 시작하면 딸아이 얼굴을 볼 마음도 없어진다고 할 정도이니 신기하지 않습니까? 앞서 말씀드렸던 제자 이야기로는, 뭐랄까 그 사내는 일을 시작하면 마치 여우에게 홀리기라도 한 것처럼 되는 모양입니다. 아니 실제로 당시의 소문으로는 요시히데가 화단에서 이름을 날리게 된 것은 복덕대신[63]에게 서원을 올렸기 때문으로, 그 증거로는 그 사내가 그림을 그리고 있는 것을 몰래 숨어서 지켜보면 반드시 음산한 귀신 여우의 모습이, 그것도 한 마리가 아니라 전후좌우에 떼 지어 있는 것이 보인다는 자도 있었답니다. 그럴 정도였으니 막상 붓을 들었다 하면 그 그림을 완성하는 것 말고는 모든 것을 다 잊어버리는 것이겠지요. 밤이고 낮이고 방에 틀어박혀, 거의 나오지를 않았답니다. 특히 지옥변 병풍을 그릴 때는 열중하는 정도가 더욱 지독했던 모양입니다.

이렇게 말씀드리는 것은, 그 사내가 대낮에도 덧문을 닫은 방안에서 등잔불 아래 비밀스러운 물감을 섞는다거나 혹은 제자들에게 스이칸이니 가리기누니 온갖 옷을 입혀서는 그 모습을 하나하나 정성껏 그린다거나 하는, 그런 것이 아니올습니다. 그 정도의 이상한 짓이라면 굳이 그 지옥변 병풍을 그리지 않더라도 작업을 시작했다 하면 언제라도 할 수 있는 사내였으니까요. 아니, 실제로 류가이지의 오취생사 그림을 그

---

63) 복을 관장하는 호법 신장.

렸을 때는 보통 사람이라면 눈을 돌리고 지나가는 길거리 시체들 앞에 턱하니 주저앉아 반쯤 썩어 가는 얼굴이니 손발을 털끝 하나 다르지 않게 그린 일도 있었습니다. 그렇다면 그 지독하게 열중했다는 것은 도대체 어떤 것일까, 모르겠다는 분도 물론 계시겠지요. 지금 여기서 상세한 말씀을 드릴 틈도 없습니다만 중요한 것만 들려 드리자면, 대충 다음과 같은 것들이올시다.

요시히데의 제자 하나가(이 역시 앞서 말한 그 남자입니다.)어느 날, 물감을 풀고 있으려니까 갑자기 스승이 와서는 말했답니다.

"나는 잠깐 낮잠을 자련다. 그런데 요즘 영 꿈자리가 사납구나."

이런 것이야 뭐 별일 아니니까 제자는 손도 멈추지 않고 그저 건성으로 대꾸했습니다.

"그러세요?"그런데 요시히데가 평소와 달리 쓸쓸한 표정을 지으며 말했습니다.

"그러니까, 내가 낮잠을 자고 있는 동안 베갯맡에 좀 앉아 있어 주려무나." 하고 머뭇머뭇 부탁을 했다는 것 아니겠습니까? 제자는 평소와 달리 스승이 꿈 같은 것에 신경을 쓰는 것이 이상하다 싶었지만, 그리 어려울 것도 없는 일이었지요.

"그렇게 하지요."라고 대답했더니 스승은 다시 걱정스럽다는 듯이 멈칫거리며 말했답니다.

"그럼 바로 안으로 들어와 다오. 그리고 나중에 다른 제자가 오더라도 내가 자는 곳에는 들여놓지 말고."

안이라고 하는 것은 그 사내가 그림을 그리는 방으로, 그날도 한밤중처럼 문을 닫아걸고 흐릿한 등잔불을 켜 놓은 방 안에는 아직 버드나무 태운 숯으로 틀만 그려 잡아 놓은 병풍이 빙 둘러 쳐져 있었다고 합니다. 이곳으로 들어온 요시히데는 제 팔을 베개 삼더니 마치 기진한 인간처럼 쿨쿨 잠들어 버렸습니다만, 반 시간도 채 지나지 않아 머리맡에 있던 제자의 귀에는 정말 뭐라고 형언할 길 없는, 기분 나쁜 목소리가 들리기 시작했습니다.

8

처음에 그것은 그저 소리에 불과했으나 잠시 후에는 조금씩 더듬더듬 낱말이 되어, 말하자면 물에 빠진 인간이 물속에서 웅얼거리는 듯이 이런 소리를 하더랍니다.

"뭐라고? 나더러 오라는 거군……. 어디로…… 어디로 오라고? 나락으로 오라. 염열지옥으로 오라……. 누구냐, 그런 소릴 하는 네놈은? ……네놈은 누구냐고. ……누군가 했더니."

제자가 자기도 모르게 물감 풀던 손을 멈추고 조심조심 스승의 얼굴을 들여다보았더니만 주름투성이 얼굴이 허옇게 되어 커다란 땀방울이 배어나온 채, 마른 입술에 듬성듬성한 이가 보이는 입을 헉헉대듯이 커다랗게 벌리고 있습니다. 그리고 그 입안에서 무언가 실이라도 매달아 잡아당기고 있나 싶을 만큼 바쁘게 움직이는 것이 있는가 싶더니 그것이 그 사내

의 혓바닥이었다지 않겠습니까? 띄엄띄엄한 목소리는 바로
그 혀에서 나오고 있는 것입니다.

"누군가 했더니만…… 오냐, 네놈이구나. 나도 네놈일 줄
알았다. 뭐라고, 데리러 왔다고? 그러니 와. 지옥으로 오라고.
지옥에는…… 내 딸이 기다리고 있어."

그때, 제자의 눈에는 몽롱하고 이상한 그림자가 병풍의 화
폭을 물들이며 슬금슬금 내려오는 듯 보일 만큼 불길한 느낌
이 들었다고 합니다. 물론 제자는 곧장 요시히데를 힘껏 흔들
어 깨웠지만 스승은 여전히 비몽사몽 혼잣말을 중얼거리며
좀처럼 깨어날 기색이 아니었습니다. 그래서 제자는 어쩔 수
없이, 한쪽에 놓였던 붓 씻는 통의 물을 그 사내의 얼굴에 확,
끼얹었습니다.

"기다릴 테니 이 우마차를 타고 와……. 이걸 타고 나락으
로 오라고……." 하는 말이 그와 동시에, 목을 조르는 듯한 신
음 소리로 변했나 싶더니 가까스로 요시히데는 눈을 뜨고 바
늘에 찔리기라도 한 듯 허둥지둥 일어났습니다. 아직도 꿈속
의 괴이한 모습들이 눈꺼풀에 남아 있는 것이었겠지요. 한동
안은 그저 겁에 질린 듯한 눈으로 여전히 입을 헤 벌린 채 허
공을 바라보고 있었습니다만, 마침내 정신이 들었는지 이번
에는 꽤 냉정하게 말하는 것이었습니다.

"이제 됐으니 나가 보거라." 제자는 이럴 때 거역했다가는
언제나 엄청나게 잔소리를 듣기 때문에 서둘러 스승의 방을
나오긴 했지만 아직 밝은 햇빛을 보고서 마치 악몽에서 깬 듯
한 안도감이 들었다더군요.

하지만 이건 그나마 사정이 나은 이야기고 그후 한 달쯤 지나서 이번에는 또 다른 제자가 모처럼 안에서 불러 들어갔더니 요시히데는 역시나 어두컴컴한 등잔불 아래서 붓을 물고 있다가는 뜬금없이 제자 쪽을 향해 앉더니 "수고스럽지만 한 번 더 옷 좀 벗어 주겠나?" 하는 것이었습니다. 그전에도 툭하면 스승이 하던 명령이었으니 제자는 얼른 옷을 벗고 알몸이 되었는데 이 사내가 묘하게 얼굴을 찡그리며 "나는 쇠사슬로 묶여 있는 인간이 보고 싶으니 미안하지만 잠시 동안 내가 하는 대로 좀 있어 주게."라고 정작 말과는 달리 미안해하는 기색 없이 차갑게 말했습니다. 애당초 이 제자는 붓 같은 걸 잡는 것보다는 큰 칼이라도 드는 편이 좋을 듯한 늠름한 젊은이였으나 이 말에는 그도 놀랐는지, 아주 훗날까지도 그 이야기를 하려면 "이건 스승님이 미쳐서 나를 죽이려는 것 아닐까 싶었어요." 하는 소릴 되풀이했다고 합니다. 하지만 요시히데 쪽에서는 상대가 어물어물하는 것이 답답해진 것이겠지요. 어디서 꺼내 온 것인지 가느다란 쇠사슬을 찰랑거리며 끌고 오더니 거의 덤벼드는 듯한 기세로 제자의 등 뒤로 달려들어 두 번 묻지도 않고 양팔을 비틀더니 둘둘 감아 버렸습니다. 그러고는 그 쇠사슬 끝을 아무렇게나 확 잡아당겼으니 견딜 수가 있겠습니까? 제자의 몸은 허를 찔려 기세 좋게 바닥을 울리며 쿵 하고 옆으로 쓰러져 버렸던 것입니다.

9

그때 제자의 모습은 마치 술독을 굴려 놓은 듯하다고나 할까요? 무엇보다 팔다리를 인정사정없이 비틀었으니 움직일 수 있는 것은 목밖에 없었습니다. 게다가 살이 오른 온몸의 피가 쇠사슬 때문에 통하지 못해 얼굴이고 몸통이고 할 것 없이 피부가 벌겋게 부어오르는 것 아니겠습니까? 하지만 요시히데는 그런 것도 별로 신경이 쓰이지 않는지 술독 같은 몸 주변을 여기저기 돌며 바라보더니 같은 모습의 그림을 몇 장이나 그리고 있었습니다. 그러는 동안 묶여 있던 제자의 몸이 얼마나 고통스러웠을지는 굳이 따로 말씀드릴 것도 없겠지요.

그러나 아무 일이 없었더라면 이 고통은 아마도 한참을 더 계속되었을 것입니다. 다행히도(다행이라기보다는 불행이라고 해야 할지도 모르겠습니다.) 얼마 후 방구석에 있던 항아리 그늘에서 마치 검은 기름 같은 것이 한 줄기 가느다랗게 구불거리며 흘러나오기 시작했습니다. 그것이 처음에는 꽤나 진득한 것처럼 천천히 움직이고 있었지만 점차 슬슬 미끄러지기 시작하더니 마침내 번쩍번쩍 빛나며 코앞까지 흘러오는 것을 본 제자가 자기도 모르게 숨을 멈추고 고함을 질렀습니다.

"뱀…… 뱀이다!" 그때는 완전히 온몸의 피가 얼어붙는 것 같았다고 하던데 그것도 무리는 아니지요. 뱀은 정말로 이제 곧 쇠사슬이 파고든 목줄기에 그 차가운 혀끝을 갖다 댈 참이었으니까요. 이 뜻밖의 사건에는 아무리 제멋대로인 요시히데라도 깜짝 놀랐나 봅니다. 서둘러 붓을 내던지더니 순식간에 몸을 구부려 재빨리 뱀 꼬리를 잡더니만 턱하고 거꾸로 집어 들었습니다. 뱀은 거꾸로 잡힌 채 머리를 치켜들고 제 몸을 둘둘 감았지만 끝내 그 사내의 손까지는 닿지 못했습니다.

"네놈 때문에 아까운 그림을 망쳤구나."

요시히데는 분통 터진다는 듯이 중얼거리더니, 뱀은 그대로 방구석 항아리 속으로 집어던지고서는 어쩔 수 없이 제자의 몸에 감아 둔 쇠사슬을 풀어 주었습니다. 그것도 그냥 풀어만 주었을 뿐, 정작 제자에게는 따뜻한 말 한 마디도 없었습니다. 아마도 제자가 뱀에게 물리는 것보다 그림을 하나 망친 것이 부아가 치밀었던 것이겠지요. 나중에 들어 보니 이 뱀 역시 모습을 그리기 위해 일부러 그 사내가 기르고 있던 것이라고 합니다.

이 정도만 해도 요시히데가 미치광이처럼 기분 나쁠 정도로 열중했다는 것은 대충 아셨을 것입니다. 그런데 마지막으로 또 한 가지 이번에는 아직 열서넛밖에 안 된 제자가 역시 지옥변 병풍 덕분에 말하자면 거의 목숨을 잃을 뻔한 끔찍한 일을 당했답니다. 그 제자는 태어나면서부터 살결이 희고 여자 같은 사내아이였는데 어느 날 밤, 스승이 불러서 별생각 없이 방으로 갔더니 요시히데가 등잔불 아래서 손바닥에 무언가 비린내 나는 살점을 올려놓고 낯선 새 한 마리를 먹이고 있더랍니다. 크기는 아무 데나 돌아다니는 고양이 정도나 될까요? 그러고 보니 귀처럼 양쪽으로 튀어나온 깃털하며 호박색의 커다랗고 동그란 눈하며 그냥 보기에는 어쩐지 고양이와 비슷했다고 합니다.

140

10

본시 요시히데라고 하는 사나이는 무슨 일이든 자신이 하고 있는 일에 간섭하는 것을 질색하는 탓에 조금 전에 말씀드린 뱀 같은 것도 그렇지만, 자기 방에 무엇이 있는지 일절 그런 것을 제자들에게 알려 준 적이 없었습니다. 그런 형편이니 어떤 때는 탁자 위에 해골이 올라앉아 있다거나 때로는 은그릇이니 옻칠한 굽 달린 그릇이 늘어서 있거나, 그때 그리고 있는 그림에 따라 생각지도 못할 물건들이 꽤나 나와 있었답니다. 하지만 평소에는 이런 것들을 도대체 어디에 숨겨 두는지 그것은 아무도 몰랐다고 합니다. 그 사나이가 복덕대신 음덕을 입고 있다는 둥 하는 소문도 필경 그럴 만해서 생긴 것이겠습니다.

그래서 제자가 탁자 위의 그 이상한 새 역시 지옥변 병풍을 그리는 데 필요한 거려니 혼자 생각하면서 스승 앞에 엎드려 "부르셨습니까?" 하고 공손하게 말씀을 올렸더니 요시히데는 마치 그 소리가 들리지 않는다는 듯 그 빨간 입술을 혀로 핥아가며 새를 턱짓으로 가리켰습니다.

"어떠냐, 길이 잘 들었지?"

"이건 무슨 새이옵니까? 저는 지금까지 본 적이 없습니다만."

제자가 이렇게 말하며 이 귀가 붙은 데다가 고양이 비슷한 새를 기분 나쁘다는 듯이 힐끗힐끗 바라보았더니 요시히데는 변함없이 언제나처럼 비웃는 듯한 말투로 말했습니다.

"뭐라고, 본 적이 없어? 도회지 놈들은 그러니까 안 되는 거야. 이건 이삼일 전에 구라마의 사냥꾼이 내게 준 부엉이라는 새이니라. 다만 이렇게 길이 든 놈은 많지 않을 게야."

이렇게 말하며 그 사나이는 천천히 손을 뻗더니 마침 먹이를 다 먹어 치운 부엉이 등의 털을 살짝 아래부터 쓸어 올렸습니다. 그러자 순식간의 일이었습니다. 새는 느닷없이 날카로운 소리로 짧게 한 번 우는가 싶더니 갑자기 탁자 위에서 날아올라 양발의 발톱을 세우고는 쏜살같이 제자의 얼굴로 달려들었습니다. 만약 그때, 제자가 소맷자락으로 서둘러 얼굴을 가리지 않았더라면 틀림없이 한두 군데는 상처가 났을 것입니다. 악, 하며 소매를 흔들어 떨쳐 내려는 참에 부엉이는 날아올라 부리를 울려 가며 다시 한 번 쪼았고, 제자는 스승 앞이라는 것도 잊어버리고 서서 막았다가 앉아서 쫓았다가 자기도 모르게 좁은 방 안을 이쪽저쪽으로 도망쳐 다녔습니다. 괴조 역시 그를 따라 높게 낮게 퍼덕여 가며 빈틈만 있으면 곧장 눈을 노리고 날아왔습니다. 그때마다 퍼덕퍼덕하며 무시무시하게 날개를 울려 대는데, 낙엽 냄새인지 폭포의 물보라인지, 혹은 또 시어 터진 막술의 쉰내인지, 그토록 수상쩍은 존재의 기척을 느끼고 얼마나 오싹했던지 말로 다 못 할 지경이었다고 합니다. 그러다 보니 그 제자 역시 어두컴컴한 등잔불조차 어슴프레한 달빛인가 싶어지고 스승의 방이 그대로 어딘가 깊은 산속의, 요사스러운 기운으로 뒤덮인 골짜기 같아서 불안한 기분이 들었다고 했다던가요.

하지만 제자가 무서웠던 것은 단지 부엉이가 달려들었다는 것뿐이 아니었습니다. 아니, 그보다 훨씬 소름이 끼쳤던 것은 스승인 요시히데가 그 소동을 태연히 바라보면서 천천히 종이를 펼치고는 붓을 다듬어, 여자 같은 소년이 이상한 새에게 괴롭힘을 당하는 끔찍한 꼴을 그리고 있었다는 사실이었습니다. 제자는 흘낏 그것을 보고는 단박에 뭐라 말할 수 없는 공포에 사로잡혔고 실제로 잠시 동안 스승 때문에 죽는 것 아닐까 하는 생각마저 들었다고 하더군요.

11

사실 스승에게 죽임을 당한다는 것도 전혀 있을 수 없는 일이라고는 할 수 없었습니다. 실제로 그날 밤 굳이 제자를 불러들인 것만 하더라도 실은 부엉이를 부추겨서 제자가 도망쳐 다니는 꼴을 그리려는 심보였던 듯했습니다. 그러니 제자는 스승의 모습을 얼핏 보자마자, 자기도 모르게 양쪽 소매로 얼굴을 가리고는 뭐라는지도 모를 비명을 지르며 그대로 방 한쪽의 미닫이문 옆으로 주저앉아 버렸습니다. 그러는 바람에 요시히데 역시 뭐라고 고함을 지르며 일어서는 기척이었습니다만 단박에 부엉이 날개 치는 소리가 방금 전보다 더 요란해지면서 뭐가 쓰러지고 깨지고 하는 소리가 요란하게 들리는 것 아니겠습니까? 이러니 제자도 다시 한 번 기절을 할 듯 놀라 무심결에 숨기고 있던 얼굴을 들어 보았더니 방 안은 어느 틈에 깜깜해져 있고 스승이 제자들을 부르는 소리가 황급하게 들렸습니다.

마침내 제자 하나가 먼곳에서 대답을 하고서 등불을 들고 서둘러 왔습니다만, 그 그을음 내 나는 불빛으로 비춰 보니, 등잔이 넘어지는 바람에 바닥과 다다미가 온통 기름투성이에, 조금 전 부엉이가 한쪽 날개만을 고통스럽게 퍼덕이면서 몸부림치고 있었습니다. 요시히데는 탁자 너머에서 엉거주춤 몸을 일으킨 채, 넋이 빠진 얼굴로 뭐라는지 남들이 알아듣지 못할 소리를 웅얼웅얼 하고 있었습니다. 그럴 법도 하지요. 그 부엉이의 몸에는 시커먼 뱀 한 마리가 부리에서 한쪽 날개에 걸쳐 칭칭 휘감겨 있었던 것입니다. 아마도 이것은 제자가 주저앉는 바람에 옆에 있던 항아리를 엎었고 그 속에 있던 뱀이 기어 나왔는데 부엉이가 섣불리 건드렸던 까닭에 결국은 이런 소동이 벌어진 것이겠지요. 두 제자는 서로 눈짓을 해 가며 한동안은 그저 이 괴상한 광경을 멍하니 보고 있었지만 마침내 스승에게 목례를 하고는 얼른 자기들 방으로 돌아가 버렸습니다. 뱀과 부엉이가 그 뒤 어떻게 되었는지, 그건 아무도 아는 이가 없었습니다.

이런 얘기들은 그밖에도 얼마든지 있습니다. 앞에서 빠뜨렸지만 지옥변 병풍을 그리라는 말씀이 있었던 것은 초가을이었으니 그 후 겨울이 끝날 때까지 요시히데의 제자들은 끊임없이 스승의 괴상망측한 짓에 떨고 있었던 셈입니다. 하지만 그 겨울이 끝날 무렵에 요시히데는 뭔가 병풍 그림이 마음대로 안 되었나 봅니다. 그때까지보다 한층 더 꼴이 음산해지고 말하는 투도 눈에 띄게 거칠어졌습니다. 동시에 병풍 그림도 밑그림이 한 팔 할 정도나 완성된 채 더는 진전되지 않는 모양이었습니다. 아니 자칫하다가는 지금까지 그렸던 것마저다 지워 버리지나 않을까 싶은 기색이었습니다.

그렇지만 병풍의 뭐가 마음대로 안 되는 것인지, 그건 아무도 모릅니다. 또한 굳이 알려고 하는 자가 있을 리도 없습니다. 이전의 오만가지 일들에 질려 있던 제자들은, 마치 호랑이나 늑대와 한 우리에 갇혀 있는 듯한 심정이어서 그런 다음부터는 가능하면 스승 가까이 다가가지 않도록 조심을 하고 있었으니까요.

12

따라서 그간의 일에 관해서는 특별히 말씀드릴 만한 이야기도 없습니다. 굳이 이야기를 하자면 그건 그 고집쟁이 영감이 어인 일로 묘하게 눈물이 많아져 남들이 없는 곳에서는 때로 혼자 울고 있었다는 이야기 정도겠지요. 특히 어느 날, 무슨 볼일이 있어 제자 하나가 마당에 나갔을 때 같은 경우, 마루에 서서 멍하니 봄이 가까운 하늘을 바라보고 서 있던 스승의 눈에 눈물이 그렁그렁 하더라는군요. 제자는 그걸 보고 오히려 이쪽에서 부끄러워져 잠자코 얼른 돌아왔다고 합니다. 오취생사를 그리기 위해서 길바닥의 시체들도 옮겨 그렸다던 오만한 남자가 병풍 그림이 마음대로 안 되는 정도로 어린애처럼 눈물 바람을 한다는 것은 픽이나 이상한 일 아닙니까?

그런데 한쪽에서 요시히데가 이와 같이 마치 정신 나간 사

람처럼 열중하여 병풍 그림을 그리고 있는 동안 다른 한편에
서는 그 딸이 무슨 일인지 점점 우울해져서 저 같은 것에게도
눈물을 머금고 있는 모습이 눈에 띄게 되었습니다. 워낙 슬픈
인상에 살결이 희고 얌전한 여자였던 만큼 이리되고 보니 뭐
랄까, 눈썹이 무겁게 드리워 눈언저리에 검은 선이 생긴 듯해
서 한층 서글픈 느낌이 드는 것이었습니다. 처음에는 제 아버
지 생각에 그렇다는 둥 아니면 누군가 마음에 두어 그렇다는
둥 갖가지 억측들이 있었지만 얼마 후부터는 그것이 대신님
께서 당신 뜻을 따르라고 하셔서라는 소문이 나기 시작했는
데, 그때부터는 모두들 잊어버린 듯이 그 아가씨 이야기는 하
지 않게 되어 버렸습니다.

딱 그 무렵이었을 겁니다. 어느 날, 밤도 깊어 저 혼자서 복
도를 지나가려는데 그 원숭이 요시히데가 느닷없이 어디선가
뛰어나와 제 옷소매를 자꾸만 잡아당기는 것이었습니다. 분
명, 곧 매화향이 풍길 듯 엷은 달빛이 비치는 따스한 봄밤이었
지만 달빛에 비치는 원숭이는 새하얀 이빨을 온통 드러내고
코끝에 주름을 잡은 채로 미친 듯이 요란하게 울어 대는 것 아
니겠습니까? 저는 섬뜩한 것이 삼분의 일 정도, 새 옷 소매를
끌어당겨 화가 나는 것이 삼분의 이 정도여서 처음에는 원숭
이를 발로 차 버리고 그냥 지나갈까 생각도 했지만 다시 생각
해 보니 전에 이 원숭이를 때렸다가 도련님께 꾸중을 들었던
사무라이가 있지 않겠습니까? 더구나 원숭이가 하는 짓이 아
무래도 심상치가 않았습니다. 그래서 결국 저도 마음을 다잡
고 잡아 끄는 대로 한 대여섯 걸음을 끌려갔습니다.

그랬더니 복도가 한 번 꺾여 밤눈에도 희뿌연 연못물이, 가지가 부드럽게 뻗은 소나무 너머로 널찍하니 보이는, 그곳까지 갔을 때였습니다. 어디선가 가까운 방 안에서 누군가 다투는 듯한 기척이 다급하면서도, 묘하게 숨죽인 듯이 제 귀에 들어왔습니다. 주변은 모두 쥐 죽은 듯 고요하고 달빛인지 아지랑이인지 모를 자욱함 속에 물고기가 뛰어오르는 소리만 들릴 뿐 다른 소리는 전혀 들리지 않았습니다. 그런데 이런 기척이 있으니 저는 저도 모르게 멈춰 서서 만약 불량배라도 만난다면 뜨거운 맛을 보여 줘야지, 싶어 살짝 그 미닫이문 앞으로 숨을 죽이고 다가섰습니다.

13

그런데 원숭이 보기에 제가 하는 짓이 영 답답했던 것이겠지요. 원숭이 요시히데는 너무 애가 탄다는 듯이 두세 번 제 발 주변을 맴도는가 싶더니 마치 목이라도 졸린 듯한 소리로 울어 대며 느닷없이 제 어깨 위로 단번에 뛰어올랐습니다. 저는 얼른 목을 뒤로 돌려 발톱에 할퀴지 않도록 했는데 원숭이가 이번에는 스이칸 소매에 매달려 제 몸에서 미끄러지지 않으려고 하는 바람에 저는 저도 모르게 두세 걸음 비틀거리며 그 미닫이문에 몸 뒤쪽을 꽤나 세게 부딪혔습니다. 이렇게 된 바에야 이제 한순간도 망설일 처지가 아니었습니다. 저는 얼른 미닫이문을 열어젖히고 달빛이 비치지 않는 안쪽으로 뛰어들려 했습니다. 하지만 그때 제 눈을 스쳐간 것은…… 아니, 그보다는, 그 순간 방 안에서 튀어나오는 여자 때문에 저는 놀랐습니다. 여자는 자칫하면 저와 부딪힐 뻔하면서 갑자기 밖으로 뛰쳐나왔는데, 어인 일로 그 자리에 무릎을 꿇고 앉아 가쁜 숨을 고르며 제 얼굴을, 뭔가 무서운 것이라도 보듯이 벌벌 떨며 올려다보는 것이었습니다.

그것이 요시히데의 딸이었다는 것을 굳이 말씀드릴 것도 없겠지요. 하지만 그날 밤 그 여자는 마치 다른 인간이 된 것처럼, 생생하게 보였습니다. 눈은 커다랗게 반짝이고 있었습니다. 두 뺨도 발갛게 타고 있었을걸요. 거기에 단정치 못하게 흐트러진 옷매무새가 평소의 어린 티와는 완전히 다른 요염함까지 풍기고 있습니다. 이것이 정말 그 연약하고 무슨 일이든 물러서기 일쑤였던 요시히데의 딸이라고? 저는 미닫이문에 몸을 버티고 서서 달빛 아래 이 아름다운 아가씨의 모습을 바라보면서 서둘러 멀어져 가는 또 한 사람의 발소리를, 마치 손가락질받아 마땅하다는 듯 가리키며 '누구요?' 하고 조용히 눈으로 물었습니다.

그러자 아가씨는 입술을 깨물어 가며 말없이 고개를 흔들었습니다. 그 모습은 너무나 분한 것처럼 보이기도 했습니다.

그래서 저는 몸을 낮추어 아가씨의 귓가에 입을 갖다 대고 이번에는 "누구요?" 하고 조그만 소리로 물었습니다. 하지만 역시 아가씨는 고개를 흔들기만 할 뿐 아무런 대답도 하지 않았습니다. 그리고 동시에 기다란 눈썹 끝에 눈물이 가득 맺혀 입술을 꽉 깨무는 것이었습니다.

천생 멍텅구리인 저는 모두가 훤히 알고 있는 일이 아니면 아무것도 눈치를 못 챕니다. 그러니 할 말도 없어서 한참을 그저 아가씨의 심장 뛰는 소리에 귀라도 기울이는 듯한 마음으로 꼼짝 않고 거기 서 있었습니다. 물론 그 이유 가운데 하나는, 왠지 더 이상 캐물으면 안 될 듯한 거리낌이 있었기 때문이기도 했습니다.

얼마나 그러고 있었는지 모르겠습니다. 마침내 열어젖힌 미닫이를 닫으면서 약간은 흥분이 가라앉은 듯한 아가씨 쪽을 돌아보며 "그만 방으로 돌아가세요." 하고, 할 수 있는 한 부드럽게 말했습니다. 그리고 저도, 괜스레 뭔가 봐서는 안 될 것을 본 듯한 불안한 기분에 떨며 누구에게인지 알 수 없는 부끄러운 마음이 들어 조용히 원래 가던 쪽으로 걷기 시작했습니다. 그런데 채 열 걸음도 옮기기 전에 누군가 다시 제 옷소매를 뒤에서 가만가만 잡아당기는 것이 아닙니까? 저는 놀라서 돌아보았습니다. 여러분은 그게 누구였을 거라고 생각하십니까?

보았더니 제 발밑에 원숭이 요시히데가 인간처럼 두 손을 짚고 앉아 금방울을 울려 가며 몇 번이나 정중하게 고개를 조아리고 있는 것이었습니다.

14

그날 밤 일이 있고서 한 보름이나 지나서였습니다. 어느 날 요시히데는 갑자기 저택으로 찾아와 대신님을 직접 알현하겠다고 했습니다. 천한 신분의 인간이지만 평소부터 각별히 마음에 들어 하셨던 까닭일 것입니다. 아무나 함부로 만나 주시는 적이 없으시던 대신님께서 그날도 흔쾌히 허락을 하시더니 곧장 안쪽으로 부르셨습니다. 그 사나이는 언제나처럼 담황색 가리기누에 헐어 빠진 에보시를 쓰고 평소보다 더욱 찡그린 얼굴로 정중하게 대신님 앞에 엎드리더니 마침내 갈라진 목소리로 아뢰었습니다.

"일전에 명령하셨던 지옥변 병풍 말씀이옵니다만 저도 밤낮 없이 정성껏 붓을 움직인 보람이 있어 이제 거의 다 완성이 된 것이나 진배없사옵니다."

"그것 참 잘했구먼. 나도 만족일세."

하지만 이렇게 말씀하시는 대신님의 음성에는 어인 일인지 묘하게 힘이 없고 맥이 빠진 듯한 구석이 있었습니다.

"아니올시다. 그것이 전혀 잘된 일이 아니옵니다." 요시히데는 약간 부아가 치민 듯한 낌새로 눈을 내리깔더니 "대충은 되었습니다만, 다만 한 가지 여전히 제가 그릴 수 없는 것이 있사옵니다."

"무어라? 그릴 수 없는 것이 있어?"

"그러하옵니다. 저는 뭐든지 제 눈으로 본 것이 아니면 그리지를 못하옵니다. 설령 그린다 해도 납득할 수가 없습니다. 그래서야 못 그리는 것이나 마찬가지가 아니옵니까?"

이 소리를 들으신 대신님의 얼굴에는 조롱하는 듯한 미소가 떠올랐습니다.

"그러면 지옥변 병풍을 그리기 위해서는 지옥을 봐야만 하겠구먼."

"그렇사옵니다. 하지만 저는 몇 해 전 큰 화재가 났을 때 염열지옥의 맹화와도 같은 불길을 이 눈으로 보았습니다. '불길에 휩싸여 뒤틀린 부동명왕'을 그린 것도 실은 그 화재를 만난 덕이었습지요. 나리께서도 그 그림은 알고 계시겠지요."

"하지만 죄인은 어떤가? 옥리도 본 적이 없으렷다." 대신님은 마치 요시히데가 하는 말을 못 들으신 듯한 기색으로 이렇게 캐묻듯이 하셨습니다.

"저는 쇠사슬에 묶인 자를 본 적이 있사옵니다. 괴조에게 시달리는 자의 모습도 자세히 그렸습니다. 그렇다면 죄인이 형벌에 괴로워하는 모습도 모른다고는 할 수 없습니다. 또한 옥리는……." 하더니 요시히데는 으스스하게 쓴웃음을 흘려가며 "또한 옥리는 비몽사몽간에 몇 번이나 이 눈으로 보았습니다. 혹은 소머리, 아니면 말머리, 때로는 삼면육비(三面六臂)[64]의 귀신 형상이 소리도 나지 않는 손뼉을 치고 소리 나지 않는 입을 벌려 저를 괴롭히러 찾아오는 것이야 거의 매일 밤낮이라고 해도 좋겠지요. 제가 그리고 싶어도 그리지 못하는 것은 그런 것이 아니올시다."

그러는 데는 대신님도 놀랄 수밖에 없으셨던 거겠죠. 한참을 그저 짜증스럽다는 듯이 요시히데의 얼굴을 노려보고 계시더니 마침내 눈썹을 험하게 움직이시며 내뱉듯이 말씀하시

---

64) 얼굴이 셋이고 팔은 여섯 달린 귀신.

는 것이었습니다.

"그렇다면 뭘 못 그리겠다는 게냐?"

15

"저는 병풍 한가운데 귀족의 우마차 한 대가, 하늘에서 떨어져 내려오는 것을 그리고자 하옵니다." 요시히데는 이렇게 말하고 처음으로 날카롭게 대신님의 얼굴을 바라보았습니다. 그 사내는 그림에 관한 것이라면 미치광이나 마찬가지가 된다고 듣고는 있었지만 그때의 눈초리는 정말 섬뜩했습니다.

"그 우마차 안에는 아름다운 귀부인 한 명이, 맹렬한 불길 속에 검은 머리를 날리며 몸부림치고 괴로워하겠지요. 연기에 숨이 막히는 바람에 눈썹을 찡그리고 허공의 우마차 지붕을 올려다보고 있을 겁니다. 손으로는 우마차 안에 드리운 발을 움켜쥐고 비처럼 쏟아지는 불꽃을 막으려 하고 있을지도 모릅니다. 그리고 그 주변에는 괴이한 맹금류가 열 마리, 스무 마리씩이나 부리를 울려 가며 어지러이 날아다니고 있는 겁니다. 아아, 그런데 우마차 속의 귀부인을 아무리 해도 저는 그릴 수가 없습니다."

"그러면…… 어찌하면 되겠나?"

대신님께서는 어쩐 일인지 묘하게 놀리는 듯한 기색으로 이렇게 요시히데를 재촉하셨지만 요시히데는 예의 그 빨간 입술을 열이라도 난 것처럼 떨어 가며 꿈이라도 꾸는 듯한 모습으로 "그것을 저는 그릴 수가 없사옵니다." 하며 한 번 더 되풀이했습니다. 그러더니만 갑자기 대드는 듯한 기세로 "부디 귀족의 우마차를 한 대, 제가 보는 앞에서 불 질러 주셨으면 하옵니다. 그리고 만약 하실 수만 있다면……."

대신님은 얼굴이 어두워졌나 싶더니 느닷없이 요란스레 웃으셨습니다. 그리고는 그 웃음소리에 숨이 막혀 가며 "오오, 뭐든지 자네가 말하는 대로 해 주겠네. 하고 못하고 할 게 뭐 있겠나."라고 말씀하셨습니다.

저는 그 말씀을 들으며 육감적으로, 어쩐지 끔찍하게 불길하다는 느낌이 들었습니다. 사실 대신님의 모습도 입가에는 허연 거품이 일어나 있는 데다가 미간 언저리에 꿈틀꿈틀 번개가 치고 있으니 마치 요시히데의 광기가 옮겨 간 것 아닌가 싶을 만큼 심상치가 않았습니다. 잠깐 말씀을 멈추시더니만 금세 뭔가 씌인 듯한 기세로 끝없이 목청을 울려 가며 웃으시면서 "우마차에 불을 붙이자. 또 그 속에는 아름다운 여자 하나, 귀부인처럼 꾸미고 태워 놓도록 하지. 불꽃과 검은 연기에 시달리면서 우마차 속의 여자가 몸부림치며 죽어 가는, 그런 걸 그리겠다고 생각하다니, 과연 천하제일의 화가로군. 내 칭찬하는 바일세. 그럼, 칭찬하고말고." 하시는 겁니다.

대신님의 말씀을 듣더니 요시히데는 갑자기 풀이 죽어 어찌할 바 모르며 그저 입술만 움찔거리고 있었습니다만 마침내 온몸의 근육이 풀려 버린 듯 풀썩 다다미에 두 손을 짚고는 "망극하고 황송하옵니다." 하고 들릴까 말까 할 정도의 낮은 음성으로 정중히 감사 인사를 올렸습니다. 그건 아마도 자신이 속으로 생각하고 있던 계획이 얼마나 끔찍한 것인지 대신님의 말씀을 들으며 생생하게 눈앞에 떠올랐기 때문일까요? 저는 평생에 딱 한 번 이때만은 요시히데가 가엾은 인간으로 여겨졌습니다.

16

그러고 나서 이삼일 지난 어느 날 밤의 일이었습니다. 대신님께서는 약속하신 대로 요시히데를 불러 우마차가 불타고 있는 것을 그 눈으로 보게 해 주셨습니다. 물론 이것은 호리카와 저택에서는 아니었지요. 사람들이 유키게 별궁이라고들 부르는, 옛날에 대신님의 누이동생이 사시던 교외의 별장에서 태우셨답니다.

이 유키게 별궁이라는 곳은 오랫동안 아무도 살지 않았던 곳이라 널찍한 마당도 황량하기 이를 데 없었습니다. 아마 이렇게 인기척이 없는 모습을 본 자들이 제멋대로 만들어 낸 이야기일 테지만, 여기서 돌아가신 누이동생에 관해서도 이러쿵저러쿵 소문이 났는데 그중에는 또, 달 없는 밤이면 지금도 괴이한 주홍색 하카마가 땅 위에 둥둥 떠서 복도를 돌아다닌다는 둥 하는 소리를 하는 자들도 있었답니다. 그것도 그럴 법한 일입니다. 낮에도 쓸쓸한 이 별궁은 일단 해가 졌다 하면 정원에서 졸졸 흐르는 물소리도 한층 더 음산하게 울리고 별빛에 날아가는 해오라기조차 괴물인가 싶을 만큼 으스스했으

154

니까요.

　때마침 그날 밤 역시 달이 뜨지 않은 깜깜한 밤이었는데, 등불의 불빛에 비추어 보니 대청에 가까운 곳에 자리를 잡으신 대신님께서는 황록색 평복에 진보라색 문장이 들어간 사시누키를 입고 흰 비단에 테를 두른 원좌에 높직하게 가부좌를 틀고 앉아 계셨습니다. 그 전후좌우로 아랫사람들이 대여섯 명, 공손히 늘어서 있었던 것은 물론입니다. 그런데 그 가운데 한 사람, 눈에 띄게 유별나 보이는 것은, 몇 년 전 미치노쿠 전쟁에서 굶주리다가 인육을 먹고 나서는 살아 있는 사슴의 뿔도 뜯어낼 수 있게 되었다는 무적의 사무라이가 갑주를 갖춰 입은 모습으로 긴 칼을 끝이 위로 치솟도록 비껴 차고는 대청 아래 엄숙하게 엎드려 있는 것이었습니다. 이 모든 것들이, 밤바람에 흔들리는 등불에 비추어 때로는 밝고 때로는 침침하게, 흡사 꿈인지 현실인지 구분이 되지 않는 분위기 속에서 왠지 굉장해 보였습니다.

　더구나 마당에 끌어다 놓은 우마차의 높다란 지붕이 묵직하게 어둠을 내리누르며, 소는 매지 않고 검은 수레 채만 비스듬히 끌채 받침에 걸치고서 금박 장식들을 별처럼 반짝반짝 빛내고 있는 것을 보고 있자니 봄이라고는 하지만 어쩐지 오소소 서늘해지는 느낌이었습니다. 물론 그 우마차 안에는 돈을 새김 무늬로 테를 두른 푸른 발이 무겁게 드리워져 있어 안에 무엇이 들어 있는지는 알 수가 없었습니다. 주위에는 잡일꾼들이 저마다 손에 타오르는 횃불을 들고 연기가 대청 쪽으로 흘러갈까 봐 조심하며 심각한 얼굴로 지키고 서 있었습니다.

정작 요시히데는 거기에서 약간 떨어져 대청과 딱 마주 바라보는 곳에 무릎을 꿇고 있었는데 이쪽은 평소의 붉은색 가리기누에 헐어 빠진 모미에보시를 쓰고 별이 뜬 하늘의 무게에 짓눌린 것인가 싶을 만큼 평소보다 한결 더 작고 초라해 보였습니다. 그 뒤에 또 한 사람 마찬가지 비슷한 차림을 한 채 웅크리고 있는 것은 아마도 심부름하는 제자였을까요? 그런데 두 사람 모두 멀찌감치 어두컴컴한 곳에 웅크리고 있는 바람에 제가 있던 대청 아래서는 가리기누의 색조차 확실하지가 않았습니다.

17

시각은 이럭저럭 한밤중이 되어 가고 있었지요. 숲과 연못을 감싼 어둠이 고요히 숨을 죽이고 사람들의 숨소리를 엿듣는 듯한 가운데 오직 가느다랗게 밤바람이 지나가는 소리가 들리고 횃불 연기가 그때마다 그을린 냄새를 풍겼습니다. 대신님께서는 한동안 잠자코 이 이상한 광경을 응시하고 계시더니만 마침내 무릎을 내미시며 "요시히데." 하고 날카롭게 부르셨습니다.

요시히데는 뭔가 대답을 하긴 했겠지만 제 귀에는 그저 신음하는 듯한 소리밖에는 들리지 않았습니다.

"요시히데, 오늘 밤에는 그대가 원하던 대로 우마차에 불을 붙여 보여 주겠네."

대신님께서는 이렇게 말씀하시더니 옆에 있던 자들 쪽을 슬쩍 쳐다보셨습니다. 이때 대신님과 측근 중 누구인가 사이에서 뭔가 의미 있는 미소가 교환된 듯 보이기도 했지만 이건 어쩌면 제 기분 탓이었을지도 모르지요. 그러자 요시히데는 슬그머니 고개를 들고 대청 위를 올려다본 모양이었는데 역시 아무 말도 없이 기다리고 있었습니다.

"잘 보시게. 저건 내가 평소에 타는 우마차야. 그대도 본 적이 있겠지. 나는 저것에 이제 불을 질러 그대 눈앞에서 염열지옥을 보여 줄 작정이야."

대신님께서는 다시 말씀을 멈추고 옆에 있던 자들에게 눈짓을 하셨습니다. 그러더니 갑자기 역겹다는 듯이 덧붙이셨습니다.

"그 안에는 죄인 계집 하나가 벌로 태워져 있다. 그러니 저 차에 불을 지르면 필시 그년은 살이 타고 뼈가 그을려 끔찍한 죽음을 맞게 될 것이야. 그대가 병풍을 완성하기 위해서는 다시없을 볼거리지. 눈 같은 살결이 타서 뭉개지는 것을 놓치지 말지어다. 흑발이 재티처럼 흩날리는 꼴도 잘 보아 두고."

대신님께서는 세 번째로 입을 다무셨지만 무슨 생각을 하셨던지 이번에는 그저 어깨를 으쓱하시더니 소리 없이 웃으셨습니다.

"후대에도 다시 못 볼 구경이야. 나도 여기서 구경하마. 자, 어서 발을 걷어 올리고 요시히데에게 안에 있는 여자를 보여 주지 못할까?"

명령이 떨어지자 잡일꾼 하나가 한 손에는 횃불을 높이 들고 성큼성큼 차로 다가서더니 불쑥 다른 손을 내밀어 발을 가볍게 걷어 올렸습니다. 요란스러운 소리를 내며 타오르는 횃불 빛이 한층 붉어지며 단번에 좁은 우마차 속을 선명히 비춰 보였는데, 자리 위에 참혹하게 쇠사슬로 묶여 있던 여자는, 아아, 어느 누가 못 알아볼 수 있겠습니까? 화려한 수를 놓은 벚꽃 당의에, 윤기 나는 흑발을 아름답게 드리우고 비스듬히 꽂은 황금 빗도 아름답게 반짝이고 있었는데, 옷차림이야 달라졌다지만 아담한 몸매에, 재갈이 물려 있는 목덜미, 그리고 쓸쓸할 정도로 단정한 옆모습은 요시히데의 딸이 분명했습니다. 저는 하마터면 소리를 지를 뻔했습니다.

바로 그때였습니다. 저와 마주 앉아 있던 사무라이 하나가 얼른 몸을 일으키더니 칼자루를 한 손으로 누르며 날카롭게 요시히데 쪽을 노려보았습니다. 그 바람에 놀라서 바라보니 그 사내는 이 광경에 반쯤 넋이 나가 버렸겠지요. 지금까지는 웅크리고 있었지만 갑자기 튀어 일어나나 싶더니 양팔을 앞으로 뻗은 채, 저도 모르게 우마차 쪽으로 달려가려 했습니다. 다만 앞에서도 말씀드렸다시피 제게서는 먼 그늘 속에 있어서 이목구비는 확실히 보이지 않았습니다. 아니, 그렇게 생각한 것은 한순간이었고 창백해진 요시히데의 얼굴은, 아니 마치 뭔가 눈에 보이지 않는 힘으로 허공에 끌려 올라간 듯한 요시히데의 모습은 단번에 어둠을 뚫고 생생하게 눈앞에 떠올랐습니다. 딸을 태운 우마차가, 바로 이때 "불을 붙여라." 하는 대신님의 말씀과 함께 잡일꾼들이 던진 횃불을 뒤집어쓰고 활활 타오르기 시작한 것입니다.

18

불은 한순간에 우마차를 휘감았습니다. 차양에 달린 보라색 술이 흩날리듯 휙 나부끼자 그 아래로 뭉게뭉게 밤눈에도 새하얀 연기가 소용돌이치며 발인지, 문인지, 기둥의 금속인지가 단번에 부서져 날아올랐나 싶을 만큼 불꽃이 비처럼 쏟아지던 그 끔찍함은 말로 다 할 수 없었습니다. 아니 그보다도 혓바닥을 날름거리며 격자문을 휘감고 중천까지 치솟는 불꽃의 색은 마치 태양이 땅에 떨어져 천불이 활활 타오르는 듯했다고 말씀드리면 좋을까요? 조금 전에 자칫 소리를 지를 뻔했던 저도 이제는 완전히 얼이 빠져 그저 멍하니 입을 벌린 채 이 참혹한 광경을 지켜보는 수밖에 없었습니다.

하지만 아버지 요시히데는…… 요시히데의 그 얼굴을 저는 지금도 잊을 수가 없습니다. 자기도 모르게 우마차 쪽으로 달려가려던 그 사내는 불이 타오르는 것과 동시에 발을 멈추고 여전히 손을 내민 채 집어삼킬 듯한 눈초리로 차를 휘감은 화염을 빨려들 것처럼 바라보고 있었습니다. 온몸에 불빛이 비쳐 주름투성이의 추한 얼굴은 수염 터럭까지 똑똑히 보였습니다. 하지만 그 커다랗게 치켜뜬 눈이며, 찡그린 입술 언저리, 혹은 끊임없이 씰룩거리는 뺨 근육 등이 요시히데의 마음속에 끊임없이 오가고 있을 공포와 비통함과 경악을 역력하게 얼굴에 그려 놓았습니다. 목이 잘리기 전의 도둑이라도, 아니면 시왕청에 끌려 나간 십역오악 죄인이라도 그렇게 고통스러운 얼굴을 하지는 않았을 것입니다. 오죽했으면 그 겁을 모르는 사무라이조차 자기도 모르게 안색이 변하며 슬금슬금 대신님의 얼굴을 올려다보았습니다.

그러나 대신님께서는 굳게 입술을 악문 채, 때로 오싹한 웃음을 지으시며 눈길도 돌리지 않고 우마차 쪽을 뚫어져라 바라보고 계셨습니다. 그리고 그 차 안에는…… 아아 제게는 그때, 그 안에 있던 아가씨의 모습이 어땠던가를 자세히 말씀드릴 용기가 도저히 없습니다. 연기에 숨이 막혀 수그렸던 하얀 얼굴, 불꽃을 털어 내느라 헝클어진 기다란 머리카락, 그리고 또 눈앞에서 불길이 되어 가던 벚꽃 당의의 아름다움……. 이 무슨 참혹한 광경이란 말입니까? 특히 밤바람이 한 줄기 휘몰아쳐 연기가 건너편으로 펄럭일 때 붉은 바탕에 금가루를 뿌린 듯한 불꽃 속에서 드러나는, 입에 재갈이 물린 채 묶여 있던 쇠사슬이 끊길 기세로 몸부림을 치고 있던, 그 모습은 지옥의 업고가 눈앞에 펼쳐진 것 아닌가 싶어 저는 물론이거니와 그 무적의 사무라이마저 무심결에 소름 끼쳐 어쩔 줄 몰랐습니다.

그런데, 밤바람이 한 번 더 불어 마당의 나무들의 우듬지를 펄럭하고 지나는 중……이라고 누구나 생각했겠지요. 그런 소리가 어두운 하늘을 어딘가로 달려갔나 싶더니 순식간에 무엇인가 시커먼 것이 땅에 딛는 것도 허공을 나는 것도 아니면서 공처럼 튀어 오르더니 별궁 지붕에서 불타오르는 우마차 안으로 단번에 날아들었습니다. 그리고는 붉은 칠을 한 것 같은 격자문이 투두둑 타서 부서지는 안쪽으로 축 처진 아가씨의 어깨를 끌어안고는 헝겊을 찢는 듯한 날카로운 소리를,

말로 할 수 없이 고통스럽게 연기 밖으로 기다랗게 질러 댔습니다. 그를 따라 두세 번 우리도 무의식중에 아악, 하는 소리를 질렀습니다. 휘장처럼 둘러친 불길을 배경으로 아가씨의 어깨에 매달려 있는 것은 호리카와 저택에 묶어 두었던, 요시히데라는 별명이 붙어 있는 바로 그 원숭이였으니까 말입니다. 그 원숭이가 도대체 어디를 어떻게 지나 이 별궁까지 찾아온 것인지, 그것은 물론 아무도 모릅니다. 하지만 평소에 귀여워해 주던 아가씨였기에 원숭이도 함께 불속으로 뛰어든 것이겠지요.

19

하지만 원숭이의 모습이 보인 것은 정말 한순간뿐이었습니다. 금가루 같은 불티가 한바탕 화르륵 허공으로 올랐는가 싶더니 원숭이는 물론 아가씨의 모습도 검은 연기 바닥에 묻혀 버리고 마당 한가운데는 오직 한 대의 화차가 엄청난 소리를 내며 타오르고 있을 뿐이었습니다. 아니, 화차라고 하기보다는 어쩌면 불기둥이라고 하는 편이, 별이 뜬 하늘을 익혀 버릴 듯 무시무시했던 그 화염에 어울릴지도 모릅니다.

그 불기둥을 앞에 두고 얼어붙어 버린 듯이 서 있는 요시히데는, 이 얼마나 이상한 일이란 말입니까? 실로 조금 전까지 지옥의 고통에 시달리고 있는 듯하던 요시히데는 지금 와서는 말할 수 없는 광휘를, 그야말로 황홀한 법열의 광휘를 주름투성이 얼굴 만면에 담고는 대신님 앞이라는 것도 잊었는지 가슴팍에 팔짱을 꽉 낀 채 서 있는 것 아니겠습니까? 아무래도 그 사내의 눈에는 딸이 몸부림치며 죽은 것이 안 보이는 것만 같았습니다. 오직 아름다운 화염의 색채와 그 속에서 괴로워하는 여인의 모습이 한없이 마음을 기쁘게 하고 있는 듯한, 그런 광경으로 보였습니다.

더구나 이상한 것은 단지 그 사내가 외동딸의 단말마를 기쁜 듯이 바라보고 있었다는 것뿐이 아닙니다. 그때의 요시히데에게는 어쩐지 인간이라고는 여겨지지 않는, 꿈속에서나 볼 법한 사자왕의 분노를 닮은 괴이한 엄숙함이 감돌았습니다. 그렇다 보니 뜻밖의 불길에 놀라 요란스레 울어 대며 날고 있던 무수한 밤새들조차 어쩐지 요시히데의 모미에보시 근처에는 다가가지 않았던 듯했습니다. 아마 아무것도 모르는 새의 눈에도 그 사내의 머리 위에 원광처럼 걸려 있는 이상한 위엄이 보였던 것이겠지요.

새들조차 그러했습니다. 그러니 저희들은 잡일꾼까지도 모두 숨을 죽인 채 뼛속까지 떨릴 만큼 이상한 귀의심에 넘쳐 마치 부처님의 개안이라도 보듯 눈을 떼지 않고 요시히데를 지켜보았습니다. 하늘 가득 불타는 화차와 그것에 혼을 빼앗긴 채 멈춰 서 있는 요시히데…… 이 무슨 장엄, 이 무슨 환희란 말입니까? 그러나 그 가운데 오직 한 사람, 대청 위의 대신님만은 마치 딴 사람인 듯 안색이 창백해져 입가에 거품을 문 채 보라색 사시누키를 입은 무릎을 양손을 꽉 붙잡고는 마치 목이 마른 짐승처럼 헐떡이고 계셨습니다……

20

그날 밤 유키게 별궁에서 대신님이 우마차를 불태우셨다는 사실은 누구 입에선지 세상으로 새어 나갔습니다만 그에 관해서는 꽤나 이러쿵저러쿵 손가락질하는 이들도 있었던 모양입니다. 우선 첫째로 어째서 대신님이 요시히데의 딸을 태워 죽이셨는가, 이것은 이루지 못한 사랑의 원한에서 하신 짓이라는 소문이 가장 많았습니다. 하지만 대신님의 속마음은 정말 차를 태우고 사람을 죽여서까지 병풍 그림을 그리고자 하는 흉악한 환쟁이 근성을 벌주실 작정이었음이 분명합니다. 실제로 저는 대신님이 직접 그렇게 말씀하시는 것을 들은 적도 있었습니다.

그리고 요시히데가 눈앞에서 딸이 불에 타 죽어 가는데도 병풍 그림을 그리고 싶어 했다는 그 목석같은 마음에 대해서도 사람들이 왈가왈부했던 듯합니다. 개중에는 그 사내를 저주하면서 그림을 위해서라면 부녀간의 정마저 잊어버리는 인면수심의 괴팍한 놈이라는 둥 하는 자들도 있었습니다. 요코가와의 고승 같은 분은 이런 생각에 편을 든 사람 가운데 하나로 "아무리 하나의 예나 능에 뛰어난다 한들 인간으로서 오상[65]을 못 가린다면 지옥에 떨어질 수밖에 없다."라는 말씀을 하셨답니다.

그런데 그후 한 달쯤 지나 "마침내 지옥변 병풍이 완성되

---

65) '인의예지신'이라는 인간의 기본적 덕성.

었습니다." 하고 요시히데는 지체 없이 그것을 저택으로 들고 와 공손하게 대신님 앞에 바쳤습니다. 마침 그때는 고승께서 도 와 계셨는데, 병풍 그림을 한 번 보시더니 이 그림첩의 천 지에 휘몰아치는 끔찍한 불보라에 기겁을 하신 것일까요? 그 때까지는 찡그린 얼굴로 요시히데 쪽을 힐끗힐끗 흘겨보고 계시던 분이 자기도 모르게 무릎을 치며 "대단하구먼." 하셨 습니다. 이 말씀을 들으신 대신님께서 쓴웃음을 지으시던 모 습 역시 저는 지금까지 잊을 수가 없습니다.

그다음부터, 적어도 이 댁 안에서만은 그 사내를 나쁘게 말 하는 사람은 없어지다시피 했습니다. 누구나 그 병풍을 보고 나면 아무리 평소에 요시히데를 껄끄러워했다손 치더라도 이 상하게 엄숙한 기분이 들면서 염열지옥의 대고난을 여실하게 느끼게 되었기 때문이 아닐까요?

히지만 그렇게 되었을 때쯤 요시히데는 이미 이 세상 사람 이 아니었습니다. 그것도 병풍이 완성된 다음 날 밤에 자신의 방 대들보에 목을 매 죽었답니다. 외동딸을 앞세운 그 사내는 아마도 태연히 살아가는 것을 견딜 수가 없었던 것이겠지요. 그의 주검은 지금도 그 사내의 집터에 묻혀 있습니다. 물론 그 조그만 비석은 그 후로 몇 십 년 동안의 비바람에 닳아, 벌써 옛날에 누구 무덤인지도 모르게 된 채 이끼에 덮여 있을 것입 니다.

거미줄

1

어느 날의 일이었습니다. 부처님께서 극락의 연못가를 혼자서 한가로이 거닐고 계셨습니다. 연못 속에 피어 있는 연꽃은 모두 옥처럼 하얗고 한가운데 박힌 금색 꽃술에서는 말할수 없이 고운 향기가 끊임없이 주위에 넘쳐나고 있습니다. 극락은 마침 아침나절인가 봅니다.

부처님께서는 연못가에 잠시 멈춰 서서 수면을 덮고 있는 연잎 사이로 무심코 아래쪽을 내려다보셨습니다. 마침 이 극락의 연못 바닥이 바로 지옥 밑바닥이었기에 수정 같은 물을 통해 황천의 강물이니 바늘산의 모습이 마치 요지경을 들여다보듯 또렷이 보이는 것이었어요.

그런데 그 지옥 밑바닥에 간다타라는 사내 하나가 다른 죄인들과 함께 몸부림치고 있는 모습이 눈에 띄었습니다. 이 간다타라는 사내는 사람을 죽이거나 남의 집에 불을 지르는 등, 온갖 나쁜 짓을 다 저지른 악당이지만 그래도 딱 한 가지 좋은 일을 한 적이 있었답니다. 어느 날 이 남자가 깊은 숲 속을 지나가고 있는데 조그만 거미 한 마리가 길바닥을 지나가는 것이 보였습니다. 간다타는 얼른 발을 들어 짓밟아 버리려다가 "아니, 이것도 하찮긴 하나 목숨임에는 틀림없어. 그 목숨을 괜스레 빼앗는 것은 아무리 그래도 좀 불쌍하지." 하고 문득 마음을 바꿔 그 거미를 죽이지 않고 살려 준 일이 있었거든요.

부처님께서는 지옥 구경을 하다 말고 간다타가 거미를 살려 준 일이 있다는 사실을 떠올리셨어요. 그리고 그 착한 일에 대한 상으로, 할 수 있다면 이 남자를 지옥에서 건져 주려 마음 먹으셨답니다. 다행히 옆을 보니 비취색 연잎 위에서 극락의 거미 한 마리가 아름다운 은색 실을 잣고 있었습니다. 부처님께서는 그 거미줄을 살짝 손으로 집어 들더니 옥같이 하얀 연꽃 사이로 저 까마득한 아래쪽 지옥 바닥까지 똑바로 내려 뜨리셨습니다.

2

이곳은 지옥 바닥 피의 연못, 다른 죄인들과 함께 떠올랐다 가라앉기를 되풀이하고 있는 간다타였습니다. 워낙 어디를 둘러보나 캄캄하고, 어쩌다 그 칠흑 같은 어둠속에서 어렴풋이 떠오르는 것이 있나 싶으면 그것은 끔찍한 바늘산의 바늘이 반짝이고 있는 것이니 그 암담함은 이루 말할 수가 없었습니다. 게다가 주위가 온통 무덤 속처럼 고요하고 가끔씩 들리는 것이라곤 오직 죄인들이 내쉬는 힘없는 한숨뿐이었습니다. 그도 그럴 것이 이곳으로 굴러떨어질 정도의 인간이라면 이미 지옥의 온갖 형벌에 기진맥진해서 울음소리를 낼 기력조차 남아 있지 않을 터입니다. 그러니 아무리 악당인 간다타라지만 역시 연못 속 피가 목에 걸려 켁켁거리며, 마치 반쯤 죽은 개구리처럼 그저 발버둥을 치고 있을 뿐이었습니다.

그런데 어느 날이었습니다. 무심결에 간다타가 고개를 들고 피 연못의 하늘을 올려다보니 그 서늘한 어둠 속에서 머나먼 천상으로부터 은색 거미줄 한 오라기가, 마치 누군가의 눈에 띌까 두려워하듯 가느다랗게 빛나며 살랑살랑 자기 위로 내려오는 것 아니겠습니까? 간다타는 이것을 보고 자기도 모르게 손뼉을 치며 기뻐했습니다. 이 줄에 매달려 계속 올라가면 틀림없이 지옥에서 빠져나갈 수 있을 테니까요. 아니, 잘하면 극락에도 들어갈 수 있겠지요. 그렇게만 된다면 이제 바늘산 위로 쫓겨 올라갈 일도 없을 것이고 피 연못에 잠길 걱정도 전혀 없을 것입니다.

이렇게 생각한 간다타는 재빨리 그 거미줄을 두 손으로 힘껏 움켜쥐고 열심히 위로 위로 기어 올라가기 시작했습니다. 애당초 왕도둑이었으니 이런 일쯤이야 옛날부터 눈 감고도 할 수 있었지요.

하지만 지옥과 극락 사이는 몇 만 리도 더 되는 거리이니 서둘러 봤자 쉽사리 위로 나갈 수는 없습니다. 한참을 올라가다 보니 마침내 간다타도 지쳐서 이제 한 뼘도 더 올라갈 수 없을 것 같았습니다. 어쩔 수 없이 한숨 돌릴 요량으로 거미줄 중간쯤에 매달려 저 까마득한 아래쪽을 내려다보았답니다.

기를 쓰고 올라온 보람이 있어 조금 전까지 자기가 있던 피 연못은 어느 틈에 저 어둠 속으로 사라져 버렸습니다. 그리고 어렴풋이 빛나던 바늘산도 저만치 발아래로 보였습니다. 이런 속도로 올라간다면 지옥에서 빠져나가는 일도 어쩌면 별 것 아닐 수 있겠습니다. 간다타는 두 손으로 거미줄을 다잡으며, 여기 오고 나서 몇 해 동안 내 본 적이 없는 목소리로 "됐다, 됐어." 하며 웃었습니다.

그런데 문득 정신을 차려 보니 거미줄 아래쪽에서 셀 수 없이 많은 죄인들이 자기가 올라오는 뒤를 따라 마치 개미 떼처럼 기를 쓰고 위쪽으로, 위쪽으로 기어오르고 있는 것이 아니겠습니까? 간다타는 이것을 보고서는 놀랍기도 하고 두렵기도 해서 한참을 그저 멍텅구리처럼 입을 떡 벌린 채 눈동자만 굴리고 있었습니다. 자기 혼자만으로도 끊어져 버릴 듯한 이 가느다란 거미줄이 어떻게 저 많은 사람의 무게를 견딜 수 있단 말입니까? 만에 하나, 도중에 끊어지기라도 한다면 가까스로 여기까지 기어 올라온 자기마저 원래 있던 지옥으로 굴러떨어져 거꾸로 처박혀 버릴 것이었습니다. 그런 일이 생기면 정말 큰일이지요. 그런데 그러는 동안에도 수백, 수천 명의 죄인들이 시커먼 피 연못 밑바닥에서 우글우글 기어올라 가느다랗게 빛나는 거미줄에 한 줄로 매달려 열심히 올라오고 있었습니다. 빨리 어떻게 하지 않으면 줄은 한가운데서 둘로 끊어져 곤두박질치게 될 것이 분명했습니다.

그래서 간다타는 큰 소리로 "이봐, 죄인들! 이 거미줄은 내 거야. 너희들 도대체 누구 허락받고 올라오는 거야? 내려가, 꺼지라고." 하며 고함을 질렀습니다.

바로 그때였지요. 지금까지 멀쩡하던 거미줄이 간다타가 매달려 있는 곳에서 툭 소리를 내며 끊어져 버렸습니다. 그러니 간다타도 어쩔 수가 없었습니다. 바람을 가르는 팽이처럼 빙글빙글 돌면서, 눈 깜짝할 사이에 어둠의 밑바닥으로 거꾸로 곤두박질쳤습니다.

그 뒤에는 그저 극락의 거미줄이 반짝반짝 가느다란 빛을 발하며, 달도 별도 없는 허공에 짤막하게 매달려 있을 뿐이었어요.

3

부처님께서는 극락의 연못가에 서서 이 모든 일을 처음부터 끝까지 다 보고 계셨는데 마침내 간다타가 피 연못 바닥으로 돌멩이처럼 가라앉아 버리자 서글픈 표정을 지으며 다시 한가로이 산책을 시작하셨습니다. 자기만 지옥에서 빠져나오고자 하는 간다타의 무자비한 마음이, 그리고 그 마음 씀씀이에 걸맞은 벌을 받아 원래 있던 지옥으로 떨어져 버린 것이 부처님 눈에는 무척이나 한심해 보이셨겠지요.

하지만 극락 연못의 연꽃은 그런 일에는 전혀 아랑곳하지 않습니다. 옥처럼 하얀 그 연꽃은 부처님의 발 언저리에서 하늘하늘 꽃받침을 흔들었고 한가운데 박힌 금색 꽃술에서는 뭐라 말할 수 없는 그윽한 향내가 풍겨 끊임없이 주변에 맴돌고 있습니다. 극락도 어느새 한낮이 가까워진 모양입니다.

두자춘(杜子春)

1

어느 봄날 해 질 녘입니다.

당나라 수도 낙양의 서쪽 문 아래, 멍하니 하늘을 바라보고 있는 한 젊은이가 있었습니다.

젊은이의 이름은 두자춘이라고 하는데 원래는 부잣집 아들이었지만 지금은 재산을 모두 탕진하고 그날 하루 살기가 힘들 만큼 불쌍한 신세가 되어 있었지요.

무엇보다 당시의 낙양이라면 천하에 다시없을 번창한 도시였으니 길에는 그때까지도 끊임없이 사람과 마차가 지나다니고 있었습니다. 문을 온통 물들이고 있는, 꼭 기름 같은 노을 빛 속으로, 노인이 쓴 비단 모자니 터키 여자의 금 귀걸이, 백마를 장식한 색실로 된 고삐가 끝없이 흘러가는 모습이 마치 그림처럼 아름다웠습니다.

하지만 두자춘은 여전히 문의 벽에 기대어 서서 멍하니 하늘만 바라보고 있었습니다. 하늘에는 벌써 가느다란 달이, 찰랑찰랑 물결치는 안개 속에 마치 손톱자국인가 싶을 만큼 어렴풋이 하얗게 떠 있었습니다.

'해는 지는데 배는 고프고, 이젠 어딜 가도 재워 줄 곳도 없을 텐데…… 이렇게 사느니 차라리 강물에 몸을 던져 죽어 버리는 게 나을지도 몰라.'

두자춘은 혼자서 아까부터 이런 부질없는 생각을 계속하고 있었습니다.

그런데 어디서 나타난 것인지, 갑자기 그 앞에 걸음을 멈춘 애꾸눈 노인이 있었습니다. 그는 석양빛을 받아 커다란 그림자를 문 위에 드리운 채 두자춘의 얼굴을 뚫어지게 바라보면서 "자넨 무슨 생각을 하고 있나?" 하고 거만하게 말을 걸었습니다.

"저 말입니까? 저는 오늘 밤 잘 곳이 없으니 어떡하나 하고 있었습니다."

노인이 느닷없이 말을 거는 통에 두자춘은 자기도 모르게 눈을 내리깔고 무심결에 정직한 대답을 한 것입니다.

"그렇군. 거참 안됐구먼."

노인은 잠시 뭔가 생각하는 듯하더니 이윽고 거리에 비치고 있는 석양빛을 가리키며 말했습니다.

"그렇다면 내가 한 가지 좋은 소식을 들려주지. 지금 이 석양빛 속에 서서 자네 그림자가 땅에 비치면 그 머리 있는 부분을 오늘 밤 파 보게나. 틀림없이 마차에 가득 찰 만한 황금이 묻혀 있을걸세."

"정말입니까?"

두자춘은 놀라서 땅을 보던 눈을 들었습니다. 그런데 이상하게도 그 노인은 어디로 가 버렸는지, 이미 주변에 아무런 자취도 남아 있지 않았습니다. 그 대신 하늘에 뜬 달빛은 전보다 한층 하얘져서 쉴 새 없이 흐르는 거리의 인파 위로 이미 성질 급한 박쥐 두세 마리가 날아다니고 있었습니다.

2

두자춘은 하루 사이에 낙양 시내에서도 제일가는 엄청난 부자가 되었습니다. 그 노인의 말대로 석양빛에 그림자를 비춰 보고는 머리에 해당되는 부분을 한밤중에 살짝 파 보았더니 커다란 마차에도 넘칠 만큼, 황금이 쏟아져 나왔거든요.

큰 부자가 된 두자춘은 곧 멋들어진 집을 사서 현종 황제에게도 지지 않을 만큼, 호화롭게 살기 시작했습니다. 난릉의 술을 사들이고, 계주의 용안육을 주문하고, 하루에 네 번씩 색이 변하는 모란을 정원에 심게 하고, 흰 공작새를 몇 마리씩이나 놓아먹이고, 옥을 수집하고, 비단옷을 만들게 하고, 향목 마차를 짓게 하고, 상아 의자를 만들게 하고…… 그 사치스러움을 일일이 쓰고 있다가는 언제까지나 이 이야기가 끝나지 않을 정도였습니다.

그러자 이런 소문을 듣고 지금까지는 길에서 마주쳐도 아는 척 한번 하지 않던 친구들이 아침저녁으로 찾아 왔습니다. 그것도 날마다 숫자가 늘어나서 한 반년 지나고 나자, 낙양에서 이름이 알려진 많은 재인과 미인들 중에 두자춘의 집에 와 보지 않은 이는 한 사람도 없을 정도가 되어 버렸습니다.

두자춘은 이 손님들을 상대로 날마다 술판을 벌였습니다. 그 자리가 얼마나 성대했는지는 좀처럼 말로 다 할 수 없습니다. 아주 대략적으로만 말씀을 드리자면, 두자춘이 금잔에 서양에서 온 포도주를 담아 들고, 인도 태생의 마술사가 단도를 삼켜 보이는 재주에 정신이 팔려 있노라면 그 주위에서 스무 명의 여자들 중 열 명은 비취 연꽃을, 열 명은 마노 모란꽃을 머리에 꽂고서 피리나 현금을 흥겹게 연주하는 광경이 펼쳐지는 식이었지요.

하지만 아무리 큰 부자라 할지라도 돈에는 한도가 있는 것이니 호화스럽던 두자춘도 한 해 두 해 지나는 동안 점점 가난해지기 시작했습니다. 그러자 인간이란 냉정한 것이어서 어제까지만 해도 날마다 찾아오던 친구들이 오늘은 문 앞을 지나면서도 아는 체를 하지 않았습니다. 그러다가 삼 년째 봄, 두자춘이 다시 이전처럼 빈털터리가 되고 보니, 드넓은 낙양 시내에서 그에게 잠자리 한 칸 빌려 주겠다는 집은 하나도 없어져 버렸습니다. 아니, 거처를 빌려 주기는커녕 이제는 찬물 한 그릇 베푸는 이도 없었지요.

그래서 그는, 어느 날 저녁 다시 한 번 그 낙양의 서쪽 문 아래로 가서 멍하니 허공을 바라보며 서 있었습니다. 그러자 역시 옛날처럼 애꾸눈 노인이 어디선가 나타나더니 "자넨 무슨 생각을 하고 있나?" 하고 말을 걸지 않겠습니까?

두자춘은 노인의 얼굴을 보더니 부끄럽다는 듯이 고개를 숙이고 한동안 대답도 하지 않았습니다. 하지만 노인은 그날도 친절하게 같은 말을 되풀이했기 때문에 이쪽에서도 이전과 마찬가지로 "저 말입니까? 저는 오늘 밤 잘 곳이 없으니 어떡하나 하고 있었습니다." 하고 기어 들어가는 소리로 대답했습니다.

"그렇군. 거참 안됐구먼. 그렇다면 내가 한 가지 좋은 소식을 들려주지. 지금 이 석양빛 속에 서서 자네 그림자가 땅에 비치면 그 가슴 있는 부분을 오늘 밤 파 보게나. 틀림없이 마차에 가득 찰 만한 황금이 묻혀 있을걸세."

노인은 이렇게 말하는가 싶더니 이번에도 또 인파 속으로 가뭇없이 숨어 버렸습니다.

두자춘은 이튿날부터 단박에 천하제일의 큰 부자로 변했습니다. 동시에 이번에도 하고 싶은 사치를 있는 대로 부리기 시작했지요. 정원에 피어 있는 모란꽃, 그 사이에 잠든 흰 공작새, 그리고 단도를 삼켜 보이는 인도에서 온 마술사, 모든 것이 옛날 그대로입니다.

그러다 보니 마차로 한 가득이었던 엄청난 황금도 또 한 삼년 지나는 동안 바닥이 나고 말았습니다.

3

"자넨 무슨 생각을 하고 있나?"

애꾸눈 노인은 세 번째 두자춘 앞에 와서 같은 질문을 했습니다. 물론 그는 이때도 낙양의 서쪽 문 아래 가느다랗게 안개를 뚫고 비치는 초승달 빛을 바라보며 멍하니 서 있었습니다.

"저 말입니까? 저는 오늘 밤 잘 곳이 없으니 어떡하나 하고 있었습니다."

"그렇군. 거참 안됐구먼. 그렇다면 내가 한 가지 좋은 소식을 들려주지. 지금 이 석양빛 속에 서서 자네 그림자가 땅에 비치면 그 배 있는 부분을 오늘 밤 파 보게나. 틀림없이 마차에 가득 찰 만한……."

노인이 여기까지 말을 하자 두자춘은 갑자기 손을 들어 그 말을 끊었습니다.

"아뇨, 돈은 이제 필요 없습니다."

"돈은 이제 필요 없다? 하하, 그렇다면 사치를 부리는 일에는 마침내 질려 버린 모양이군."

노인은 미심쩍다는 눈초리로 두자춘의 얼굴을 뚫어지게 바라보았습니다.

"아뇨, 사치에 질린 것은 아닙니다. 인간이라고 하는 것에 정나미가 떨어진 것이지요."

두자춘은 불만스러운 표정을 지으며 퉁명스레 말했습니다.

"그거 재밌는데. 어째서 인간에게 정나미가 떨어졌지?"

"인간은 다들 냉정합니다. 제가 큰 부자가 되었을 때는 들기 좋은 소리도 하고 따라다니기도 하지만, 일단 가난해져 보세요. 상냥한 얼굴조차 보여 주지 않습니다. 그런 것을 생각하면 설령 다시 한 번 큰 부자가 되어 봤자 뭐하나 하는 생각이 들더군요."

노인은 두자춘의 말을 듣더니 갑자기 벙글벙글 웃기 시작했습니다.

"그런가? 아니, 자넨 젊은 사람답지 않게 감탄할 만큼 똑똑하구먼. 그렇다면 이제부터는 가난하더라도 맘 편하게 살겠다는 건가?"

두자춘은 잠시 망설였습니다. 하지만 곧 결심한 듯한 눈을 들더니 하소연이라도 하듯이 노인의 얼굴을 보면서 "그것도 지금 저는 할 수가 없습니다. 그러니 저는 당신의 제자가 되어 선술 수업을 하고 싶습니다. 아니 숨기시면 안 되죠. 당신은 덕 높으신 선인이실 겁니다. 선인이 아니고서야 하룻밤 새에 저를 천하제일의 큰 부자로 만들 수야 없겠지요. 제발 제 스승이 되어서 신기한 선술을 가르쳐 주십시오."

노인은 미간을 찡그린 채 한동안 묵묵히 뭔가 생각하는 듯하더니 마침내 빙긋 웃으며 "실은 나는 아미산에 살고 있는 철관자라는 선인이야. 처음 자네 얼굴을 보았을 때, 어딘가 영리해 보이기에 두 번째까지 큰 부자를 만들어 주었지만 정 그렇게 선인이 되고 싶다면 내 제자로 삼아 주겠네." 하고 흔쾌히 소원을 들어주었습니다.

두자춘이 얼마나 기뻐했는지는 말할 수도 없습니다.

노인의 말이 채 끝나기도 전에 그는 땅에 이마를 대고 몇 번이나 철관자에게 절을 했습니다.

"아니, 그렇게 고마워할 것 없네. 아무리 내 제자로 삼아 봤자, 훌륭한 선인이 될 수 있을지 없을지는 자네에게 달려 있으니까. 하지만 어쨌든 우선 나와 함께 아미산 속으로 와 보는 게 좋겠군. 오, 다행히 여기 대나무 지팡이가 하나 떨어져 있네. 그럼 지금 바로 여기 타고 단숨에 하늘을 날아가기로 하세."

철관자가 거기 있던 청죽 하나를 주워 들더니 입안에서 주문을 외워 가며 두자춘과 함께 그 대나무에 말이라도 타듯이 걸터앉았습니다. 그러자 이 아니 신기한 일인가요? 대나무 지팡이는 금세 용처럼 힘차게 하늘로 날아올라 맑게 갠 봄날의 저녁 하늘을 아미산 방향으로 날아갔습니다.

두자춘은 간이 콩알만 해져서 벌벌 떨며 밑을 내려다보았습니다. 하지만 아래쪽에는 그저 푸른 산들이 석양빛 바닥에 보일 뿐이었고 낙양의 서쪽 문은(이미 안개 속에 숨은 것이겠지요.) 아무리 찾아봐도 보이지 않습니다. 그러는 동안 철관자는 하얀 수염을 바람에 날리며 높은 소리로 노래를 부르기 시작했습니다.

아침에는 북해(北海)에 노닐고, 저녁에는 창오(蒼梧)[66]

소매 속에 든 푸른 뱀, 간담을 서늘케 하네.

세 번이나 악양(嶽陽)[67]에 들어갔건만 아는 이 없이

---

66) 중국의 산. 순(舜) 임금이 남방을 순행하다가 붕어한 곳.
67) 중국 후난 성 웨양에 있는 현.

178

소리 높여 읊으며 날아 지나는 동정호.

4

두 사람을 태운 청죽은 오래지 않아 아미산에 내렸습니다.

그곳은 깊은 골짜기에 면한, 폭이 널찍한 바위 위였는데 꽤나 높은 곳인 듯 중천에 떠 있는 북두의 별이 밥공기만 한 크기로 빛나고 있었습니다. 워낙 인적이 끊긴 산속이니 주변은 쥐 죽은 듯이 고요하고 귀에 들어오는 것이라곤 기껏해야 뒤쪽 절벽에 자라고 있는 구불구불한 소나무 한 그루가 윙윙 하며 밤바람에 울어 대는 소리뿐입니다.

두 사람이 이 바위 위에 오자 철관자는 두자춘을 절벽 아래 앉혀 놓고 말했습니다.

"나는 지금부터 천상으로 가서 서왕모를 뵙고 올 터이니 자네는 그동안 여기 앉아서 내가 돌아오는 것을 기다리고 있게나. 아마 내가 가고 나면 온갖 마귀들이 나타나서 자네를 속여 넘기려 들 터인데 혹시 어떤 일이 벌어지더라도 절대로 소리를 내선 안 되네. 만약 한 마디라도 입을 벌렸다가는 자넨 결코 선인이 되진 못할 것이니 각오하게. 알겠나? 천지가 뒤집혀도 입을 다물고 있는 거야."

"알겠습니다. 절대로 목소리를 내지 않겠습니다. 목숨을 잃는 한이 있어도 입을 다물고 있겠습니다."

"그래? 그 말을 들으니 안심이 되는군. 그럼 나는 다녀오겠네."

노인은 두자춘에게 이별을 고하고는 다시 그 대나무 지팡이에 걸터앉더니, 밤눈에도 깎아지른 듯한 산들 위로 곧은 선을 그으며 사라져 버렸습니다.

두자춘은 오직 홀로 바위 위에 앉은 채, 조용히 별을 바라보고 있었습니다. 그러자 이럭저럭 한 시간쯤이나 지나 깊은 산의 밤기운이 얇은 옷 속으로 쌀쌀하게 스며들 때쯤, 느닷없이 공중에서 소리가 나기를 "거기 있는 건 누구냐?" 하고 고함을 치는 것 아니겠어요?

하지만 두자춘은 선인의 가르침대로 아무런 대답도 하지 않았습니다.

그런데 잠시 후에 역시 같은 목소리가 울리기를 "대답을 안 하면 그 자리에서 목숨은 잃을 것을 각오해라."라며 무섭게 겁을 주는 것이었습니다.

두자춘은 물론 잠자코 있었습니다.

그러자 어디서 올라온 것인지 번쩍번쩍 눈을 빛내며 호랑이 한 마리가 홀연히 바위 위로 뛰어 올라와 두자춘의 모습을 노려보며 한차례 크게 으르렁거렸습니다. 뿐만 아니라 그와 동시에 머리 위의 소나무 가지가 몹시 흔들리는가 싶더니 뒤쪽 절벽 꼭대기에서는 커다란 술통만 한 백사가 한 마리, 불꽃과도 같은 혀를 날름거리며 순식간에 다가오고 있는 것입니다.

두자춘은 하지만 태연히, 눈썹 하나 까딱 않고 앉아 있었습니다.

호랑이와 뱀은, 먹잇감 하나를 두고 서로 빈틈을 노리는 것인지 한동안 서로 노려보고 있는 것 같더니만 마침내 어느 쪽이 먼저랄 것도 없이 동시에 두자춘에게 덤벼들었습니다. 하지만 호랑이 이빨에 물리든 뱀의 혀에 걸리든 두자춘의 목숨이 순식간에 사라져 버릴까 싶을 순간, 호랑이와 뱀은 안개처럼 밤바람과 함께 사라져 버리고 뒤에는 오직 절벽의 소나무가 아까처럼 윙윙 가지를 울려 대고 있을 뿐이었습니다. 두자춘은 휴우, 하고 안도하고는 이번에는 또 무슨 일이 일어날까 싶어 기다리고 있었습니다.

그러자 한바탕 바람이 일어나 먹물 같은 검은 구름이 온통 주변을 뒤덮더니 연보라색 번갯불이 순식간에 어둠을 둘로 가르고 엄청난 천둥이 울리기 시작했습니다. 아니 천둥뿐이 아니었습니다. 그와 함께 폭포 같은 비도 느닷없이 쏟아붓기 시작하는 것이었어요. 두자춘은 이 천변 속에 두려운 기색도 없이 앉아 있었습니다. 바람 소리, 빗줄기, 그리고 끊임없는 번갯불, 한동안은 아미산조차도 뒤집힐 듯한 기세였지만, 귀청이 떨어질 듯한 커다란 뇌성이 울리는가 싶더니 하늘에 휘감아 돌던 먹구름 속에서 새빨간 불기둥 하나가 두자춘의 머리로 떨어져 내렸습니다.

두자춘은 엉겁결에 귀를 막고 바위 위에 엎드렸습니다. 하지만 잠시 후 눈을 뜨고 보니 하늘은 전처럼 맑게 개이고 건너편에 솟아 있는 산들 위에도 밥공기만 한 북두의 별이 여전히 반짝반짝 빛나고 있습니다. 그렇다면 좀 전의 큰 폭풍우도 그 호랑이나 백사와 마찬가지로 철관자가 없는 틈을 타서 마귀들이 부리는 심술이 분명합니다. 두자춘은 겨우 안심하고 이마의 진땀을 닦아 가며 바위 위에 다시 고쳐 앉았습니다.

하지만 그 안도의 한숨이 채 끝나기도 전에 이번에는 앉은 자리 앞에 금 갑옷을 차려입은, 키가 한 석 장은 될 듯한 무시무시한 신장이 나타났습니다. 신장은 삼지창을 손에 들고 있었는데 느닷없이 그 삼지창을 두자춘의 가슴팍에 겨누더니 눈을 부라리며 엄포를 놓기를, "이놈, 도대체 네 정체가 무엇이냐? 이 아미산이라는 산은 천지개벽 옛날부터 내가 살고 있는 곳이니라. 그런데 겁도 없이 혼자 발을 들여놓다니 필경 심상한 인간이 아니렷다. 자아, 목숨이 아깝거든 빨리 대답을 해라." 하는 것이었어요.

하지만 두자춘은 노인의 말대로 입을 꾹 다물고 있었습니다.

"대답을 하라니까. 안 하겠다? 좋아. 하지 않으려거든 네 멋대로 해라. 대신 내 부하들이 와서 너를 갈기갈기 찢어 버릴 것이다."

신장은 창을 높이 들어 올려 건너편 산의 하늘을 가리켰습니다. 그 순간, 어둠이 스윽 걷히더니 무수한 신병들이 구름처럼 하늘을 가득 메우고 모두들 창이니 칼을 번쩍이며 금세라도 이쪽으로 밀려 들어올 기세였습니다.

이 광경을 바라본 두자춘은 무심결에 소리를 지를 뻔했지만 곧 철관자의 말을 떠올리고는 필사적으로 입을 다물었습니다. 신장은 그가 무서워하지 않는 것을 보더니 엄청나게 화를 냈습니다.

"이런 고집 센 놈. 끝까지 대답을 하지 않으면 약속대로 목숨은 없는 거다."

신장은 이렇게 고함을 치더니 삼지창 끝을 번쩍이며 단번에 두자춘을 찔러 죽였습니다. 그러고는 아미산도 울릴 만큼 껄껄 웃어 대며 어딘가로 사라져 버렸습니다. 물론 이때는 이미 무수한 신병도 불어 대는 밤바람 소리와 함께 꿈처럼 사라진 후였습니다.

북두의 별은 또 쌀쌀하게 바위 위를 비추기 시작했습니다. 절벽의 소나무도 전과 같이 윙윙 가지를 울리고 있습니다. 하지만 두자춘은 이미 숨이 끊어져 널브러져 있었습니다.

5

두자춘의 몸은 바위 위에 쓰러져 있었으나 두자춘의 영혼은 조용히 몸을 빠져나와 지옥 바닥으로 내려갔습니다.

이 세상과 지옥 사이에는 암혈도(暗穴道)라고 하는 길이 있어서 그곳은 일 년 내내 어두운 허공에 얼음처럼 차가운 바람이 쌩쌩 불어 대고 있답니다. 두자춘은 그 바람을 맞아 가며 한동안은 그저 나뭇잎처럼 허공을 떠가고 있었지만 마침내 삼라전(森罗殿)이라고 하는 현판이 걸린 멋진 궁전 앞으로 가게 되었습니다.

궁전 앞에 있던 많은 도깨비들은 두자춘의 모습을 보자마자 단박에 그 주변을 둘러싸더니 섬돌 앞에 데려다 앉혔습니다. 섬돌 위에는 임금님 한 분이 새까만 기모노에 금관을 쓰고 엄숙하고도 위엄 있게 주변을 둘러보고 있습니다. 이는 일찍이 말로만 듣던 염라대왕이 분명했습니다. 두자춘은 어떻게 되는 걸까 싶어 조마조마하며 그곳에 무릎을 꿇고 있었습니다.

"이봐라, 너는 무슨 일로 아미산 위에 앉아 있었느냐?"

염라대왕의 음성은 천둥처럼 섬돌 위쪽에서 울려 왔습니다. 두자춘이 얼른 그 물음에 대답을 하려다가 문득 다시 떠오른 것은 '결코 입을 열지 말라.'라는 철관자의 타이름이었습니다. 그래서 그저 고개를 숙인 채, 벙어리처럼 조용히 있었습니다. 그러자 염라대왕은 들고 있던 쇠로 된 홀을 들어 얼굴 가득한 수염을 일으켜 세우며 "네놈은 여기가 어디라고 생각하는 거냐? 어서 대답을 해라, 그렇지 않았다간 지금 바로 지옥벌을 받게 될 것이야." 하고 큰 소리로 야단을 쳤습니다.

하지만 두자춘은 여전히 입술도 꿈쩍하지 않았습니다. 그것을 본 염라대왕은 바로 도깨비들 쪽을 향해 거칠게 무어라 명령을 했고 도깨비들은 느닷없이 두자춘을 일으켜 세워 삼라전 하늘 위로 날아올랐습니다.

지옥에는 누구나 알고 있듯이 바늘산이니 피연못 말고도 초열지옥이라는 불의 계곡이며 극한지옥이라는 얼음 바다가 새까만 하늘 아래 늘어서 있습니다. 도깨비들은 그런 지옥 가운데로 번갈아 가며 두자춘을 집어 던졌습니다. 그래서 두자춘은 참혹하게도 검이 가슴을 꿰뚫고, 얼굴이 불길에 타고, 혀를 뽑히고, 가죽이 벗겨지고 쇠꼬챙이에 꿰어지고 기름 냄비에 튀겨지고 독사가 뇌수를 빨아먹기도 하고 매가 눈을 파먹기도 하는, 그 고통을 일일이 말하다간 끝이 없을 정도로 온갖 괴로움을 당했던 것입니다. 그래도 두자춘은 참을성 있게 이를 악물고 꾹 참으며 한 마디도 입을 열지 않았습니다.

이러는 데야 제아무리 도깨비들이라도 질려 버렸던 것이겠지요. 다시 한 번 밤 같은 하늘을 날아 삼라전 앞에 돌아오더니 아까처럼 두자춘을 섬돌 아래 끌어다 앉히며 전 위에 앉은 염라대왕에게 "이 죄인은 아무리 해도 말을 할 낌새가 보이지 않습니다."하고 모두 입을 모아 아뢰었습니다.

염라대왕은 미간을 찡그리며 한동안 생각에 잠겨 있더니 이윽고 무슨 생각이 들었는지 "이놈의 부모는 축생도에 빠져 있을 것이니 당장 이곳으로 끌어오너라." 하고 도깨비 한 마리에게 명했습니다.

도깨비는 단숨에 바람을 타고 지옥 하늘로 날아올랐습니다. 그런가 싶더니 또 유성처럼 두 마리 짐승을 몰아 대며 가볍게 삼라전 앞에 내려오는 것이었습니다. 그 짐승을 본 두자춘은 너무나 깜짝 놀랐습니다. 왜냐하면 그것은 두 마리 모두 모습은 추레하게 여윈 말이었지만 얼굴은 꿈에도 잊지 못할 돌아가신 부모님이었으니까요.

"이놈, 네놈이 무엇 때문에 아미산 위에 앉아 있었는지 어서 고하지 않으면 이번에는 네놈의 부모를 혼쭐낼 것이야."

두자춘은 이렇게 협박을 당해도 역시 대답을 하지 않았습니다.

"이런 불효자식 같으니. 네놈은 부모가 고통을 받아도 너만 좋으면 된다는 것이냐?"

염라대왕은 삼라전이 무너져 버릴 만큼 엄청난 소리로 고함을 질렀습니다.

"쳐라. 도깨비들아. 그 두 마리 짐승의 살과 뼈를 다 바스러뜨려 버려라."

도깨비들은 일제히 "예이." 하더니 쇠 채찍을 들고 일어서
서 말 두 마리를 가차 없이 마구 두들겨 패는 것이었습니다.
채찍은 휘익휘익 바람을 가르며 빗줄기처럼 가리지 않고 말
의 살을 찢었습니다. 말, 즉 짐승이 된 부모는 고통스럽게 몸
부림치며 눈에는 피눈물이 고인 채 차마 보고 있을 수 없도록
울어 댔습니다.

"어떠냐? 아직도 자백하지 못할까?"

염라대왕은 도깨비들에게 잠깐 채찍을 멈추게 하더니 다시
한 번 두자춘의 대답을 재촉했습니다. 이미 그때는 두 마리 말
도 살이 찢어지고 뼈는 부러져 목숨이 거의 끊어진 듯 섬돌 앞
에 쓰러져 있었습니다.

두자춘은 필사적으로 철관자의 말을 생각하며 눈을 꽉 감
고 있었습니다. 그러자 그의 귀에 거의 음성이라고도 할 수 없
을 만큼 희미한 소리가 전해져 왔습니다.

"걱정할 것 없다. 우리는 어떻게 되든 너만 행복할 수 있다
면 더 바랄 것이 없으니까. 대왕이 뭐라 말씀하시든 말하고 싶
지 않으면 잠자코 있으렴."

그것은 분명 그리운 어머니의 음성이 아니겠습니까? 두자
춘은 자기도 모르게 눈을 떴습니다. 그리고 힘없이 땅위에 쓰
러진 채, 서글프게 그의 얼굴을 바라보고 있는 말의 눈길을 보
았습니다. 어머니는 이런 고통 속에서도 아들의 마음을 생각
하여 도깨비들의 채찍에 맞는 것을 원망할 낌새조차 보이지
않는 것입니다. 큰 부자가 되면 듣기 좋은 소리를 하다가도 가

난해지면 아는 척도 하지 않는 세상 사람들에 비하면 얼마나 고마운 마음입니까? 얼마나 애틋한 결심인가요? 두자춘은 노인이 타일렀던 것도 잊어버리고 엎어질 듯 그 곁으로 달려가더니 두 손으로 빈사 상태인 말의 목을 끌어안고 눈물을 뚝뚝 흘리며 "어머니." 하고 부르짖었습니다.

6

그 소리에 정신을 차려 보니 두자춘은 여전히 석양빛을 받으며 낙양 서문 아래 멍하니 서 있었습니다. 안개 낀 하늘의 하얀 초승달, 끊임없이 오가는 사람과 마차의 물결, 모든 것이 아미산에 가기 전과 똑같았습니다.

"어떤가? 내 제자가 되어 봤자 도저히 선인이 될 수는 없을 거야."

애꾸눈 노인은 미소를 지으며 말했습니다.

"못 됩니다. 못 되지만, 그래도 저는 못 되어서 차라리 다행이라는 생각이 드는걸요."

두자춘은 아직 눈에 눈물이 가득한 채 자기도 모르게 노인의 손을 부여잡았습니다.

"아무리 선인이 될 수 있다고 해도 저는 그 지옥의 삼라전 앞에서 채찍을 맞고 있는 부모를 보고는 잠자코 있을 순 없어요."

"만약 자네가 입을 다물고 있었으면……." 하고 철관자는 갑자기 엄숙한 얼굴이 되어 뚫어지게 두자춘을 바라보았습니다.

"만약 자네가 잠자코 있었더라면 나는 그 자리에서 자네 목숨을 끊어 놓으려고 생각했다네. 자넨 이제 선인이 되고 싶다는 소망을 가지고 있지 않을 거야. 큰 부자가 되는 것은 아예 정나미가 떨어졌을 거고. 그렇다면 자네는 이제부터 뭐가 됐으면 좋겠나?"

"뭐가 되었든, 인간답고 정직하게 살 작정입니다."

두자춘의 음성에는 지금까지 없었던 명랑함이 담겨 있었습니다.

"그 말을 잊지 말게. 그렇다면 난 오늘로 두 번 다시 자넬 만나지 않을 걸세."

철관자는 이렇게 말하면서 이미 걷기 시작했는데 갑자기 발을 멈추고는 두자춘을 돌아보더니 "아, 다행히도, 지금 막 생각이 났네만 내게는 태산의 남쪽 기슭에 집 한 채가 있지. 그 집을 밭과 함께 자네에게 줄 터이니 바로 가서 살면 되네. 지금쯤이면 마침 집 주변에 복숭아꽃이 만발해 있을 거야." 하고 더없이 유쾌하게 덧붙이는 것이었습니다.

신들의 미소

어느 봄날 저녁 오르간티노 신부[68]는 긴 법의 자락을 끌며 남반지(南蠻寺)[69]의 정원을 홀로 걷고 있었다.

정원에는 소나무와 회나무 사이로 장미나 올리브, 월계 같은 서양 식물이 심겨 있었다. 그중에서도 이제 막 피기 시작한 장미꽃은 나무들을 아련하게 보이게 하는 저녁 어스름 속에서 달콤한 향기를 풍기고 있었다. 그것은 이 정원의 고요함에 뭔가 일본이라고는 생각할 수 없는 신비로운 매력을 더하고 있는 것만 같았다.

오르간티노는 붉은 모래가 깔린 오솔길을 쓸쓸히 걸으며 아

---

68) Gnecchi Soldo Organtino. 이탈리아 출신의 포르투갈 예수회 선교사. 1570년에 일본으로 와 교토에서 포교. 오다 노부나가의 신임을 얻어 1581년 아즈치에 일본 최초의 신학교를 개교.
69) 노부나가의 허가를 받아 교토와 아즈치에 세운 교회.

련히 추억에 잠겼다. 로마의 대성당, 리스본의 항구, 하베카[70] 소리, 아몬드 맛, 「주, 내 영혼의 거울」이라는 찬송. 이러한 추억들이 어느새 이 서양 사제의 마음속에 향수의 슬픔을 가져다주었다. 그는 그런 슬픔을 떨쳐 버리려는 듯 가만히 주님의 이름을 불렀다. 하지만 슬픔은 사라지기는커녕 이전보다 더 그의 가슴을 답답하게 짓눌러 왔다.

"이 나라 풍경은 정말이지 아름다워."

오르간티노는 반성했다.

"이 나라 풍경은 참으로 아름다워. 기후도 무척 온화하고. 원주민들은…… 저 누런 얼굴의 조그만 사람들보다는 오히려 검둥이가 더 나을지 모르지. 하지만 이 사람들 기질에는 대체적으로 쉽게 친해질 수 있는 구석이 있어. 뿐만 아니라 신도들도 최근에는 몇 만을 헤아릴 정도가 되었고, 실제로 이 수도 한복판에까지 이런 성전이 세워져 있지. 그렇게 보면 여기 사는 것도 비록 유쾌하다고 할 수는 없어도 불쾌할 건 없지 않은가? 헌데, 나로 말할 것 같으면, 우울의 밑바닥으로 떨어질 때가 있어. 리스본 거리로 돌아가고 싶다, 이 나라를 떠나고 싶다고 생각하곤 해. 이게 단지 향수의 슬픔일 뿐인가? 아니, 나는 리스본이 아니더라도 이 나라를 떠날 수만 있다면 거기가 어디든 가고 싶어. 중국이든 태국이든 인도든, 다시 말해 향수의 슬픔은 우울한 이유의 전부가 아닌 거지. 나는 단지 이 나라로부터 하루라도 빨리 벗어나고 싶은 거야. 그러나…… 그러나 이 나

---

70) 포르투갈어로 rabeca. 시위로 그어서 연주하는 4현 악기.

라 풍경은 아름다워. 무엇보다 기후도 온화하고……."

오르간티노는 한숨을 내쉬었다. 이때 우연히 그의 눈은 나무그늘에 핀 이끼에 점점이 떨어져 있는 희끄무레한 벚꽃을 잡아내었다. 벚꽃! 오르간티노는 놀란 듯이 어스름한 나무들 사이를 뚫어지게 바라보았다. 거기에는 네댓 그루의 종려나무 사이에 수양벚나무가 한 그루, 꿈속처럼 꽃을 자욱하니 피우고 있었다.

"주여, 지켜 주시옵소서!"

오르간티노는 일순 악마를 쫓는 성호를 그리려 했다. 실제로 그 순간 그의 눈에는 이 저녁 어스름에 핀 수양벚꽃이 그만큼 섬뜩하게 여겨졌던 것이다. ……섬뜩하기만 한 것이 아니라 마치 이 벚꽃이 왠지 그를 불안하게 하는 일본, 그 자체인 것처럼 보였다. 하지만 그는 그 찰나에 그게 불가사의도 무엇도 아닌, 단지 벚꽃일 뿐이라는 사실을 발견하고서 부끄러운 듯 쓴웃음을 지으며 왔던 오솔길을 조용히, 힘없는 걸음으로 되돌아갔다.

삼십 분 뒤 그는 남반지 내전에서 하느님께 기도를 드리고 있었다. 그곳에는 오직 둥근 천장에 매달린 램프가 있을 뿐이었다. 그 램프 빛 속에 내전을 둘러싼 프레스코 벽에서는 성미카엘이 모세의 주검을 두고 지옥의 악마와 다투고 있었다. 용감한 대천사는 물론, 흉측한 악마조차도 오늘 밤 어렴풋한 빛에 평소보다 묘하게 아름다워 보였다. 그것은 어쩌면 제단 앞에 바쳐진 싱싱한 장미와 금작화가 향기로워서일지도 모른다. 그는 그 제단 뒤에서 말없이 고개를 숙인 채 열심히 이런 기도를 올리고 있었다.

"한없이 자비하신 우리 주 하느님! 저는 리스본을 출발했을 때부터 이 한 목숨 당신께 바쳤습니다. 그래서 어떤 어려움을 만나도 십자가의 영광을 위해서라면 단 한 걸음도 물러서지 않고 전진해 왔습니다. 그건 물론 저 혼자 감당한 일이 아니옵니다. 모두가 천지의 주님, 당신의 은혜이옵니다. 이곳 일본에서 지내는 동안 저는 앞으로 저의 사명이 얼마나 어려울지를 깨닫게 되었습니다. 이 나라에는 산에도 숲에도 어쩌면 집들이 늘어선 마을에조차 뭔가 이상한 힘이 깃들어 있습니다. 그리고 그것이 암암리에 저의 사명을 방해하고 있습니다. 그게 아니면 제가 요즈음처럼 아무런 이유도 없이 우울함의 바닥까지 가라앉아 버릴 리가 없나이다. 그 힘이 무엇인가, 그것은 저도 모릅니다. 하지만 어쨌든 그러한 힘이 마치 땅속을 흐르는 샘처럼 이 나라 전체에 퍼져 있습니다. 우선 그 힘을 부수지 않으면 오오, 한없이 자비하신 우리 주 하느님! 미신에 빠진 일본인은 영원히 천국의 장엄을 경배할 수 없을지도 모릅니다. 저는 그 때문에 요 며칠 동안 번민에 번민을 거듭해 왔습니다. 부디 당신의 종, 오르간티노에게 용기와 인내를 허락해 주옵소서."

그때 문득 오르간티노는 닭 울음소리를 들은 듯했으나 그건 신경 쓰지 않고 계속해서 이렇게 기도를 이어 갔다.

"제가 사명을 다하기 위해서는 이 나라 산천에 깃들어 있는 힘, 인간에게는 보이지 않는 영과 싸워야만 합니다. 당신은 옛날 홍해 바닥에 이집트 군대를 가라앉히셨습니다. 이 나라의 영이 강하니 이집트 군대에 지지 않을 것입니다. 부디 옛 예언 자처럼 저도 이 영과의 싸움에서……."

기도의 말은 어느 틈에 그의 입술에서 사라져 버렸다. 이번 에는 느닷없이 제단 근처에서 요란스러운 닭 울음소리가 났 기 때문이었다. 오르간티노는 이상하다는 듯 주변을 둘러보 았다. 그러자 그의 바로 뒤쪽에서 하얀 꼬리를 늘어뜨린 닭 한 마리가 제단 위에 가슴을 펴고 다시 한 번, 날이라도 밝았다는 듯이 울어 대는 것이 아닌가?

오르간티노는 펄쩍 뛰어오르면서 법의의 양팔 소맷자락을 펼치고는 얼른 닭을 쫓아내려고 했다. 하지만 두세 걸음 내밀 었나 싶더니 "오 주여." 하고 더듬더듬 외치며 망연히 그 자리 에 멈춰서 버렸다. 어두컴컴한 내전 안은 언제 어디서 들어온 것인지 무수한 닭들로 가득 차 있었다. 어떤 놈은 날아다니고, 어떤 놈은 뛰어다니고, 눈이 닿는 곳은 온통 닭 벼슬의 바다가 되어 있었다.

"오 주여, 지켜 주소서!"

그는 다시 성호를 그으려 했다. 하지만 그의 손은 이상하게 도 조임쇠 같은 것에 끼이기라도 한 것처럼 꿈쩍도 하지 않았 다. 그러는 동안 조금씩 내전 안에는 모닥불 빛 같은 붉은빛이 어디서부턴가 흘러나오기 시작했다. 오르간티노는 숨을 몰아 쉬며 빛이 비치기 시작함과 동시에 희미하게 주위에 떠오르 는 사람들의 형상을 발견했다.

그림자는 금세 또렷해졌다. 그것은 소박한 차림의 낯선 남 녀 한 무리였다. 그들은 모두 목 언저리에 실에 꿴 구슬을 걸고 유쾌하다는 듯이 웃고 떠들었다. 내전에 모여든 무수한 닭은 그들의 모습이 또렷해지자 지금까지보다 한층 높다랗게 목청 높여 울어 댔다. 동시에 내전의 벽, 즉 성 미카엘의 그림을 그린 벽은, 안개처럼 밤 속으로 삼켜져 버렸다. 그 자리에는…….

일본의 바카날리아[71]가 넋이 빠진 오르간티노 앞에 신기루처럼 떠올랐다. 그는 붉은 모닥불 빛에 고대의 복장을 한 일본인들이 서로 술을 권해 가며 원을 만들고 있는 것을 보았다. 그 한가운데 일본에서는 아직 본 적이 없는 당당한 체격의 여자 하나가 엎어 놓은 커다란 나무통 위에서 미친 듯이 춤추고 있는 것도 보였다. 통 뒤에서는 마치 작은 산처럼 역시 늠름한 남자 하나가, 구슬이니 거울 등이 매달린, 뿌리째 뽑은 듯한 비쭈기나무를 유유히 들어 올리고 있는 것도 보였다. 그들 주변에 몇 백 마리나 되는 닭들이 날갯죽지와 벼슬을 부딪쳐 가며 쉬지 않고 신나서 울고 있는 것도 보였다. 또 그 너머로는 (오르간티노는 새삼 자기 눈을 의심하지 않을 수 없었다.) 밤안개 속에 석실의 문 같은 바위 하나가 턱하니 솟아 있었다.

통 위에 올라간 여자는 언제까지나 춤을 그치지 않았다. 그녀의 머리카락을 묶은 덩굴은 펄럭펄럭 공중에서 날아다녔다. 그녀의 목에 드리워진 구슬은 몇 번이나 우박처럼 울렸다. 그녀가 손에 든 조릿대 가지는 종횡으로 바람을 갈랐다. 더구나 그 온통 드러난 가슴! 붉은 모닥불 빛 속에 윤기 있게 떠올라 있는 두 젖가슴은 오르간티노의 눈에 거의 정욕 그 자체라

---

71) Bacchanalia. 주신 바커스의 축제를 뜻하는 라틴어.

고밖에 여겨지지 않았다. 그는 하느님을 불러 가며 애써 외면하려 했다. 하지만 역시 그의 몸은 어떤 신비한 저주의 힘일까, 꿈쩍하기도 쉽지 않았다.

그러다가 느닷없이 침묵이 환상의 남자와 여자 들 위로 내려왔다. 통 위에 올라간 여자도 제정신으로 돌아온 듯이 가까스로 미친 듯한 춤을 멈추었다. 아니, 경쟁하듯 울어 대던 닭들조차 이 순간은 목 줄기를 내뽑은 채, 단번에 조용해져 버렸다. 그러자 그 침묵 속에서 더없이 아름다운 여자의 음성이 어디서부터인가 엄숙하게 전해 왔다.

"내가 여기 숨어 있으면 세상은 암흑이 되었을 것 아닌가? 그런데 신들은 즐겁게 웃고 있는 듯 보이는구나."

그 음성이 밤하늘로 사라졌을 때, 통 위의 여자는 휙 일동을 둘러보더니 뜻밖에도 얌전하게 대답했다.

"그거야 당신보다 뛰어난 새로운 신이 계시니 서로 기뻐하고 있는 것이옵니다."

그 새로운 신이라고 하는 것은 하느님을 가리키는 것일지도 모른다. 오르간티노는 잠시 동안 그런 기분에 격려를 받으며 이 괴이한 환상의 변화에 흥미로운 눈길을 주었다.

침묵은 한동안 깨지지 않았다. 하지만 느닷없이 닭들이 일제히 우는가 싶더니, 건너편에 밤안개를 막아 두었던 석실의 문 같은 바위가 서서히 좌우로 열리기 시작했다. 그러자 그 열린 틈으로 말로 표현할 수 없는 만 줄기 하광(霞光)[72]이 홍수

---

72) 아침저녁의 노을 또는 그 빛.

처럼 쏟아져 나왔다.

오르간티노는 고함을 지르려 했지만 혀가 움직이지 않았다. 오르간티노는 도망치려 했다. 하지만 다리가 움직이지 않았다. 그는 그저 거대한 광명 탓에 격렬한 현기증이 일어나는 것을 느꼈다. 그리고 그 빛 속에서 수많은 남녀의 환호성이 용솟음치듯 하늘로 올라가는 것을 들었다.

"오히루메무치(大日靈貴)![73] 오히루메무치! 오히루메무치!"

"새로운 신 같은 건 없습니다. 새로운 신 따위는 없다고요."

"당신께 거역하는 자는 멸망합니다."

"보세요. 어둠이 사라지는 것을."

"보는 것마다, 당신의 산, 당신의 숲, 당신의 강, 당신의 마을, 당신의 바다입니다."

"새로운 신 따위는 없습니다. 누구나 모두가 당신의 종입니다."

"오히루메무치! 오히루메무치! 오히루메무치!"

그런 목소리가 치솟는 가운데 진땀을 흘리던 오르간티노는 무엇인가 고통스럽게 소리를 지르다가 마침내 그 자리에 쓰러져 버렸다…….

그날 밤 삼경이 가까웠을 무렵, 오르간티노는 가까스로 의식을 회복했다. 그의 귀에는 신들의 음성이 아직도 울리고 있는 듯했다. 하지만 주위를 둘러보니 사람의 음성도 들리지 않는 내전에는 원형 천장의 램프 빛이 조금 전처럼 희미하게 벽

---

73) 일본 신화의 태양신 아마테라스 여신의 별명.

화를 비추고 있을 따름이었다. 오르간티노는 신음 소리를 내며 천천히 제단 뒤편을 떠났다. 그 환상에 어떤 의미가 있는지, 그는 이해하지 못했다. 하지만 환상을 보여 준 존재가 하느님이 아니라는 사실만은 분명했다.

"이 나라의 영들과 싸우는 것은……."

오르간티노는 걸으면서 무심결에 슬쩍 혼잣말을 흘렸다.

"이 나라의 영들과 싸우는 것은 생각보다 훨씬 어려운 듯하군. 이기느냐, 아니면 또 질 것이냐……."

그러자 그의 귀에 이렇게 속삭이는 소리가 들렸다.

"질 거예요!"

오르간티노는 으스스해져 소리가 난 쪽을 응시했다. 하지만 그곳에는 여전히 어두컴컴한 장미와 금작화 말고는 아무도 보이지 않았다.

오르간티노는 이튿날 저녁에도 남반지 마당을 걷고 있었다. 하지만 그의 푸른 눈에는 어딘가 기쁜 빛이 보였다. 그것은 오늘 하루 동안에 일본 사무라이가 서너 명, 신도로 들어왔기 때문이었다.

정원의 감람나무와 월계나무는 고요히 저녁 어스름에 싸여 있었다. 오직 그 침묵을 흩어 놓는 것은 사당의 비둘기가 처마로 돌아온 듯, 낮은 하늘의 날갯짓 소리뿐이었다. 장미 향기, 모래의 습기, 모든 것은 날개 달린 천사들이 '여자 인간의 아름다움을 보고' 아내를 찾아 내려왔던 고대의 어느 날 저녁처럼 평화로웠다.

"역시 십자가의 영광 앞에는 더러운 일본 영의 힘도 승리를 차지하기는 어려운 것 같군. 하지만 어젯밤에 본 환상은? 아니, 그것은 환상에 지나지 않아. 악마는 안토니오 성인에게도 그런 환상을 보여 주지 않았던가? 그 증거로 오늘 한꺼번에 몇 사람이나 신도도 생겼지. 드디어 이 나라에도 가는 곳마다 천주의 성당이 건설될 거야."

오르간티노는 그렇게 생각하며 붉은 모래 길을 걸어갔다. 그런데 누군가 뒤에서 슬쩍 어깨를 치는 자가 있었다. 그는 얼른 뒤돌아보았다. 하지만 뒤쪽에는 석양빛이 길 건너 대숲 이파리에 흐릿하게 머물러 있을 뿐이었다.

"주여, 지켜 주소서."

그는 이렇게 중얼거리며 천천히 도로 고개를 돌렸다. 그러자 그의 곁에 어느 틈에 숨어든 것인지, 어젯밤 환상에 보였던 것처럼 목에 구슬을 두른 노인이 한 사람, 모습이 부옇게 흐려진 채, 서서히 걸음을 옮기고 있었다.

"누구냐, 너는?"

허를 찔린 오르간티노는 자기도 모르게 멈춰 섰다.

"저는…… 누구면 어떻습니까? 이 나라의 영 가운데 하나입니다."

노인은 미소를 띠며 친절하게 답했다.

"자, 함께 걸읍시다. 저는 당신과 잠시 이야기를 나누기 위해 왔습니다."

오르간티노는 성호를 그었다. 하지만 노인은 그 상징에 대해 전혀 두려움을 드러내지 않았다.

"저는 악마가 아니올시다. 보십시오. 이 구슬이니 검을. 지옥의 불길에 그을렸다면 이렇게 정갈하지 못하겠죠. 자, 이제 주문 같은 걸 외우는 짓은 그만두시죠."

오르간티노는 어쩔 수 없이 불쾌한 듯이 저 혼자 팔짱을 낀 채 노인과 함께 걷기 시작했다.

"당신은 천주교를 전파하러 온 거죠."

노인은 조용히 말을 건넸다.

"그것도 나쁠 거야 없겠죠. 하지만 하느님도 이 나라에 와서는 결국 질 수밖에 없습니다."

"하느님은 전능하신 주님이시니 하느님께……."

오르간티노는 이렇게 말하려다가 문득 생각이 난 듯 평소이 나라 신도들에게 사용하는 정중한 말투로 옮겨 갔다.

"하느님께 이길 수는 없을 겁니다."

"그런데 사실은, 있답니다. 자, 들어 보세요. 멀리 이 나라까지 건너온 것은 하느님만이 아닙니다. 공자, 맹자, 장자, 그밖에도 중국에서 철인들이 몇 명이나 이 나라로 건너왔습니다. 당시 이 나라는 이제 막 생겨난 참이었지요. 중국의 철인들은 도(道) 이외에도 오나라 비단이니 진나라 옥이니 오만 가지 물건을 가지고 왔습니다. 아니, 그런 보물보다도 영묘한 문자까지 가져왔어요. 하지만 그것 때문에 중국이 우리를 정복할 수 있었을까요? 예컨대 문자를 한번 보시지요. 문자는 우리를 정복하는 대신, 우리에게 정복당했습니다. 제가 옛날 알던 여기 사람 중에 가키노모토노 히토마로라는 시인이 있습니다. 그 남자가 만든 칠석날 노래는 아직도 이 나라에 남아 있는데 그

걸 읽어 보세요. 견우직녀는 그 속에서 찾아볼 수 없어요. 거기서 노래한 연인들은 어디까지나 히코보시(彦星)와 다나바타쓰메(棚機津女)라는 이름입니다. 그들의 베갯머리에 울리는 것은 분명 이 나라 시내처럼 맑은 하늘 강물의 여울 소리였지요. 중국의 황하라든가 양자강을 닮은 은하의 파도 소리가 아니었다는 겁니다. 하지만 저는 노래보다도 문자에 관한 이야기를 해야겠군요. 히토마로는 그 노래를 적기 위해서 중국 문자를 썼습니다. 하지만 그것은 의미를 위해서라기보다 발음을 위한 문자였던 것이죠. 주(舟)라고 하는 문자가 들어온 후에도 '후네(ふね)'[74]는 변함없이 '후네'였답니다. 그렇지 않았다면 우리의 말은 중국어가 되어 있을지도 모릅니다. 이것은 물론 히토마로보다도 히토마로의 마음을 지키고 있던 이 나라의 신이 가진 힘이죠. 뿐만 아니라 중국의 철인들은 서도(書道) 또한 이 나라에 전했습니다. 구카이, 도후, 사리, 고제,[75] 저는 그들이 있는 곳에 항상 남들 몰래 가 있었습니다. 그들이 견본으로 삼은 것은 모두 중국인의 묵적이었죠. 하지만 그들의 붓끝에서 점차 새로운 아름다움이 태어났습니다. 그들의 문자는 어느새 왕희지도 아니고 저수량도 아닌, 일본인의 문자가 되기 시작한 거죠. 하지만 우리가 이긴 것은 문자뿐이 아닙니다. 우리의 숨결은 바닷바람처럼, 노자와 유가의 도마저도 누그러뜨렸지요. 이 나라 토착민들에게 물어 보세요. 그들은 모두 맹

---

74) 배를 뜻하는 '舟'의 일본어 발음은 '후네'.
75) 헤이안 시대 일본의 유명한 서예가들.

자의 저서는 우리의 분노를 사기 쉬운 까닭에 그것을 싣고 오
는 배들은 반드시 뒤집힌다고 믿고 있답니다. 시나토의 신[76]
은 아직 한 번도 그런 심술을 부리지 않았습니다. 하지만 그런
신앙 속에서도 이 나라에 살고 있는 우리의 힘은 어렴풋이나
마 느껴질 거예요. 당신은 그렇게 생각하지 않으십니까?"

오르간티노는 망연히 노인의 얼굴을 마주 보았다. 이 나라
역사에 어두운 그로서는 기껏 상대가 열변을 토하고 있는데
도 반쯤은 못 알아들었던 것이다.

"중국 철인들 다음으로 온 것은 인도의 왕자 싯다르타였어요."

노인은 계속해서 이야기를 하는 동안 길가의 장미를 꺾어
들더니 기쁜 듯 그 향기를 맡았다. 그러나 장미가 꺾인 자리에
는 여전히 그 꽃이 남아 있었다. 다만 노인의 손에 있는 꽃은
색이나 모양은 같아 보이면서도 어딘가 안개처럼 어렴풋했다.

"부처의 운명도 마찬가지입니다. 이런 이야기를 일일이 하
는 것은 점점 더 지루해지실 따름일지도 모르겠군요. 다만 조
심하셨으면 싶은 것은 본지수적(本地垂跡)[77]의 가르침에 관해
서입니다. 그 가르침은 이 나라 토착민들에게 오히루메무치
나 대일여래(大日如來)[78]나 매한가지라고 생각하게 만들었습
니다. 이것은 오히루메무치가 이긴 걸까요? 아니면 대일여래

---

76) 일본 신화 속 바람의 신.
77) 일본의 전통 종교 신도에서 보살이 임시로 취한 모습으로, 불교나 신도나
결국은 동일하다는 사상의 상징.
78) 진언종의 본존. 산스크리트어로 '마하바이로차나'라고 하며 '위대하여 널
리 비추는 것'을 의미, 태양을 불격화(佛格化)한 것.

의 승리일까요? 가령 현재 이 나라 토착민 중에 오히루메무치는 모를지언정 대일여래는 알고 있는 자가 더 많다고 해 봅시다. 그런데도 그들의 꿈에 보이는 대일여래의 모습 속에는 인도 부처님의 모습보다는 오히루메무치가 나타나는 것 아닐까요? 저는 신란[79]이며 니치렌[80]과 함께 사라쌍수 꽃 그늘을 걷고 있습니다. 그들이 수희갈앙(隨喜渴仰)했던 부처님은 원광을 두른 인도인이 아닙니다. 부드러운 위엄에 차 있는 쇼토쿠 태자[81]와 같은 형제입니다. 하지만 이런 것을 줄줄이 늘어놓는 것은 약속했던 대로 그만둡시다. 요컨대 제가 드리고 싶은 말씀은 그대의 하느님처럼 이 땅에 와 봤자 이기는 자는 없다는 사실입니다."

"아니, 기다리시오. 당신은 그렇게 말하지만……."

오르간티노는 끼어들었다.

"오늘 같은 경우 사무라이가 두세 명 한꺼번에 가르침에 귀의했답니다."

"그야 얼마든지 귀의하겠지요. 단지 귀의했다, 하는 것이라면 이 나라 토착민들은 대부분 싯다르타의 가르침에 귀의해 있습니다. 하지만 우리의 힘은 파괴하는 힘이 아니올시다. 바꾸어 놓는 힘이지요."

노인은 장미꽃을 던졌다. 꽃은 손을 떠나는가 싶더니 단숨

---

79) 親鸞(1173~1262). 12세기 말에 정토종을 창시한 고승.
80) 日蓮(1222~1282). 12세기에 일련종을 창시한 고승.
81) 聖德太子(574~622). 일본에 불교를 중흥시킨 인물. 고구려의 승려 혜자와 백제의 승려 혜총으로부터 불교를 배웠으며 호류지(法隆寺)를 지음.

에 석양 노을 속으로 사라져 버렸다.

"아, 바꾸어 놓는 힘이라고요? 하지만 그건 당신들만 그런 것이 아닐걸요. 어느 나라나…… 예를 들어 그리스의 신들이라 불렸던, 그 나라에 있는 악마라도……."

"위대한 판[82]은 죽었소이다. 아니, 판도 언젠가는 다시 부활할지도 모르겠군요. 하지만 우리는 이처럼, 아직 살아 있는 겁니다."

오르간티노는 진기하다는 듯이 노인의 얼굴을 곁눈질했다.

"당신은 판을 알고 있나요?"

"그 뭐, 규슈 지방 다이묘의 아이들이 서양에서 가지고 돌아왔다는 서양 책에 있었답니다. 이제 와 이야기지만 혹시나 이 바꾸어 놓는 힘이 우리에게 한정되지 않더라도 역시 안심을 해선 안 됩니다. 아니 오히려, 그만큼 더 조심을 하라고 말하고 싶군요. 우리는 오래된 신이니까요. 저 그리스의 신들처럼 세계의 새벽을 본 신들이거든요."

"그래도 하느님은 승리하실 겁니다."

오르간티노는 강경하게 다시 한 번 같은 말을 뱉었다. 그러나 노인은 그 말이 들리지 않는 듯 이렇게 천천히 말을 이어 갔다.

"저는 바로 네댓새 전, 규슈 해변에 상륙한 그리스 선원을 만났습니다. 그 남자는 신이 아니지요. 다만 인간에 불과합니다. 저는 그 선원과 달밤의 바위에 앉아 여러 가지 이야기를

---

82) 그리스 신화에서 삼림과 목축과 수렵의 신. 춤과 쾌락을 즐김.

듣고 왔어요. 외눈박이 신에게 잡힌 이야기라든가, 사람을 돼지로 만드는 여신의 이야기며, 아름다운 목소리의 인어 이야기 같은…… 당신은 그 남자의 이름을 알고 있나요? 그 남자는 나를 만난 때부터 이 나라 토착민으로 변했습니다. 지금도 유리와카[83]라는 이름을 쓴다고 하더군요. 그러니 당신도 조심하십시오. 하느님도 반드시 이긴다곤 못 하니까요. 천주교가 아무리 퍼진다 해도 꼭 이긴다고는 할 수 없어요."

노인은 점점 목소리가 작아졌다.

"어쩌면 하느님 자신마저 이 나라 토착민으로 변할걸요. 중국이나 인도 역시 변했잖아요. 서양도 변해야죠. 우리는 나무들 속에도 있어요. 얕은 물속에도 있고요. 장미꽃을 건너가는 바람에도 있죠. 사찰의 벽에 남아 있는 저녁노을에도 있답니다. 어디에나, 또 언제나 있습니다. 조심하세요, 조심하세요……."

그 목소리가 마침내 사라졌나 싶더니 노인의 모습 역시 저녁 어스름 속으로 그림자가 스러지듯이 사라져 버렸다. 동시에 사원의 탑에서는, 미간을 찌푸린 오르간티노 위로 아베 마리아의 종소리가 울리기 시작했다.

남반지의 오르간티노 신부, 아니 오르간티노에 한정된 것은 아니다. 유유히 법의 자락을 끌면서 코가 높은 홍모인은, 황혼의 빛이 감도는 가공의 월계와 장미 속에서 한 폭의 병풍 속으로 돌아갔다. 남반센(南蛮船) 입항도를 그린 3세기 이전

---

83) 호메로스 『오디세이』의 주인공 율리시스에서 기원한다고 추정되는 이야기.

의 낡은 병풍 속으로. 안녕히, 오르간티노 신부여! 그대는 지금 그대의 친구들과 일본의 바닷가를 걸으며 금박 안개 속에 깃발을 올린 커다란 남반센을 바라보고 있다. 하느님이 이길지 오히루메무치가 이길지 그건 아직 쉽게 단정할 수 없을지도 모른다. 하지만 그 어느 때든 우리가 어떻게 할지가 결정지을 문제이다. 그대는 그 과거의 바닷가에서 고요히 우리를 보고 있어 주기를. 설령 그대가 같은 병풍 속, 개를 이끌고 있는 선장이나 양산을 쓰고 있는 검둥이 아이와 망각의 잠 속에 빠져 있을지라도 새로운 수평선에 나타난, 우리의 흑선(黑船) 대포 소리가 반드시 오래된 그대들의 꿈을 일깨울 때가 있을 것이 분명하다. 그때까지는, 안녕히. 오르간티노 신부여! 안녕히. 남반지의 우르간바테렌(烏兒干伴天連)[84]!

---

84) 오르간티노의 음가를 일본식으로 표기.

덤불 속

검비위사에게 대답한 나무꾼의 이야기

그렇습니다. 저 시신을 발견한 것은 제가 틀림없습죠. 저는 오늘 아침, 언제나처럼 뒷산에 나무를 하러 갔습니다. 그랬더니 산그늘 덤불 속에 저 시신이 있었습니다. 있었던 장소 말씀입니까? 야마시나 역로[85]에서 네다섯 정[86]쯤 떨어져 있을 겁니다. 대나무에 비쩍 마른 삼나무들이 섞여 있는, 인적이 드문 장소입죠.

시신은 연한 남색 옷에 도시에서들 쓰는 두건을 쓴 채로 하늘을 보고 누운 자세로 쓰러져 있었습니다. 아무튼 단칼에 베

---

85) 역참이 있는 가도.
86) 한 정은 미터법으로 약 10미터.

206

였다고는 해도 가슴팍에 난 상처라서 시신 근처에 떨어진 댓잎이 진한 빨강 물감에 절인 듯했습니다. 아니, 피는 이미 멈춰 있었습니다. 상처도 말라 있었던 것 같습니다. 게다가 거기에 쇠파리 한 마리가 제 발소리를 못 들었는지 찰싹 달라붙어 있었던가요?

칼 같은 건 안 보였느냐고요? 아뇨, 아무것도 없었습니다. 다만 그 옆 삼나무 뿌리께에 밧줄이 하나 떨어져 있었습니다. 그리고…… 그렇지, 밧줄 말고 빗도 하나 있었습니다. 시신 근처에 있던 것은 그 두 가지뿐이었습니다. 그런데 풀이나 댓잎이 어지럽게 짓밟혀 있었으니까 틀림없이 그 남자, 죽기 전에 호되게 당했을 겁니다. 뭐라고요? 말은 없었느냐고요? 거긴 도대체 말 같은 게 들어갈 수 있는 데가 아닙니다요. 하여튼 말이 다니는 길하고는 덤불 숲 한 개 정도 떨어져 있으니까요.

검비위사에게 대답한 유랑 승려의 이야기

저 죽은 사내와 어제 마주친 건 사실입니다. 어제…… 그러니까, 정오 무렵이었을 겁니다. 마주친 곳은 세키야마에서 야마시나 쪽으로 가는 도중이었습니다. 저 사내는 말에 탄 여자와 같이 세키야마 쪽으로 걸어오고 있었어요. 여자는 삿갓을 썼기 때문에 얼굴은 못 봤습니다. 본 거라곤 그저 하기가사네(萩重)[87] 같은 옷 색깔뿐입니다. 말은 밤색에 하얀색이 섞인 것이었는데, 아, 그리고 보니까 갈기를 잘 깎은 말이었던 같습니다. 얼마나 길었느냐고요? 갈기 길이가 네 치쯤 됐을까요? 하여튼 제가 출가한 몸이라 거기까지는 확실히 잘 모르겠습니다. 사내는…… 아뇨, 칼도 차고 있었고 활도 갖고 있었습니다. 특히 검게 옻칠한 화살 통에 스무 개도 넘어 보이는 화살이 들어 있었던 것은 지금도 분명히 기억하고 있습니다.

그 사내가 저리 될 줄은 꿈에도 생각하지 못했던 일인데 참으로 사람 목숨이란, 아침이슬이나 한순간 반짝하고 사라지는 번개나 다름이 없군요. 거참, 뭐라고 해야 할지 마땅히 드릴 말씀이 없습니다만, 참으로 가엾게 됐습니다.

검비위사에게 대답한 방면(放免)[88]의 이야기

제가 포박한 사내 말씀입니까? 그놈은 분명히 다조마루라는 악명 높은 도둑입니다요. 다만 제가 붙잡았을 때에는 아마도 말에서 떨어졌는지, 아와타구치의 돌다리 위에서 끙끙거리고 있었습니다. 시각요? 시각은 어젯밤 초경 무렵이었습죠. 언젠가 제가 잡을 뻔했다가 놓쳤을 때도 똑같이 이 감색 옷에 날밑 붙은 칼을 차고 있었습니다. 하지만 지금은 그것 말고도 보시는 바와 같이 활 같은 걸 가지고 있는데요. 그렇습니까? 시체가 된 남자가 가지고 있던 것도…… 그럼 그 사람을 죽인

---

87) 겉은 암홍색, 속은 청색으로 된 가을에 입는 옷.
88) 경범죄를 저질렀으나 방면되어, 죄인의 추포나 호송에 협력하는 검비위사의 하수인.

것은 이 다조마루가 틀림없습니다. 가죽을 감은 활, 검은 옻칠 화살 통, 매 깃 달린 화살이 열일곱 대, 이건 모두 그 남자가 가지고 있던 거겠죠. 예. 말도 말씀하신 대로 갈기를 깎은 적갈색에 흰 점박이 말입니다. 그 짐승에게서 떨어지다니 뭔가 이유가 있을 게 뻔하네요. 그 말은 돌다리 조금 앞에서 기다란 고삐를 끌면서 풀을 뜯어 먹고 있었습니다.

이 다조마루란 놈은 장안을 어슬렁거리는 도둑놈들 중에서도 여자 좋아하기로 유명한 놈입니다. 작년 가을 도리베데라(鳥部寺)의 빈도라발라타사(賓度羅跋囉惰闍)[89] 상의 뒤쪽 산에 참배하러 온 부인 하나가 여자아이와 함께 살해되어 있었던 게 이놈 짓이라는 말이 있습니다. 그 적갈색 말에 타고 있던 여자도, 이놈이 그 남자를 죽였다면 어디다가 어떻게 했는지 알 수 없지요. 주제넘은 소리이기는 하지만 그것도 밝혀 주시옵소서.

검비위사에게 대답한 노파의 이야기

네, 저 시체는 제 사위입니다. 하지만 교토 사람은 아닙니다. 와카사의 국부 소속 사무라이입니다. 가나자와 출신의 다케히로라고 하고, 나이는 스물여섯입니다. 아뇨, 성격이 서글서글해서 원한 같은 거 살 리가 없습니다.

---

89) 16나한 가운데 하나.

딸 말씀입니까? 딸의 이름은 마사고, 나이는 열아홉입니다. 이 아이는 남자 못지않을 정도로 활달한 아이지만 단 한 번도 다케히로 이외의 남자를 사귄 적이 없습니다. 얼굴은 약간 검은 편이고 왼쪽 눈 꼬리 쪽에 점이 있는, 갸름한 얼굴입니다.

다케히로는 어제 딸과 함께 와카사로 떠났는데 이런 일을 당하다니 도무지 무슨 일인지. 더구나 딸아이가 어떻게 되었을지, 사위야 이미 죽었으니 어쩔 수 없다 치더라도 이것만은 걱정이 되어서 못 견디겠습니다. 어떻게든지 이 늙은이의 평생소원이오니 설령 풀숲을 샅샅이 다 뒤져서라도 딸의 행방만은 꼭 찾아 주십시오. 무엇보다 용서할 수 없는 것은 그 다조마루인가 뭔가 하는 도둑놈입니다. 사위뿐만 아니라 딸까지도……(울음을 터뜨려 더 이상 말을 잇지 못했다.)

다조마루의 자백

저 사내를 죽인 것은 납니다. 하지만 여자는 죽이지 않았습니다. 그럼 어디로 갔느냐? 그건 나도 모릅니다. 잠깐, 좀 기다리세요. 아무리 고문을 해도 모르는 걸 불 수는 없잖습니까. 게다가 나도 이쯤 되면 비겁하게 딴소리는 안 할 생각입니다.

나는 어제 정오 조금 지나서 저 부부와 마주쳤습니다. 그때 바람이 부는 바람에 삿갓에 드리운 천이 날려서 얼핏 여자의 얼굴이 보였습니다. 아주 살짝, 보였다고 생각하는 순간에는 이미 보이지 않게 되었는데, 어쩌면 그게 이유 중 하나였을지 모르겠지만, 내게는 그 여자의 얼굴이 보살처럼 보였던 겁니다. 나는 그 순간 사내를 죽이는 한이 있더라도 여자를 빼앗자고 결심했습니다.

뭐, 사내를 죽이는 것쯤이야, 당신들이 생각하는 것처럼 그렇게 엄청날 것도 없습니다. 어차피 여자를 빼앗게 되면 반드시 사내는 죽는 거거든요. 다만 나는 죽일 때 허리에 찬 칼을 쓰지만 당신들은 칼은 쓰지 않고 그저 권력으로 죽이고 돈으로 죽이고 여차하면 위해 주는 척하는 말만으로도 죽이죠. 그러면 피는 흐르지 않고, 사내는 멀쩡하게 살아 있지. 하지만 그래도 죽인 겁니다. 죄의 깊이를 생각해 보면 당신들이 더 나쁜지 내가 더 나쁜지, 어느 쪽이 더 나쁜지 알 수 없지요.(비웃는 듯한 웃음.)

그러나 사내를 죽이지 않고도 여자를 빼앗을 수 있다면 굳이 나쁠 거야 없죠. 아뇨, 그때 생각으로는 가능한 한 사내를 죽이지 않고 여자를 빼앗자고 결심했습니다. 그런데 그 야마시나의 역로에서는 아무래도 힘들었죠. 그래서 나는 부부를 산속으로 끌어들일 궁리를 했습니다.

그것도 별로 어려움은 없었습니다. 나는 부부와 길동무가 되고 난 뒤 맞은편 산에 고분이 있더라, 그 고분을 파 보니 거울이랑 칼이 많이 나왔다, 나는 아무도 몰래 산그늘 덤불 속에 그것들을 묻어 두었다, 만약 생각이 있으면 뭐든 싸게 팔고 싶다, 이런 이야기를 했습니다. 사내는 어느 시점에선가 내 이야기에 점점 마음이 동하기 시작했습니다. 그러고 나서는…… 어떻습니까? 욕심이라는 거 무섭지 않습니까? 그로부터 반시간도 안 된 사이에 부부는 나와 함께 산길로 말을 돌려세웠던 것입니다.

나는 덤불 앞에 오자, 보물은 이 속에 파묻혀 있다, 이리 와서 보라고 말했습니다. 사내는 욕심에 사로잡혀 있었으니 딴 소리를 할 턱이 없었습니다. 하지만, 여자는 말에서 내리지 않은 채 기다리겠다고 말하는 것이었습니다. 사실 그 무성한 덤불을 보면 그렇게 말하는 것도 무리가 아니었습니다. 실은 이것도 내가 생각했던 대로 딱 맞아떨어졌기 때문에 여자 혼자 남겨 둔 채 사내와 덤불 속으로 들어갔습니다.

덤불은 한동안 대나무들만 있었습니다. 하지만 반 장[90]쯤만 더 들어가면 약간 넓어진 곳에 삼나무 숲이 있었는데, 일을 처리하기에는 딱 안성맞춤이었죠. 나는 덤불을 헤치며 보물은 저 삼나무 아래에 묻어 뒀다고 그럴듯하게 거짓말을 했습니다. 사내는 그 말을 듣자 삼나무가 건너다보이는 쪽으로 기를 쓰고 나아갔습니다. 그러다가 대나무가 듬성듬성해지고 몇 그루의 삼나무가 서 있는 곳에서, 나는 거기까지 가자마자 느닷없이 상대방을 넘어뜨려 깔고 눌렀습니다. 사내도 칼을 차고 있는 만큼 힘은 꽤나 있어 보였지만 갑자기 당하는 데야 별 재간이 없죠. 곧바로 삼나무 한 그루 밑동에 묶어 버렸습니다. 밧줄요? 밧줄이야 나는 도둑놈이니 언제 담을 넘을지 모르니까 언제나 허리에 매달고 다녔습니다. 물론 소리를 못 지르도록 마른 댓잎을 한입 가득 처넣으면 달리 더 귀찮을 일은 없습

---

90) 한 장(丈)은 미터법으로 약 3미터.

니다.

　나는 사내를 처리하고 나서 이번에는 또 여자가 있는 곳으로, 사내가 갑자기 병이 난 것 같으니까 보러 와 달라고 말하러 갔습니다. 이 역시 뜻대로 된 거야 말할 것도 없습니다. 여자는 삿갓을 벗은 채 내 손을 잡으며 덤불 속으로 들어왔습니다. 그런데 거기 와서 사내가 삼나무 밑동에 묶여 있는 걸 보자마자 어느새 품에서 꺼냈는지 번쩍하고 단도를 빼들었습니다. 나는 지금까지 그렇게 기가 센 여자를 본 적이 없습니다. 만약 그때 방심했더라면 한칼에 옆구리가 뚫렸을 겁니다. 아뇨, 잽싸게 비켰으니 망정이지 그렇게 있는 힘을 다해 찌르고 들어오는데 무슨 상처를 입을지 알 수 없었지요. 하지만 내가 누굽니까, 천하의 다조마루이니 어찌어찌해서 칼도 뽑지 않고 단도를 쳐서 떨어뜨렸습니다. 아무리 기가 센 여자라도 무기가 없으면 어쩔 수가 없지요. 나는 결국 생각대로 사내의 목숨을 끊지 않고 여자를 손에 넣을 수가 있었습니다.

　사내의 목숨을 끊지 않고, 그렇습니다. 나는 그때까지도 사내를 죽일 생각이 없었습니다. 그런데 엎드려 울고 있는 여자를 뒤로하고 덤불 바깥으로 도망치려 하는데 여자가 갑자기 내 팔에 미친 듯이 매달리는 것입니다. 그러면서 띄엄띄엄 하는 이야기를 들으니 당신이 죽든지 남편이 죽든지 어느 한쪽이 죽어 달라, 두 사내에게 수치를 당하는 것은 죽는 것보다 더 괴롭다는 것입니다. 아니, 그중 어느 쪽이든 살아남은 사내를 따르겠다. 그렇게 헉헉대며 말하는 겁니다. 그 순간 사내를 죽이고 싶다는 생각이 격렬하게 치밀었습니다.(음울한 흥분.)

이런 말을 하면 틀림없이 내가 당신네에 비해 아주 잔혹한 사람으로 보이겠죠. 하지만 그건 당신네가 그 여자 얼굴을 못 봤기 때문입니다. 특히 그 순간의 타오르는 듯한 눈동자를 못 봐서라고요. 나는 여자와 눈이 마주쳤을 때 혹시 벼락에 맞아 죽는 한이 있더라도 이 여자를 아내로 맞아들이고 싶다고 생각했습니다. 아내로 맞고 싶다, 내 머릿속에 떠오르는 생각은 오직 그것 하나뿐이었습니다. 그건 당신들이 생각하는 것 같은 싸구려 색욕이 아니었습니다. 만약 그때 색욕 이외에 아무것도 바라는 것이 없었다면 나는 여자를 걷어차 버리고서라도 틀림없이 도망쳤을 겁니다. 그랬다면 사내도 내 칼에 피를 묻히는 일이 없었겠지요. 하지만 어두컴컴한 덤불 속에서 지그시 여자의 얼굴을 본 순간, 나는 사내를 죽이지 않는 한 그곳을 떠날 수 없다는 걸 깨달았습니다.

그러나 사내를 죽이더라도 비겁한 방법을 쓰고 싶지는 않았습니다. 나는 사내를 묶었던 밧줄을 풀어 주고 맞대결을 하자고 했습니다.(삼나무 밑동에 떨어져 있었던 것은 그때 버리고 잊었던 밧줄입니다.) 사내는 안색을 바꾸더니만 두꺼운 칼을 빼들었습니다. 그러더니 아무 말도 없이 떨쳐 일어서면서 내게 덤벼들었습니다. 그 칼싸움이 어찌 되었을지는 말씀드릴 필요도 없을 겁니다. 내 칼은 스물세 합째에 상대방 가슴을 꿰뚫었습니다. 스물세 합째에. 이 부분은 부디 잊지 마시기를. 나는 지금도 그 점만은 칭찬할 만하다고 생각하고 있습니다. 나와 스무 합 이상을 겨룬 것은 하늘 아래 그 사내 단 한 사람뿐이었으니까요.(쾌활한 미소.)

나는 사내가 쓰러짐과 동시에 피 묻은 칼을 내리면서 여자 쪽을 돌아보았습니다. 그런데 이게 웬일인가요, 여자가 온데 간데없는 거 아닙니까? 나는 여자가 어느 쪽으로 도망쳤을까, 하고 삼나무 숲 사이를 다 찾아보았습니다. 하지만 댓잎 위에는 이렇다 할 흔적조차 남아 있지 않았습니다. 또 귀를 쫑긋 기울여 보았지만 들리는 것이라곤 사내의 목에서 나오는 단 말마뿐이었지요.

어쩌면 그 여자는 내가 칼싸움을 시작하자마자 다른 사람의 도움을 청하기 위해 덤불을 빠져나가 도망쳤을지도 모릅니다. 나는 그런 생각이 들자 이번에는 내 목숨을 부지하기 위해 칼이랑 활을 빼앗아 서둘러 원래 가던 산길로 나섰습니다. 거기에는 아직도 여자의 말이 조용히 풀을 뜯고 있었습니다. 그 뒤는 말씀드려 봐야 아무 소용없는 헛소리에 불과합니다. 다만, 교토에 들어오기 전에 칼은 버렸습니다. 자백은 여기까지입니다. 어차피 한 번은 백단향 꼭대기에 목을 맬 운명이라 생각하고 있으니 아무쪼록 극형에 처해 주시죠.(의연한 태도.)

기요미즈데라(淸水寺)에 온 여자의 참회

그 연한 감색 옷을 입은 사내는 저를 욕보이고 나더니 묶여 있는 남편을 바라보며 비웃는 듯한 웃음을 날렸습니다. 남편은 얼마나 원통했겠습니까. 하지만 아무리 몸부림을 쳐 봐야 온몸을 감고 있는 밧줄은 한층 더 몸을 바짝바짝 조일 뿐이었습니다. 저는 엉겁결에 남편 곁으로 쓰러지듯 달려갔습니다. 아뇨, 다가가려 했습니다. 그러나 사내는 순식간에 저를 넘어뜨렸습니다. 바로 그때였습니다. 저는 남편 눈 속에 뭐라 말로 표현할 수 없는 번쩍임이 들어 있음을 깨달았습니다. 무어라 말로 할 수 없는…… 저는 그 눈을 생각하면 지금도 몸이 떨리는 것을 멈출 수가 없습니다. 말 한 마디 할 수 없는 남편은 그 찰나의 눈빛 속에서 마음의 모든 것을 전했던 것입니다. 그러나 거기에 번쩍이고 있었던 것은 노여움도 아니고 슬픔도 아니고 단지 저를 멸시하는 차가운 빛이 아니겠습니까? 저는 사내에게 걷어차인 것이 아니라 그 눈빛에 얻어맞은 것처럼 저도 모르는 사이에 뭐라고 외치며 기절하고 말았습니다.

그러다가 가까스로 정신이 들어서 보니까 저 연한 감색 옷을 입은 사내는 이미 어디론가 가고 없었습니다. 거기엔 단지 삼나무 밑동에 남편이 묶여 있을 뿐이었지요. 저는 대나무 낙엽 위에서 겨우 몸을 일으키고 남편의 얼굴을 지켜보았습니다. 하지만 남편의 눈빛은 전혀 달라지지 않았습니다. 역시 차가운 경멸의 밑바닥에 증오의 빛을 담고 있었습니다. 부끄러움, 슬픔, 노여움, 그때의 제 심경을 뭐라 말해야 좋을지 모르겠습니다. 저는 비틀비틀 일어나 남편 옆으로 다가갔습니다.

"여보. 이렇게 된 이상 당신과 함께할 수는 없습니다. 저는 이대로 죽기로 결심했습니다. 하지만 당신도 죽어 주세요. 당신은 제 부끄러운 꼴을 보셨습니다. 저는 이대로 당신 혼자 남겨 둘 수는 없습니다."

저는 죽을힘을 다해 거기까지 말했습니다. 그래도 남편은 불쾌한 듯한 표정으로 저를 바라볼 뿐이었습니다. 저는 찢어질 듯한 가슴을 억누르면서 남편의 칼을 찾았습니다. 하지만 그 도둑놈에게 빼앗긴 건지 칼은 물론이고 화살조차 덤불 안에서는 찾아볼 수 없었습니다. 그러나 다행스럽게도 단도만은 제 발밑에 떨어져 있었습니다. 저는 그 단도를 치켜들고 한 번 더 남편에게 이렇게 말했습니다.

"그럼 목숨을 제게 맡겨 주십시오. 저도 바로 가겠습니다."

남편은 이 말을 듣고서야 겨우 입술을 움직였습니다. 물론 입에는 댓잎이 가득 채워져 있어서 소리는 전혀 들리지 않았습니다. 하지만 저는 그것을 보자마자 곧바로 무슨 소린지 알아들었습니다. 남편은 저를 여전히 멸시하면서 "죽여."라고 외마디 소리를 지른 것이었습니다. 저는 거의 꿈속을 헤매듯 남편의 푸른색 옷 가슴팍에 단도를 찔러 넣었습니다.

저는 이때 또 기절을 하고 말았던 모양입니다. 겨우 주변을 둘러보았을 때는, 남편은 이미 묶인 채로 숨을 거둔 뒤였다. 그 창백한 얼굴 위에는 대나무 섞인 삼나무 숲 사이로 석양이 한 줄기 비치고 있었지요. 저는 울음을 삼키며 시신을 묶고 있는 밧줄을 풀었습니다. 그리고…… 그리고 제가 어떻게 되었는지? 그것까지는 저도 말씀드릴 힘조차 없습니다. 아무튼 제게는 도저히 죽을 기력이 없었습니다. 단도를 목에 꽂기도 하고 산기슭에 있는 못에 몸을 던지기도 하고 온갖 짓을 다 해 봤지만 결국 죽지 못하고 이러고 있는 처지이니, 자랑이 될 수는 없습니다.(적막한 미소.) 저 같은 한심한 것은 대자대비하신 관세음보살님도 내버리셨을지 모르겠습니다. 하지만 남편을 죽인 저는, 도둑놈에게 치욕을 당한 저는, 대체 어떻게 하면 좋단 말입니까? 대체 저는, 저는……(갑작스럽게 격렬한 흐느낌.)

무녀의 입을 빌린 혼백의 이야기

도둑놈은 아내를 욕보이고 나더니 거기 앉은 채로 여러 가지 말로 아내를 달랬다. 나는 물론 말을 할 수 없었다. 몸뚱이는 삼나무 밑동에 묶여 있었다. 하지만 나는 그사이에 몇 번이나 아내에게 눈짓을 했다. 이 사내가 하는 소리를 믿지 마라, 뭐라고 하든지 거짓인 줄 알아라, 나는 그런 뜻을 전하려 했다. 그러나 아내는 기운 없이 늘어진 모양새로 쌓여 있는 댓잎 위에 앉아 무릎만 내려다보고 있을 뿐이다. 그게 어쩐지 도둑놈의 말을 받아들이고 있는 듯이 보이지 않는가? 나는 질투심으로 몸부림을 쳤다. 하지만 도둑놈은 이러쿵저러쿵 교묘하게 이야기를 끌고 나갔다. 한 번이라도 몸을 더럽히고 나면 남편과는 끝장난 거다. 그런 남편을 따라가는 것보다 자신의 아내가 될 생각은 없는가? 자기는 네가 사랑스럽다고 생각했기에 엉뚱한 짓을 한 것이다. 도둑놈은 결국 대담하게도 그런 이야기까지 꺼냈다.

도둑놈으로부터 그런 이야기를 듣자 아내는 멍하니 고개를 쳐들었다. 나는 지금까지 그때만큼 아름다운 아내의 모습을 본 적이 없다. 그러나 그렇게 아름다운 아내는 코앞에 묶여 있는 나를 두고 뭐라고 도둑놈에게 대답했던가? 나는 중유(中有)[91]를 헤매고 있으면서도 아내의 그 대답이 생각날 때마다 어김없이 불붙는 듯한 분노를 느꼈다. 아내는 분명 이렇게 말했다. "그럼 어디든지 데리고 가 주세요."(긴 침묵.)

아내의 죄는 그뿐만이 아니다. 그것뿐이라면 이 흑암 속에서 지금 이토록 괴롭지는 않을 것이다. 아내는 꿈이라도 꾸는 듯 도둑놈과 손을 맞잡고 덤불 밖으로 나가려다가 문득 안색이 변해서는 삼나무 밑동에 묶여 있는 나를 가리켰다. "저 사람을 죽여 주세요. 저는 저 사람이 살아 있으면 당신과 함께 갈 수가 없어요." 아내는 미친 듯이 몇 번이나 이렇게 부르짖었다. "저 사람을 죽여 주세요." 이 말은 지금도 여전히 마치 폭풍처럼 까마득한 암흑의 심연으로 나를 거꾸로 떨어뜨릴 것만 같다. 일찍이 이렇게 독살스러운 말이 사람의 입에서 나온 적이 있을까? 일찍이 이처럼 저주스러운 말이 인간의 귀에 들린 적이 있을까? 일찍이 이렇게……(갑자기 터져 나오는 듯한 조소.) 그 말을 들었을 때는 도둑놈조차 안색이 변하고 말았다. "저 사람을 죽여 주세요." 아내는 그렇게 부르짖으며 도둑놈의 팔에 매달려 있었다. 도둑놈은 지그시 아내를 보기만 할 뿐 죽이겠다고도 살리겠다고도 대답을 하지 않는다. 다음 순간, 아내는 댓잎 위로 단 한 방에 걷어차여 쓰러졌다.(또다시 터져 나오는 듯한 조소.) 도둑놈은 조용히 팔짱을 끼더니 내 모습을 바라보았다. "저 여자를 어떻게 할까? 죽일까 아니면 살

---

91) 사람이 죽어 내세에 가기 전에 거치는 곳.

려 줄까? 고개만 끄덕이면 돼. 죽일까?" 나는 이 말 한 마디만
으로도 도둑놈의 죄를 용서해 주고 싶었다.(다시 긴 침묵.)

아내는 내가 망설이고 있는 사이, 뭔가 외마디 소리를 지르
는가 싶더니 곧장 덤불 속으로 내달리기 시작했다. 도둑놈도
순식간에 뛰어갔으나 옷자락조차 잡지 못한 모양이었다. 나
는 그저 환상을 보는 듯 그 광경을 바라보고 있었다.

도둑놈은 아내가 도망친 뒤 칼과 활을 주워 들더니 나를 묶
고 있는 밧줄을 한 군데만 잘라 주었다. "이번엔 내 차례군."
나는 도둑놈이 덤불 밖으로 모습을 감추면서 이렇게 중얼거
린 것을 기억하고 있다. 그 뒤에는 온통 적막했다. 아니, 아직
도 누군가의 우는 소리가 들린다. 나는 밧줄을 풀며 가만히 귀
를 기울여 보았다. 하지만 그 소리도 정신이 들고 보니 나 자
신의 우는 소리가 아닌가?(또다시 긴 침묵.)

나는 간신히 삼나무 밑동에서 지칠 대로 지친 몸을 일으켰
다. 내 앞에는 아내가 떨어뜨리고 간 단도가 저 혼자 반짝이고
있다. 나는 그것을 집어 들고 단숨에 내 가슴에 박아 넣었다.
뭔가 비릿한 덩어리가 입에서 치밀어 올랐다. 하지만 고통은
조금도 없었다. 다만 가슴이 차가워지자 한층 더 주변이 괴괴
해지고 말았다. 아, 어찌 이리도 고요하단 말인가. 이 산기슭
덤불에는 작은 새 한 마리 지저귀지 않는다. 오직 삼나무와 대
나무 가지 끝에 쓸쓸한 햇살만이 감돌고 있다. 햇살이, 그것도
점점 엷어져 간다. 어느새 삼나무도 대나무도 보이지 않는다.
나는 거기 쓰러진 채 깊은 정적에 둘러싸여 있다.

그때 누군가 살금살금 내 곁으로 다가오는 자가 있다. 나는

그쪽을 보려고 했다. 하지만 내 주변에는 어느새 흐린 어둠이 자욱하다. 누군가, 그 누군가는 보이지 않는 손으로 가만히 내 가슴의 단도를 뽑았다. 동시에 내 입속에는 다시 한 번 피가 넘쳐흐른다. 나는 그로써 영원히 중유의 어둠 속으로 가라앉고 말았다…….

갓파(河童)[92]

— 부디 'Kappa'라고 발음해 주십시오.

서장

이것은 어느 정신 병원 환자, 제23호가 아무한테나 하는 이야기이다. 그는 이미 서른을 넘겼을 테지만 얼핏 보기에는 너무나 젊어 보이는 광인이다. 그가 반생을 살며 한 경험은……아니, 그런 건 아무래도 좋다. 그는 그저 꼼짝 않고 두 무릎을 끌어안고 앉아 가끔 창밖을 보면서(쇠창살이 쳐진 창밖에는 마른 잎조차 보이지 않는 떡갈나무가 한 그루, 눈구름 낀 허공에 가지를 뻗고 있었다.) 원장인 S 박사라든가 나를 상대로 이 이야기를 끝없이 늘어놓고 있었다. 물론 몸짓이 전혀 없었던 건 아니었다. 그는 예컨대 "놀랐다."라고 말할 때는 갑자기 얼굴을 젖

---

92) 물속에서 살며 어린아이 모습을 한 상상의 동물.

히기도 했다…….

나는 이런 그의 이야기를 상당히 정확하게 옮겼다고 생각한다. 만약 누군가 내 기록에 불만이 있는 사람이 있다면 도쿄 외곽 ○○ 마을의 S 정신 병원[93]을 찾아가 보면 된다. 나이보다 젊은 제23호는 먼저 정중하게 고개를 숙이고 방석 없는 의자를 가리킬 것이다. 그리고는 우울한 미소를 띠며 조용히 이 이야기를 되풀이할 것이다. 끝에 가서는…… 나는 이 이야기를 마쳤을 때의 그의 얼굴을 기억하고 있다. 그는 끝에 가서는 몸을 일으키자마자, 느닷없이 주먹을 휘둘러 가며 누군가에게 이렇게 고함을 쳐 댈 것이다. "꺼져! 이 악당 녀석! 네놈도 멍청하고, 질투투성이에, 외설스러운 데다가 뻔뻔한, 자아도취에 잔혹한 얌체 같은 동물이지? 당장 꺼져! 이 악당 녀석!"

1

삼 년 전 여름입니다. 저는 남들이 다들 하는 대로 배낭을 메고 가미코치의 온천 여관에서 호타카 산에 오르기로 했습니다. 호타카 산에 오르려면 아시는 것처럼, 아즈사 강을 거슬러 오르는 수밖에 없습니다. 나는 전에 호타카 산은 물론이고 야리가타케에도 오른 적이 있어서 아침 안개가 낀 아즈사 강 계곡을 안내인도 없이 올라갔습니다. 아침 안개가 낀 아즈사

---

93) 도쿄 도 스가모에 위치한 스가모 정신 병원으로 추정.

강 계곡…… 그런데 그 안개는 아무리 지나도 갤 기미가 없었습니다. 오히려 짙어지기만 하는 것이었습니다. 저는 한 시간쯤 걷고 나서, 가미코치의 온천 여관으로 되돌아갈까 하는 생각도 얼핏 했습니다. 하지만 가미코치로 돌아간다고 해도 어쨌든 안개가 걷히기를 기다려야 하긴 마찬가지죠. 그런데 안개는 오히려 시간이 갈수록 점점 짙어져만 가는 겁니다. '에라, 아예 올라가 버리자.' 싶어 아즈사 강 계곡을 벗어나지 않도록 얼룩조릿대를 헤치며 걸었습니다.

하지만 내 눈앞을 막아서는 것은 여전히 짙은 안개뿐이었습니다. 물론 때때로 안개 속에서 굵은 너도밤나무니 전나무 가지가 짙푸른 이파리를 늘어뜨리고 있기도 했습니다. 그리고 방목하는 말이며 소도 느닷없이 내 앞에 얼굴을 디밀곤 했지요. 하지만 그런 것들이 보였나 싶으면 금세 다시 자욱한 안개 속으로 숨어 버리는 것이었습니다. 그러다 보니 다리도 아파 오고 배도 점점 고파지고, 설상가상 안개에 젖어 버린 등산복과 모포 역시 녹록지 않은 무게였지요. 나는 결국 고집을 꺾고 바위에 부딪치는 물소리를 의지해서 아즈사 강 계곡으로 내려가기로 했습니다.

나는 물가에 있는 바위에 걸터앉아 일단 밥을 먹기로 했지요. 콘비프 통조림을 따고 마른 가지를 주워 모아 불을 붙이고…… 그런 짓을 하는 사이에 이럭저럭 한 십 분쯤 지났겠지요. 그러다 보니 심술궂은 안개는 어느새 말갛게 개기 시작했습니다. 저는 빵을 물어뜯어 가며 잠깐 손목시계를 들여다보았습니다. 시각은 어느 틈에 1시 20분이 넘어 있었습니다. 그

런데 그보다 더 놀라운 것은 어딘지 소름 끼치는 얼굴 하나
가, 동그란 손목시계 유리 위에 슬쩍 그림자를 드리운 것이었
습니다. 나는 놀라서 뒤돌아보았습니다. 그러자…… 내가 갓
파라는 것을 본 것은 실로 이때가 처음이었습니다. 내 뒤에 있
는 바위 위에는 그림에서 본 그대로 생긴 갓파가 한 마리, 한
손으로는 자작나무 줄기를 끌어안고, 한 손은 눈 위에 얹은 채
신기하다는 듯이 나를 내려다보고 있었습니다.

　나는 얼이 빠진 채, 한동안 꼼짝 않고 있었습니다. 갓파 역
시 놀란 것인지 눈 위에 올린 손조차 움직이지 않습니다. 그
러다가 나는 번개처럼 튀어 올라 바위 위의 갓파에게 덤벼들
었습니다. 동시에 갓파 역시 도망쳤습니다. 아니, 아마 도망을
친 것이겠지요. 실은 슬쩍 몸을 돌리는가 싶더니 홀연히 어딘
가로 사라져 버린 것입니다. 나는 더더욱 놀라서 얼룩조릿대
속을 둘러보았습니다. 그랬더니 글쎄, 갓파는 도망치던 자세
그대로, 2~3미터 떨어진 곳에서 날 돌아다보고 있는 것입니
다. 그야 이상할 것도 없는 일이지요. 그런데 내게 뜻밖이었던
것은 갓파의 몸 색깔이었습니다. 바위 위에서 나를 보고 있던
갓파는 온통 회색이었습니다. 하지만 지금은 온몸이 완전히
초록색으로 변해 있지 않겠어요? 나는 "빌어먹을!" 하고 고함
을 치며 다시 한 번 갓파에게 덤벼들었습니다. 갓파가 도망을
친 건 물론이죠. 그 후 나는 한 삼십 분 동안 얼룩조릿대를 헤
치고, 바위를 뛰어 넘어가며 갓파를 쫓아다니느라 정신이 없
었습니다.

　갓파 또한 발이 빠르기로는 원숭이 못지않았습니다. 나는

정신없이 갓파를 뒤쫓는 동안 몇 차례나 그 모습을 놓칠 뻔했습니다. 뿐만 아니라 발이 미끄러져 나뒹군 적도 몇 번이나 있었습니다. 하지만 굵은 가지를 늘어뜨리고 있는 칠엽수 나무 아래 왔을 때, 운 좋게도 방목 중이던 소 한 마리가 갓파 앞에 턱 버티고 선 것입니다. 더구나 그것은 뿔이 굵직하고 눈에 핏발이 서 있는 수소였답니다. 갓파는 이 수소를 보더니 뭐라고 비명을 질러 대며 더 높은 얼룩조릿대 덤불 속으로 공중제비라도 넘듯이 뛰어들었습니다. 나는 나대로 잘됐다 싶어서 단숨에 그 뒤를 쫓아 들어갔지요. 그런데 거기 웬 구멍이라도 있었던 것일까요? 매끈한 갓파의 등에 겨우 손끝이 닿았는가 싶더니 순식간에 깊은 암흑 속으로 거꾸로 굴러떨어졌습니다. 그런데 우리 인간들의 마음이란, 이런 위기일발의 순간에도 엉뚱한 것을 떠올리는 법이더군요. 나는 "아악." 하고 소리를 지르면서도 가미코치의 온천 여관 옆에 '갓파교'라는 다리가 있다는 것을 기억해 냈습니다. 그러고는…… 그리고 나서는 기억이 없습니다. 나는 그저 눈앞에 번개 같은 것을 느끼면서 어느새 정신을 잃고 말았지요.

2

얼마나 흘렀는지 겨우 정신을 차리고 보니 나는 하늘을 향해 널브러진 채, 수많은 갓파들에게 둘러싸여 있었습니다. 뿐만 아니라 뭉툭한 부리 위에 코안경을 걸친 갓파 한 마리가 내 옆에 무릎을 꿇고 앉아 내 가슴에 청진기를 대고 있더군요. 그 갓파는 내가 눈을 뜬 걸 보더니 '쉿' 하는 손짓을 하고는 뒤에 있는 어느 갓파더러 "Quax, quax." 하고 말했습니다. 그러자 어디선가 갓파 두 마리가 들것을 들고 다가왔습니다. 나는 이 들것에 탄 채 많은 갓파들이 무리 지어 있는 몇 개의 마을을 거쳐 어디론가 갔습니다. 내 양옆으로 늘어선 마을들은 긴자의 거리와 전혀 다르지 않았습니다. 역시 너도밤나무 가로수 그늘에 온갖 가게들이 차양을 마주하고 늘어서 있었고 그 가로수 사잇길로는 자동차들이 몇 대나 달리고 있는 것입니다.

마침내 나를 실은 들것은 좁다란 골목길을 돌아서 어느 집 안으로 옮겨졌습니다. 나중에 알고 보니 그 집은 코안경을 걸친 갓파의 집, 차크라고 하는 의사의 집이었습니다. 차크는 나를 깔끔한 침대 위에 눕혔습니다. 그리고는 뭔가 투명한 물약을 한 컵 마시게 하더군요. 나는 침대 위에 누운 채 차크가 하는 대로 그냥 가만히 있었습니다. 사실 제대로 움직이지도 못할 만큼 온몸 마디마디가 아팠으니까요.

차크는 하루에 두세 번은 반드시 진찰하러 왔습니다. 또 사흘에 한 번 정도는 나를 맨 처음 발견했던 갓파, 배그라는 어부도 찾아왔습니다. 갓파는 우리 인간이 그들에 대해 알고 있는 것보다 훨씬 더, 인간에 관해 알고 있습니다. 그것은 우리 인간이 갓파를 포획하는 것보다 갓파가 인간을 포획하는 일이 훨씬 더 많기 때문이겠지요. 포획까지는 아니더라도, 우리 인간은 내가 오기 전에도 자주 갓파의 나라에 왔던 것입니다. 그뿐 아니고 평생을 갓파의 나라에서 산 사람들도 많았습니다. 그도 그럴 만하지요. 우리는 단지 갓파가 아닌, 인간이라는 특권 덕분에 일하지 않고도 먹고살 수 있으니까요. 당장 배그의 이야기에 의하면, 어떤 젊은 도로 인부 같은 경우는 역시 우연히 이 나라에 온 후, 암컷 갓파를 아내로 맞아 죽을 때까지 살고 있었다고 하더군요. 게다가 그 암컷 갓파는 이 나라 제일의 미인임은 물론 남편인 도로 인부를 속이는 데도 더없이 뛰어났다고 합니다.

나는 한 일주일쯤 지난 뒤부터, 이 나라의 법률이 정하는 대로 '특별 보호 주민'으로서 차크의 이웃에 살게 되었습니다. 내 집은 작기는 하지만 정말 멋들어지게 지어져 있었습니다. 물론 이 나라의 문명은 우리 인간 나라의 문명, 적어도 일본의 문명과 별반 다르지 않았습니다. 거리에 면한 응접실 구석에는 조그만 피아노가 한 대 있고, 그리고 벽에는 액자에 넣은 에칭 같은 것도 걸려 있었습니다. 다만, 집을 비롯해서 테이블이니 의자 치수가 모조리 갓파의 키에 맞추어져 있으니 어린애 방에 들어온 것 같아 그것만은 조금 불편하더군요.

나는 늘 저녁 무렵이면 그 방에 차크라든가 배그를 불러 갓파의 언어를 배웠습니다. 아니 그들뿐이 아닙니다. 특별 보호 주민이었던 나에게 누구나 호기심을 가지고 있었으니, 날마다 혈압을 재 달라고 굳이 차크를 부르던 게르라는 유리 회사 사장 등도 역시 그 방에 얼굴을 내밀곤 했지요. 하지만 처음 반달 정도 사이에 나와 가장 친했던 것은 아무래도 배그라는 이름의 어부였습니다.

어느 따사롭던 날 저녁입니다. 나는 그 방의 테이블을 사이에 두고 배그와 마주 앉아 있었습니다. 그런데 배그는 무슨 일인지 갑자기 입을 다물고는 커다란 눈을 더 크게 뜨더니만 나를 뚫어져라 보는 것이었습니다. 나는 물론 왜 그러나 싶어 "Quax, Bag, quo quel quan?" 하고 말했습니다. 이 말은 "어이, 배그, 무슨 일이야?"라는 뜻이지요. 하지만 배그는 대답을 하지 않았습니다. 뿐만 아니라 느닷없이 일어서더니 쏙, 하고 혀를 내밀어 보이고는 마치 개구리가 뛰어오르듯 덤벼들 기세였습니다. 나는 점점 더 기분이 나빠져서 슬쩍 의자에서 일어나, 단걸음에 문 쪽으로 뛰쳐나가려 했습니다. 마침 그때 얼굴을 내민 것이 다행히도 의사인 차크였습니다.

"이런, 배그, 무슨 짓이야?"

차크는 코안경을 걸친 채로 배그를 노려보았습니다. 그러자 배그는 기가 죽어 몇 번이나 머리에 손을 갖다 대며 차크에게 이렇게 사과했습니다.

"정말 죄송하게 되었습니다. 실은 이 양반이 기분 나빠 하는 것이 재미있어서 저도 모르게 장난을 좀 쳤습니다. 부디 용서해 주십시오."

3

그다음 이야기를 이어 가기 전에 여기서 잠깐 갓파라고 하는 것에 대해 설명을 해야 할 것 같습니다. 갓파는 지금까지도 여전히, 실재하는지 어떤지조차 의문시되고 있는 동물입니다. 하지만 그것은 나 자신이 그들 속에서 살아 본 이상, 전혀 의심할 여지가 없을 것입니다. 그렇다면 과연 어떤 동물인고 하니, 머리에 짧은 털이 나 있는 것은 물론, 손발에 물갈퀴가 붙어 있는 것도 『수호고략(水虎考略)』[94] 등에 나와 있는 것과 큰 차이가 없습니다. 신장은 대략 1미터 전후일 거예요. 체중은 의사인 차크에 따르자면, 10킬로그램에서 15킬로그램 정도, 드물게는 25킬로그램 정도 나가는 커다란 갓파도 있다고 합니다. 그리고 머리 한가운데 타원형 접시가 있는데 그 접시는 연령에 따라, 점점 더 딱딱해지는 모양입니다. 실제로 나이를 먹은 배그의 접시는 젊은 차크의 접시와는 촉감 자체가 전혀 다르더군요. 하지만 무엇보다 신기한 것은 갓파의 피부색이겠지요. 갓파는 우리 인간처럼 일정한 피부색이라는 것이 없습니다. 그냥 주위와 같은 색으로 변해 버리는데…… 예를 들자면 풀밭에 있을 때는 풀처럼 녹색으로 변하고 바위 위에서는 바위처럼 회색으로 변하는 것입니다. 이건 물론 갓파뿐 아니라, 카멜레온도 그렇습니다. 어쩌면 갓파는 피부 조직 무언가가 카멜레온에 가까운 구석이 있는지도 모르지요. 나는 이 사실을 발견했을 때 서쪽의 갓파는 녹색이고, 동북 지방 갓파는 붉다는 민속학의 기록을 떠올렸습니다. 뿐더러 배그를 뒤쫓았을 때, 갑자기 어디로 간 것인지 보이지 않게 되었던 사실도 생각났습니다. 게다가 갓파는 살갗 아래 꽤나 두꺼운 지방을 지닌 모양이어서 이 지하 나라의 온도가 비교적 낮았음

---

94) 갓파에 대해 고증 도해한 19세기 연구서.

에도 불구하고(평균 10도 전후입니다.) 의복이라는 것을 몰랐습니다. 물론 어떤 갓파든지 안경이나, 궐련상자나, 지갑을 지니고 있지요. 하지만 갓파는 캥거루처럼 배에 주머니가 달려 있으니까 그런 것들을 넣는 것도 별로 불편할 게 없답니다. 다만 내가 보기에 우스웠던 것은 허리 주변도 덮지 않는다는 것이었습니다. 나는 언젠가, 도대체 왜 이런 거냐고 배그에게 물어보았습니다. 그러자 배그는 뒤로 벌렁 자빠져서 언제까지나 낄낄거리며 웃어 댔습니다. 덤으로 "나는 자네가 감추고 있는 게 웃기는걸." 하는 것이었습니다.

4

나는 점점 갓파들이 사용하는 일상적인 말들을 알게 되었습니다. 따라서 갓파의 풍속이나 습관도 이해하게 되었지요. 그 가운데 가장 이상했던 것은, 갓파는 우리 인간이 심각하게 여기는 것들을 우스워한다는 것, 동시에 우리 인간이 우습게 여기는 것을 심각하게 생각한다는 종잡을 수 없는 습관이었습니다. 예를 들어 우리 인간은 정의라든가 인도라든가 하는 것을 진지하게 생각하죠, 하지만 갓파는 그런 말을 들으면 배를 잡고 웃음을 터뜨리는 것입니다. 요컨대 그들의 우스움이라는 관념은 우리의 우스움이라는 관념과 전혀 기준이 다른 것이겠지요. 나는 언젠가 의사인 차크에게 산아 제한에 대한 이야기를 했습니다. 그러자 차크는 입을 크게 벌리고, 코안경이 떨어져 내릴 만큼 웃어 댔습니다. 나는 물론 부아가 치밀어 뭐가 우습냐고 따졌습니다. 아마 그때 차크의 대답은 이런 것이었다고 기억됩니다. 상세한 부분은 좀 다를지도 모르겠습니다. 무엇보다 아직 그 무렵의 저는 갓파가 쓰는 말을 전부 이해하지 못했으니까요.

"하지만 부모 입장만 생각하는 것은 이상하잖아요. 아무래도 너무 제멋대로니까요."

그 대신 인간 쪽에서 보자면, 사실 갓파의 출산만큼 이상한 것도 없습니다. 실제로 나는 얼마 후에, 배그의 아내가 아이 낳는 것을 배그의 집까지 구경하러 갔습니다. 갓파도 아이를 낳는 것은 우리 인간과 마찬가지입니다. 역시 의사라든가 산파 등의 도움을 받아 출산합니다. 하지만 아이를 낳을 때가 되면 아버지는 전화라도 걸듯이 어머니의 생식기에 입을 대고 "너, 이 세상에 태어날지 말지, 잘 생각해서 대답해." 하고 큰 소리로 묻는 것입니다. 배그 역시 무릎을 꿇고 앉아 몇 번이고 반복해서 이렇게 말했습니다. 그러고는 테이블 위에 있던 소독용 물약으로 양치를 했습니다. 그러자 아내의 배 속에 있던 아이는 약간 조심스럽게 조그만 소리로 이렇게 대답했습니다.

"저는 태어나고 싶지 않습니다. 첫째로 아버지 유전인 정신병만으로도 힘들고요. 게다가 저는 갓파라는 존재가 나쁘다고 믿으니까요."

배그는 이 답변을 들었을 때, 무안한 듯이 머리를 긁적이고 있었습니다. 하지만 거기 함께 있던 산파는 주저 없이 아내의 생식기에 굵다란 유리관을 집어넣고는 무언가 액체를 주사하였습니다. 그러자 아내는 안도한 듯이 큰 한숨을 몰아쉬었습니다. 동시에 지금까지 커다랗던 배는, 마치 수소 가스를 뽑아낸 풍선처럼 쫘악, 쪼그라들어 버렸습니다.

이런 대답을 할 정도이니 물론 아기 갓파는 태어나자마자, 걷고 말합니다. 뭐라더라, 차크 이야기로는 출산 후 26일째 되던 날, 신의 유무에 관한 강연을 한 아이도 있다더군요. 물론 그 아이는 두 달 살고 죽어 버렸다지만요.

출산 이야기가 나온 김에 내가 이 나라에 온 지 석 달째에 우연히 어느 길모퉁이에서 보았던, 커다란 포스터에 관해 이야기해 보죠. 그 큰 포스터 아랫부분에는 나팔을 부는 갓파라든가 검을 든 갓파 같은 것이 열두세 마리 그려져 있었습니다. 그리고 또 위쪽에는 갓파가 사용하는, 마치 시계태엽처럼 생긴 나선 문자가 잔뜩 적혀 있었습니다. 이 나선 문자를 번역하면 대충 이런 의미가 됩니다. 이 역시 상세한 부분은 좀 틀릴지도 모르겠습니다. 하지만 어쨌든 나는, 나와 함께 걷고 있던 래프라는 갓파 학생이 큰 소리로 읽어 준 것을 일일이 노트에 적어 두었답니다.

유전적 의용대 모집!!!
건전한 남녀 갓파여!!!
나쁜 유전을 박멸하기 위하여
불건전한 남녀 갓파와 결혼하라!!!

나는 물론 그때도 이런 일은 안 일어날 거라고 래프에게 일러 주었습니다. 그러자 래프뿐만 아니라 포스터 근처에 있던 갓파들 모두가 깔깔대며 웃기 시작했습니다.

"이런 일은 안 일어난다고? 당신 말을 들으면 당신네도 역시 우리랑 똑같이 하고 있는 것 같은데요. 당신은 도련님이 하녀에게 반한다든가, 아가씨가 운전수에게 홀린다든가 하는 것이 무엇 때문이라고 생각하고 있죠? 그게 다 무의식적으로 나쁜 유전을 박멸하고 있는 것이거든요. 무엇보다 지난번 당신이 이야기했던 당신네 인간의 의용대, 철도 한 줄을 빼앗기 위해 서로를 죽여 댄다는 그런 의용대에 비하면 우리들 의용대가 훨씬 고상하지 않나 싶은데 말이에요."

래프는 정색하고 이렇게 말했지만, 커다란 배만은 우습다는 듯이 끊임없이 출렁이고 있었습니다. 하지만 나는 웃기는커녕, 당황하여 어느 갓파를 붙잡으려 했습니다. 그것은 내가 틈을 보이기를 노려, 그 갓파가 만년필을 훔쳤다는 것을 눈치챘기 때문입니다. 하지만 살갗이 매끄러운 갓파는 쉽사리 우리 손에 잡히지 않습니다. 그 갓파 역시 미끄덩하고 빠져나가더니 단숨에 도망쳐 버렸습니다. 마치 모기처럼 여윈 몸뚱이를 고꾸라질 듯이 앞으로 숙인 채로.

5

나는 래프라는 갓파에게 배그 못지않게 신세를 졌습니다. 하지만 그중에서도 잊지 못할 것은 토크라고 하는 갓파를 소개받은 일입니다. 토크는 갓파들의 시인이었습니다. 시인이 머리를 길게 기르고 있는 것은 우리 인간과 마찬가지입니다. 나는 때로 따분함을 달래러 토크의 집에 놀러 가곤 했습니다. 토크는 늘 좁은 방에 고산 식물 화분을 늘어놓고 시를 쓰거나 담배를 피우며, 정말 태평하게 지내고 있었습니다. 그 방 한쪽 구석에는 암컷 갓파가 한 마리(토크는 자유 연애가이니 아내 같은 것은 없었습니다.) 뜨개질 같은 걸 하고 있었습니다. 토크는 내 얼굴을 보면 언제나 미소를 지으며 이렇게 말하곤 했지요.(사실 갓파가 미소 짓는 것은 그다지 멋지다고 할 순 없습니다. 적어도 내 경우, 처음 얼마 동안 오히려 으스스할 정도였답니다.)

"어이, 잘 왔어. 자, 그 의자에 앉지."

토크는 곧잘 갓파의 생활이니 갓파의 예술이니 하는 이야기를 했습니다. 토크가 믿는 바에 따르면, 당연한 듯 보이는 갓파의 생활만큼 멍청한 것도 없습니다. 부모 자식, 부부, 형제라는 것은, 모조리 서로를 괴롭히는 것을 유일한 즐거움으로 삼고 있는 것입니다. 특히 가족 제도라는 건 멍청한 중에서도 최고로 어리석은 것이지요. 토크는 언젠가 창밖을 가리키며 "보게나. 저 얼간이 같은 것들!" 하고 내뱉듯이 말했습니다. 창밖으로 보이는 거리에는 아직 나이 젊은 갓파 한 마리가 부모인 듯한 갓파를 비롯하여 일고여덟 마리 암수 갓파들을 목덜미 언저리에 매단 채, 숨을 헐떡이며 걷고 있었습니다. 하지만 나로서는 젊은 갓파의 희생정신에 감동했기 때문에 오히려 그가 기특하다고 칭찬을 했지요.

"흥, 자네는 이 나라에서도 시민이 될 자격이 있구먼…….

그런데 자네 사회주의잔가?"

나는 물론 "Qua.(이것은 갓파의 말로는 "그렇지."라는 뜻입니다.)"라고 대답했습니다.

"그렇다면 백 사람의 보통 사람을 위해 기꺼이 한 사람의 천재를 희생시켜도 좋다는 것이로군."

"그러는 자네는 무슨 주의자지? 누군가 토크의 신조는 무정부주의라고 하더라만……."

"내가? 나는 초인(직역하자면 초갓파입니다.)이라네."

토크는 거만하게 내뱉었습니다. 이러한 토크는 예술에 대해서도 독특한 생각을 품고 있었습니다. 토크가 믿는 바에 따르면, 예술이란 다른 무엇의 지배도 받지 않는, 예술을 위한 예술일 뿐이며, 따라서 모름지기 예술가라고 하면 무엇보다 먼저 선악을 초월한 초인이어야만 한다는 것이었습니다. 물론 이것은 굳이 토크 한 마리의 의견은 아니었습니다. 토크의 동료 시인들은 대개 같은 의견인 모양이었습니다. 실제로 나는 토크와 함께 자주 초인 클럽에 놀러 갔습니다. 초인 클럽에 모이는 것은 시인, 소설가, 극작가, 비평가, 화가, 음악가, 조각가, 예술적 아마추어 등이었습니다. 하지만 모두가 초인이었지요. 그들은 전등불이 환한 살롱에서 언제나 쾌활하게 이야기를 나누고 있었습니다. 뿐만 아니라 때로는 득의양양하게 그들이 초인인 것을 과시하기도 했습니다. 예를 들어 어떤 조각가 같은 경우, 커다란 양치식물 화분 사이에서 젊은 갓파를 붙잡아서는 열심히 남색을 즐기고 있었습니다. 또 어떤 암컷 소설가는 테이블 위로 기어 올라가더니, 압생트를 60병이나 마셔 보였지요. 물론 이 경우는 60번째 병과 함께 테이블 아래로 굴러떨어지더니, 그대로 골로 가 버렸습니다.

나는 어느 달빛이 좋은 밤, 시인인 토크와 팔짱을 낀 채 초인 클럽에서 돌아왔습니다. 토크는 평소와 달리 착 가라앉아서 한 마디도 하지 않았습니다. 그러는 동안 우리는 불빛이 비치는 조그만 창 밑을 지나게 되었습니다. 그 창 너머에는 부부인 듯한 암수 갓파 두 마리가 세 마리의 어린 갓파들과 함께 만찬 테이블에 앉아 있었습니다. 그러자 토크는 한숨을 내쉬며 갑자기 내게 이렇게 말을 걸었습니다.

"나는 초인적 연애가라고 생각하고 있지만 말일세, 저런 가정의 모습을 보면, 역시 부럽다는 생각이 든다네."

"하지만 그건 어떻게 생각해도 모순 아닌가?"

그러나 토크는 밝은 달빛 아래 말없이 팔짱을 끼고는 그 작은 창 너머, 평화로운 다섯 마리 갓파들의 만찬 테이블을 지켜보고 있었습니다. 그리고는 한참 있다가 이렇게 대답했습니다.

"저기 있는 달걀부침은 누가 뭐래도, 연애 따위보다는 위생적이거든."

6

사실 갓파의 연애는 우리 인간의 연애와는 취향이 전혀 달랐습니다. 암컷 갓파는 이거다 싶은 수컷 갓파를 발견했다 하면 수컷 갓파를 붙잡기 위해 어떤 수단이라도 씁니다. 가장 솔직한 암컷 갓파라면 앞뒤 가릴 것 없이 수컷 갓파를 쫓아가는 것이지요. 실제로 나는 미친 듯이 수컷 갓파를 뒤쫓고 있는 암컷 갓파를 본 적이 있습니다. 아니, 그뿐이 아닙니다. 젊은 암컷 갓파는 물론, 그 갓파의 양친이나 형제까지 함께 나서서 쫓아갑니다. 수컷 갓파야말로 비참합니다. 죽을 둥 살 둥 도망쳐서 운 좋게 잡히지 않는다 해도 두세 달은 드러누워 있어야 하니까요. 나는 언젠가 집에서 토크의 시집을 읽고 있었습니다. 그런데 그곳으로 뛰어 들어온 것이 바로 저 래프라는 학생이었죠. 래프는 내 집으로 구르듯이 뛰어들더니 바닥에 나동그라져서는 금방 숨이 넘어갈 듯이 말하는 것이었습니다.

"큰일이야! 결국 나한테 달라붙고 말았어!"

나는 순간적으로 시집을 내던지고 문의 자물쇠를 잠갔습니다. 하지만 열쇠구멍으로 내다보니 유황 가루를 얼굴에 칠한, 키 작은 갓파 한 마리가 아직도 문 근처를 어슬렁거리고 있는 거예요. 래프는 그날부터 몇 주간 동안 내 침대에 누워 지냈습니다. 뿐만 아니라 어느새 래프의 주둥이가 완전히 썩어 문드러져 버렸더군요.

물론 때로는 암컷 갓파를 열심히 쫓아다니는 수컷 갓파가 없는 건 아닙니다. 하지만 그 역시 실은 쫓아다니지 않을 수 없도록 암컷 갓파가 만들어 놓는 것이지요. 나는 미친 듯이 암컷 갓파를 쫓아가고 있는 수컷 갓파도 보았습니다. 암컷 갓파는 도망을 치는 와중에도 때때로 일부러 멈춰 서 보이기도 하고, 네 발로 기어 보이기도 하는 것이었습니다. 게다가 이때다 싶으면, 엄청나게 실망한 체하면서, 아무렇지 않게 잡혀 줘 버리기도 했습니다. 내가 보았던 수컷 갓파는 암컷 갓파를 끌어안자마자 한동안 그 자리에서 뒹굴고 있었습니다. 하지만 마침내 일어서는 것을 보니 실망이라고 할까, 후회라고 할까, 어쨌든 무어라 형용하기 어려운 불쌍한 얼굴을 하고 있더군요. 하지만 그건 그나마 다행이죠. 이 역시 제가 본 것인데 조그만 수컷 갓파가 한 마리, 암컷 갓파를 쫓아다니고 있었습니다. 암컷 갓파는 아니나 다를까, 유혹하는 듯한 둔주(遁走)를 하고 있는 것입니다. 그러자 건너편 길에서 커다란 수컷 갓파 한 마리가, 콧김을 내뿜으며 걸어왔습니다. 암컷 갓파는 어쩌다가 슬쩍 이 수컷 갓파를 보더니 "큰일 났어요! 살려 주세요! 저 갓파가 저를 죽이려고 해요!" 하고 째지는 소리를 질렀습니다. 물론 커다란 수컷 갓파는 단박에 조그만 갓파를 붙잡아서는 길 한가운데 때려눕혔습니다. 조그만 갓파는 물갈퀴가 달린 손을 두세 번 허공에 내젓더니 결국 죽어 버렸습니다. 하지만 그때는 이미 암컷 갓파가 히죽히죽 웃어 가며 커다란 갓파의 목덜미에 떡하니 매달려 있더군요.

내가 알고 지내던 수컷 갓파는 모두들 약속이라도 한 듯이 암컷 갓파에게 쫓기고 있었습니다. 물론 처자가 있는 배그 역시도 쫓겨 다니고 있었지요. 뿐만 아니라 두세 번은 잡히기도 했습니다. 다만 매그라는 철학자만은(이 갓파는 토크라는 시인의 이웃에 사는 갓파입니다.) 한 번도 잡힌 적이 없었습니다. 이것은 무엇보다, 매그만큼 못생긴 갓파도 드물기 때문이겠지요. 하지만 또 한 가지 매그만은 별로 거리에 나오지 않고 집에만 있기 때문이기도 했습니다. 나는 가끔 매그네 집에도 이야기를 하러 갔습니다. 매그는 언제나 어두컴컴한 방에 일곱 가지 색깔의 색유리 등을 켜 놓고, 높다란 책상을 향해 앉아 두꺼운 책만 읽고 있었습니다. 나는 언젠가 이런 매그와 함께 갓파의 연애에 관해 논했습니다.

"어째서 정부에서는 암컷 갓파가 수컷 갓파를 쫓아다니는 것을 좀 더 엄중히 막지 않는 걸까요?"

"그건 우선 관리 중에 암컷 갓파가 적기 때문이지요. 암컷 갓파는 수컷 갓파보다 훨씬 질투심이 강한 법이거든요. 암컷 갓파 관리만 늘어나도, 분명 지금보다는 수컷 갓파들이 쫓기지 않고 살 수 있을 거예요. 하지만 그 효력도 별건 없겠네요. 왜냐고요? 관리들끼리도 암컷 갓파가 수컷 갓파를 쫓아다닐 테니까요."

"자, 그렇다면 당신처럼 사는 것이 가장 행복하겠네요."

그러자 매그는 의자에서 일어나 내 손을 부여잡더니, 한숨을 내쉬며 이렇게 말했습니다.

"당신은 우리 갓파가 아니니 이해 못 하는 것이 당연하지요. 하지만 저도 실은 그 끔찍한 암컷 갓파에게 쫓겨 다녀 보고 싶다는 생각이 든답니다."

7

나는 또 시인 토크와 음악회에도 자주 갔습니다. 그런데 지금도 잊을 수 없는 것은 세 번째로 갔던 음악회입니다. 우선 음악회장의 모습 같은 것은 일본과 그다지 다르지 않았습니다. 역시 계단식으로 올라가 있는 좌석에 암수 갓파가 한 삼사백 마리, 저마다 프로그램을 손에 들고 열심히 귀를 기울이고 있는 것이지요. 나는 이 세 번째 음악회 때 토크와 그의 암컷 갓파 외에도 철학자인 매그와 함께 가장 앞자리에 앉아 있었습니다. 그러자 첼로 독주가 끝난 후, 묘하게 눈이 가느다란 갓파가 한 마리, 아무렇게나 악보를 감싸 안은 채, 단상 위로 올라갔습니다. 이 갓파는 프로그램에 적힌 대로, 유명한 크라바크라는 작곡가였습니다. 프로그램에 적힌 대로, 아니, 프로그램을 볼 것도 없었습니다. 크라바크는 토크가 속해 있는 초인 클럽의 회원이니까 나 또한 얼굴은 알고 있었습니다. 'Lied : Craback[95](이 나라의 프로그램도 대개는 독일어를 늘어놓습니다.)'

크라바크는 커다란 박수 소리 속에서 잠깐 우리에게 목례를 하고 난 후, 조용히 피아노로 걸어갔습니다. 그리고 꾸밈없는 태도로 자작곡을 치기 시작했지요. 크라바크는 토크의 말에 따르면, 이 나라가 낳은 음악가 중, 전무후무한 천재라더군요. 나는 크라바크의 음악은 물론, 그가 여가를 이용해 짓는 서정시에도 흥미를 느끼고 있었기 때문에 커다란 그랜드피아노 소리에 열심히 귀를 기울이고 있었습니다. 토크나 매그는 어쩌면 나보다 더욱 황홀해했는지도 모르지요. 그런데 저 아름다운(적어도 갓파들의 이야기로는) 암컷 갓파만은 프로그램을 꽉 움켜쥔 채 때때로 너무나 짜증스럽다는 듯이 기다란 혀

---

95) '음악 : 크라바크'라는 의미의 독일어.

를 날름날름 하고 있었습니다. 이것은 매그의 이야기로는, 한 십여 년 전에 크라바크를 붙잡으려다 놓쳐 버린 까닭에 아직도 이 음악가를 눈엣가시로 여기고 있어서라는 것입니다.

크라바크는 온몸에 정열을 담아 전투라도 하듯이 피아노를 쳐 댔습니다. 그런데 갑자기 회장 안에 천둥처럼 울려 퍼진 것은 "연주 금지."라는 목소리였습니다. 나는 이 소리에 깜짝 놀라 엉겁결에 뒤를 돌아보았습니다. 목소리의 주인은 분명히, 가장 뒷자리에 있는 키가 훌쩍 큰 경찰관이었습니다. 경찰관은 내가 돌아보니, 여유 있게 앉은 채, 다시 한 번 전보다 더 큰 소리로 "연주 금지!" 하고 외쳤습니다.

그 뒤는 대혼란이었습니다. "경찰의 횡포다!" "크라바크, 그냥 쳐! 치라고!" "멍청이!" "제기랄!" "물러가!" "지지 마!" 이런 목소리들이 쏟아지는 와중에 의자는 넘어지고 프로그램은 날아다니고, 거기다가 누가 던지는 것인지, 빈 사이다 병이니 돌멩이니, 먹다 만 오이까지 쏟아져 내리는 것입니다. 나는 얼이 빠져 토크에게 그 이유를 물어보려 했습니다. 그러나 토크 역시 흥분했는지 의자 위에 올라서서는 "크라바크, 쳐라! 쳐!" 하고 고함을 지르고 있었습니다. 더욱이 토크의 암컷 갓파 역시 어느 틈에 적의를 잊어버렸는지 "경찰의 횡포다." 하고 소리를 치는 것이 토크와 전혀 다르지 않았습니다. 나는 할 수 없이 매그를 향해 "어떻게 된 겁니까?" 하고 물었습니다.

"이거요? 이런 건 이 나라에서 흔히 있는 일이죠. 원래 그림이니 문예니 하는 것은……."

매그는 뭔가가 날아올 때마다 고개를 움츠려 가며 흔들림없이 조용히 설명을 했습니다.

"원래 그림이니 문예니 하는 것은 누구의 눈에나 무엇을 표현하고 있는지가 일단은 다 이해되는 것이니, 이 나라에서는 결코 발매 금지라든가 전람 금지가 일어나지 않습니다. 그 대신 있는 것이 연주 금지랍니다. 무엇보다 음악이라는 것만은 아무리 풍속을 교란하는 곡이라도 귀 없는 갓파는 이해하지 못하니까요."

"하지만 그 경찰관은 귀가 있는 건가요?"

"글쎄, 그건 의문이지요. 아마 좀 전의 선율을 듣다 보니 아내와 함께 자고 있을 때의 심장 고동 소리라도 떠올랐나 봅니다."

이렇게 이야기를 하고 있는 동안에도 소란은 점점 더 심해져 갈 뿐이었습니다. 크라바크는 피아노를 향한 채, 오만하게 우리를 돌아보고 있었습니다. 그러나 아무리 오만해 봤자, 온갖 물건들이 날아오니 피하지 않을 수는 없었습니다. 따라서 한 이삼 초에 한 번씩은 기껏 꾸민 태도도 바뀔 수밖에요. 그래도 어쨌든 대개는 대음악가의 위엄을 유지하면서 가느다란 눈을 무섭게 빛내고 있었습니다. 나는…… 나 역시 물론 위험을 피하기 위해 토크를 방패삼고 있었습니다. 그래도, 역시 호기심을 못 이겨 열심히 매그와 이야기를 이어 갔습니다.

"그런 검열은 폭력 아닌가요?"

"전혀, 어느 나라의 검열보다 오히려 진보한 것이라 할 정도죠. 예컨대 ○○를 보십시오. 실제로 바로 한 달쯤 전에도……."

마침 이렇게 말한 순간이었습니다. 매그는 하필이면 머리 꼭대기에 빈병이 떨어지는 바람에 "Quack.(이건 그냥 감탄사입니다.)" 하는 외마디를 내지르고는 결국 기절하고 말았습니다.

8

나는 유리회사 사장인 게르에게 이상하게도 호감이 갔습니다. 게르는 자본가 중의 자본가였지요. 아마 이 나라의 갓파들 중에 게르만큼 배가 커다란 갓파는 한 마리도 없었을 것이 분명합니다. 하지만 여주(荔枝)를 닮은 아내와 오이 같은 자식들을 좌우에 거느리고 안락의자에 앉아 있는 모습은 거의 행복 그 자체였습니다. 나는 가끔 재판관인 페프나 의사인 차크와 함께 게르 가의 만찬에 갔습니다. 또한 게르의 소개장을 들고 게르나 그의 친구들과 다소 관계가 있는 공장을 여럿 보러 다니기도 했습니다. 그 여러 공장 가운데 특히 내가 흥미를 느낀 것은 서적 제조 공장이었습니다. 나는 젊은 갓파 기사와 함께 이 공장 안으로 들어가 수력 전기를 동력으로 하는 커다란 기계를 바라보면서, 새삼스럽게 갓파 나라 기계 공업의 진보에 경탄했습니다. 그곳에서는 일 년에 무려 700만 부의 책을 만들어 낸다고 했습니다. 하지만 날 놀라게 한 것은 책의 부수가 아니었습니다. 그 정도의 책을 제조하는 데 전혀 힘들 것이 없다는 점이었습니다. 이 나라에서는 책을 만들기 위해서 그저 기계의 깔때기 모양 입구에 종이와 잉크, 그리고 회색 분말을 넣기만 하면 되었으니까요. 그 원료들은 기계 속에 들어가면 채 오 분도 지나기 전에 국판, 46판, 반국판 등 무수한 책이 되어 나오는 것이었습니다. 나는 폭포처럼 쏟아져 내리는 갖가지 책을 바라보면서 몸을 뒤로 젖히고 으스대며 서 있던 갓파 기사에게 그 회색 분말이 무엇인지를 물었습니다. 그러자 기사는 검은 광택으로 빛나고 있는 기계 앞에 멈춰 선 채, 별것 아니라는 듯이 이렇게 대답하는 것이었습니다.

"아, 이거요? 이건 당나귀 뇌수입니다. 그걸 일단 건조시켰다가, 대충 분말로 갈아 놓은 것뿐이죠. 가격은 1톤에 2~3전 할까요?"

물론 이러한 공업적인 기적은 비단 서적 제조 회사에서만 일어날 리가 없지요. 회화 제조 회사에서도 음악 제조 회사에서도 같은 일이 일어나고 있었습니다. 실제로 이 역시 게르의 이야기에 의하면, 이 나라에서는 평균 한 달에 칠팔백 종의 기계가 새로 나와, 뭐든지 손을 거치지 않고 대량 생산이 되고 있다고 합니다. 따라서 해고당하는 직공 역시 사오만 마리 이상이라는군요. 그런 형편인데 이 나라에서는 매일 아침 신문을 보면서, 아직 단 한 번도 파업이라는 글자를 본 적이 없었습니다. 나는 이게 묘하다고 생각되어 언젠가 역시 페프하고 차크와 함께 게르 가의 만찬에 초대받은 기회에 그 이유가 무엇인지를 물어 보았습니다.

"그건 모조리 먹어 치워 버리기 때문이죠."

식후의 여송연을 입에 문 채, 게르는 너무나 태연하게 말했습니다. 하지만 '먹어 치운다.'라는 것이 무슨 소린지 알 수가 없었습니다. 그러자 코안경을 걸친 차크는 내 마음을 알아챘는지 옆에서 끼어들어 설명을 해 주었습니다.

"그런 직공을 모조리 죽여서, 그 고기를 식료로 사용하는 거예요. 여기 이 신문을 보십시오. 이번 달에는 6만 4769마리의 직공이 해고를 당했으니까, 그 만큼 고기 값도 내린 거죠."

"직공은 아무 소리 없이 살해당하는 건가요?"

"그야 소란을 피워 봤자 소용이 없는 거죠. 직공 도살법이 있으니까요."

이것은 소귀나무 화분을 등 뒤에 두고 씁쓸한 얼굴을 하고 있던 페프의 말이었습니다. 나는 물론 불쾌감을 느꼈습니다. 하지만 주인공인 게르는 물론, 페프나 차크 역시 그것이 당연하다고 생각하는 모양이었습니다. 사실 차크는 웃어 가면서 조롱이라도 하듯 나에게 말을 걸었습니다.

"말하자면 굶어 죽거나 자살하는 수고를 국가적으로 덜어 주는 거죠. 잠깐 유독 가스를 맡게 하는 것뿐이니까 별로 고통스럽지도 않아요."

"그래도 그 고기를 먹는다는 건……."

"농담하지 마세요. 매그에게 그런 소릴 했다가는 엄청 웃어대겠군요. 당신네 나라에서도 제4계급의 아가씨들은 매춘부가 되어 있지 않은가요? 직공의 살을 먹는 정도 가지고 분개하는 건 감상주의죠."

이런 문답을 듣고 있던 게르는 옆에 있던 테이블 위의 샌드위치 접시를 권하며 아무렇지 않게 내게 말했습니다.

"어떠세요? 하나 드시죠. 이것도 직공의 살인데요."

나는 물론 기가 막혔습니다. 아니 그뿐이 아닙니다. 페프와 차크의 웃음소리를 등 뒤로 하며 게르 가의 응접실을 뛰쳐나왔습니다. 마침 밤거리의 하늘에 별빛도 없는 황량한 밤이었습니다. 나는 그 어둠 속을 지나 나의 거처로 돌아오면서 끊임없이 토악질을 해 댔습니다. 밤눈에 보기에도 희뿌옇게 흘러내리는 토악질을.

9

하지만 유리 회사 사장 게르는 친화력이 있는 갓파였음이 분명합니다. 나는 자주 게르와 함께 게르가 속해 있는 클럽에 가서 유쾌한 밤들을 보냈습니다. 그건 무엇보다 그 클럽이 토크가 속해 있는 초인 클럽보다 훨씬 마음이 편했기 때문입니다. 더욱이 게르의 이야기는, 철학자인 매그의 이야기처럼 깊이가 있지는 않았지만 내게는 완전히 새로운, 넓은 세계를 엿보게 해 주었습니다. 게르는 언제나 순금 스푼으로 커피 잔을 저어 가며 쾌활하게 여러 가지 이야기를 했지요.

언젠가 안개가 자욱하던 밤, 나는 겨울 장미를 가득 꽂은 꽃병을 사이에 두고 게르의 이야기를 듣고 있었습니다. 분명 방 전체는 물론이고 의자라든가 테이블까지 흰 바탕에 가느다란 금색 테를 두른 제체시온 식[96] 방이었다고 기억하고 있습니다. 게르는 평소보다 더욱 득의양양하게 얼굴 전체에 미소를

---

96) Sezession. 19세기 말 과거 양식 답습에 반대하여 독일과 오스트리아를 중심으로 일어난 신예술 운동.

띠고 마침 그 무렵 천하를 손에 쥐고 있던 'Quorax 당' 내각 이야기 같은 걸 했습니다. '쿠오락스'라는 낱말은 그저 의미 없는 감탄사니까 '어이쿠' 정도로 번역하는 수밖에 없겠군요. 어쨌든 무엇보다 먼저 '갓파 전체의 이익'이라는 것을 표방하는 정당이었습니다.

"쿠오락스 당을 지배하고 있는 자는 유명한 정치가 로페입니다. "정직은 최고의 외교이다."라는 것은 비스마르크가 한 말이지요. 하지만 로페는 정직을 내정에도 적용하고 있는 거예요……."

"하지만 로페의 연설은……."

"자, 내 말을 좀 들어 보세요. 그 연설은 물론 모조리 거짓말이죠. 하지만 거짓말이라는 것을 누구나 알고 있으니 그건 정직과 다를 게 없는 거예요. 그것을 한마디로 거짓이라고 일축하는 건 여러분만의 편견이랍니다. 우리 갓파는 당신네처럼…… 아무튼 그런 건 아무래도 좋습니다. 내가 말하고 싶은 것은 로페에 관해섭니다. 로페는 쿠오락스 당을 지배하고 있고, 또한 그 로페를 지배하는 자는 《Pou-Fou 신문》의(이 '푸우 후우'라는 말 역시 뜻 없는 감탄사입니다. 굳이 번역하자면 '아하' 정도가 되겠지요.) 사장인 쿠이쿠이입니다. 하지만 쿠이쿠이 역시 그 자신의 주인이라고는 할 수 없습니다. 쿠이쿠이를 지배하는 것은 바로 당신 앞에 있는 게르거든요."

"하지만 이건 실례일지 모르지만, 《푸우 후우 신문》은 노동자 편을 드는 신문이잖아요. 그 사장인 쿠이쿠이조차 당신의 지배를 받고 있다는 것은……."

《푸우 후우 신문》의 기자들이야 물론 노동자 편이죠. 하지만 기자들을 지배하는 것은 쿠이쿠이 말고는 없습니다. 그런데 쿠이쿠이는 이 게르의 후원을 받아야만 하거든요."

게르는 여전히 미소를 지은 채, 순금 스푼을 휘젓고 있었습니다. 나도 이런 게르를 보고 있자니까, 게르 본인을 미워하기보다는 《푸우 후우 신문》의 기자들에게 동정심이 일어나는 것을 느꼈습니다. 그러자 게르는 나의 침묵에서 단박에 이 동정심을 알아챈 것인지, 커다란 배를 내밀며 이렇게 말하는 것이었습니다.

"아니, 《푸우 후우 신문》 기자라고 해서 전부 노동자 편도 아닙니다. 적어도 우리 갓파라는 것은 누구의 편을 들기에 앞서 우리 자신의 편이니까요……. 하지만 더욱 성가신 것은 이 게르 자신조차 역시 타인의 지배를 받고 있다는 것이죠. 당신은 그게 누구일 것 같습니까? 그건 내 아내랍니다. 아름다운 게르 부인이지요."

게르는 큰 소리로 웃었습니다.

"그렇다면 오히려 행복한 거죠."

"어쨌든 나는 만족하고 있습니다. 하지만 이런 소리도 당신 앞이니까, 갓파가 아닌 당신 앞에서만 터놓고 할 수 있는 겁니다."

"그렇다면 결국 쿠오락스 내각은 게르 부인이 지배하고 있다는 것이군요."

"글쎄, 그렇게도 말할 수 있으려나요……. 그러나 칠 년 전의 전쟁 같은 것은 분명히 어떤 암컷 갓파 때문에 시작된 게 틀림없어요."

"전쟁? 이 나라에도 전쟁이 있었나요?"

"있고말고요. 장래에도 있을지 모르죠. 무엇보다 이웃 나라가 있는 한……."

나는 사실 이때 비로소 갓파 나라 역시 국가적으로 고립되어 있는 것이 아니라는 사실을 알았습니다. 게르의 설명에 의하면, 갓파는 언제나 수달을 가상의 적으로 삼고 있다고 했습니다. 더구나 수달은 갓파에 지지 않을 군비를 갖추고 있다는 것입니다. 나는 수달을 상대로 갓파들이 치렀던 전쟁 이야기에 꽤나 흥미를 느꼈습니다.(무엇보다 갓파의 강적이 수달이라는 것은 『수호고략』의 저자는 물론, 『산도민담집(山島民譚集)』을 쓴 야나기다 구니오[97] 씨조차 모르고 있을 새로운 사실이니까요.)

"그 전쟁이 일어나기 전에는 물론 양국 모두 조심하면서 상대방을 지켜보고 있었습니다. 왜냐하면 양쪽 모두가 상대방을 두려워하고 있었기 때문이지요. 그런데 이 나라에 있던 수달 한 마리가 어떤 갓파 부부를 방문했습니다. 그런데 그 암컷 갓파는 남편을 죽일 작정이었거든요. 무엇보다도 남편이란 작자가 한량이었으니까요. 더구나 생명 보험에 들어 있었다는 것도 좀 유혹적이었을지 모르고요."

"당신은 그 부부를 알고 있나요?"

"예…… 아니, 수컷 갓파만을 알고 있습니다. 내 아내 같은 경우 이 갓파를 악당처럼 말하지만, 내가 보기에는 악당이라

---

97) 柳田國男(1875~1962). 일본의 민속학자.

기보다는 오히려 암컷 갓파에게 붙잡힐까 두려워하는 피해망
상이 심한 미치광이예요……. 그런데 이 암컷 갓파가 남편의
코코아 잔에 청산가리를 넣었답니다. 그걸 또 어디서 실수한
건지, 손님인 수달이 마셔 버렸던 거죠. 수달은 물론 죽어 버
렸고요. 그래서…….”

“그래서 전쟁이 난 건가요?”

“예, 공교롭게도 그 수달은 훈장을 가지고 있었기 때문에…….”

“전쟁은 어느 편이 이겼습니까?”

“물론 이 나라의 승리로 끝났지요. 36만 9500마리의 갓파
들이 이를 위해 갸륵하게도 전사했습니다. 하지만 적국에 비
하면, 그 정도 손해는 아무것도 아니지요. 이 나라에 있는 모
피란 모피는 거의 다 수달피랍니다. 나도 그 전쟁 때에는 유리
를 제조하는 것 말고도 석탄재를 전쟁터에 보냈습니다.”

“석탄재는 뭐하려요?”

“물론 식량으로 쓰는 거죠. 우리는, 갓파는 배가 고프면, 아
무 거나 먹게 되어 있거든요.”

“그것은…… 제발 화내지 마세요. 그런 건 전장에 있는 갓
파들에게는…… 우리나라에서는 추문인데요.”

“이 나라에서도 추문인 건 마찬가지죠. 하지만 나 자신이
이렇게 말하면 아무도 추문이라 하지 않는 법이에요. 철학자
매그도 말하잖아요? ‘그대의 악함은 그대 스스로 말하라. 악
은 스스로 소멸시켜야 하나니.’ ……게다가 나는 이익 말고도
애국심에 불타고 있었으니까요.”

마침 그때 들어온 것은 이 클럽 급사였습니다. 급사는 게르

에게 절을 하더니 낭독이라도 하듯이 이렇게 말했습니다.

"댁의 이웃에서 화재가 났습니다."

"화, 화재!"

게르는 놀라서 일어섰습니다. 나도 물론 일어섰습니다. 하지만 급사는 침착하게 다음과 같은 말을 덧붙였습니다.

"하지만 이미 불을 껐습니다."

게르는 급사를 보내며 우는지 웃는지 모를 표정을 지었습니다. 나는 이런 얼굴을 보며 어느새 이 유리 회사 사장을 증오하고 있었다는 것을 깨달았습니다. 하지만 게르는 이제 대자본가도 무엇도 아닌, 그저 한 마리 갓파가 되어 서 있는 겁니다. 나는 화병 속의 겨울 장미꽃을 뽑아 게르에게 건네주었습니다.

"아무리 불을 껐다고 하더라도 사모님께서 얼마나 놀라셨겠습니까? 자, 이것을 가지고 돌아가세요."

"고맙소."

게르는 내 손을 잡았습니다. 그리고는 얼른 빙긋 웃더니, 조그만 소리로 내게 이렇게 말했습니다.

"옆집은 우리 소유니까요. 화재 보험금만은 받을 수가 있지요."

나는 이때 게르가 지었던 미소, 경멸할 수도, 증오할 수도 없는 게르의 미소를 아직도 또렷이 기억하고 있습니다.

10

"무슨 일인가? 오늘은 또 묘하게 가라앉아 있지 않나?"

그 화제가 있고 이튿날입니다. 나는 여송연을 물며, 내 집 응접실 의자에 앉아 있는 학생 래프에게 이렇게 말했습니다. 래프는 정말 오른쪽 다리 위에 왼발을 올려놓은 채, 썩은 주둥이도 보이지 않을 만큼, 멍하니 바닥만 내려다보고 있었습니다.

"래프, 무슨 일이냐니까."

"아니, 별거 아닙니다."

래프는 가까스로 고개를 들더니 서글픈 콧소리를 냈습니다.

"제가 오늘 창밖을 내다보면서 '어라, 벌레잡이제비꽃이 피었네.' 하고 아무 생각 없이 중얼거렸어요. 그랬더니 갑자기 누이동생 안색이 변하면서 '어차피 나는 벌레잡이제비꽃이야.' 하면서 난리를 치지 않겠습니까? 덤으로 우리 엄마는 동생을 엄청나게 편애하니까 역시 저에게 달려들더군요."

"벌레잡이제비꽃이 피었다는 것이 어째서 누이동생에게 불쾌한 걸까?"

"글쎄요, 아마 수컷 갓파를 잡는다, 같은 뜻으로라도 받아들인 것이겠죠. 거기에 엄마와 사이 나쁜 고모까지 싸움에 끼어들었으니 엄청난 소동이 벌어져 버렸어요. 설상가상으로 일 년 내내 취해 있는 아버지는 다투는 소리를 듣더니 이거저거 할 것 없이 무턱대고 두들겨 패기 시작했어요. 그것만으로도 수습이 안 되는 판에 남동생 녀석은 그새 엄마 지갑을 훔쳐서는 키네마[98]인지 뭔지를 보러 가 버렸습니다. 저는…… 정말이지 저는 이제……."

래프는 두 손에 얼굴을 묻고 아무 말도 하지 않은 채 울어 버렸습니다. 내가 동정한 것은 말할 것도 없습니다. 동시에 가족 제도에 대한 시인 토크의 경멸도 물론 떠올랐습니다. 나는 래프의 어깨를 두드리며 열심히 위로했습니다.

"그런 일은 어느 집에나 있는 일이라네. 자, 용기를 내게나."

"하지만…… 주둥이만 썩지 않았더라도……."

"그건 포기하는 수밖에 없지. 자, 토크네 집에라도 가세나."

"토크 씨는 저를 경멸하고 있어요. 저는 토크 씨처럼 대담하게 가족을 버릴 수는 없으니까요."

"그럼 크라바크의 집으로 가세."

나는 지난번 음악회 이래, 크라바크와도 친구가 되어 있었기에 어쨌든 이 대음악가의 집으로 래프를 데려가기로 했습니다. 크라바크는 토크에 비해 훨씬 호화롭게 살았습니다. 물론 자본가인 게르처럼 살고 있다는 뜻은 아닙니다. 다만 여러 가지 골동품, 타나그라 인형[99]이니 페르시아의 도기를 방 한가득 늘어놓고, 그 가운데 터키풍 긴 의자를 두고는, 크라바크 자신의 초상화 아래서 언제나 아이들과 놀고 있는 것입니다. 하지만 오늘은 어쩐 일로 가슴께에 팔짱을 낀 채, 우울한 얼굴로 앉아 있었습니다. 뿐만 아니라 그 발치에는 종잇조각들이

---

98) 키네마토그래프의 약어. 영화를 뜻함.
99) 타나그라는 고대 그리스의 도시로, 스파르타 군이 아테네 군을 대파한 전장. 타나그라 인형은 1870년 타나그라 고분에서 출토된 작은 테라코타 토기상.

온통 널려 있었습니다. 래프도 시인 토크와 함께 자주 크라바크를 만났을 것입니다. 하지만 이 광경에 주눅이 들었는지 오늘은 정중하게 절을 하고는 말없이 방 한쪽 구석으로 가 앉았습니다.

"무슨 일인가? 크라바크."

나는 제대로 인사도 하지 않고 대음악가에게 이렇게 물었습니다.

"무슨 일이냐고? 얼간이 비평가 놈. 내 서정시가 토크의 서정시에 견줄 바가 못 된다고 주둥이를 놀렸다네."

"그야 자네는 음악가이고……."

"그것뿐이라면 참을 수도 있지. 나는 로크에 비하면 음악가라고도 할 수 없다지 않는가?"

로크라고 하는 것은 크라바크와 자주 비교되곤 하는 음악가였습니다. 그러나 아쉽게도 초인 클럽의 회원이 아닌 관계로 저는 한 번도 말을 나눠 본 적이 없었습니다. 그래도 주둥이가 휘어져 올라간, 한 성질 할 듯한 얼굴만은 자주 사진으로 보고 있었답니다.

"로크도 천재임엔 틀림없지. 하지만 로크의 음악에는 자네 음악에 넘치는 근대적 정열이 없어."

"자넨 정말 그렇게 생각하나?"

"암, 그렇고말고."

그러자 크라바크는 벌떡 일어서더니, 대뜸 타나그라의 인형을 움켜쥐고 느닷없이 바닥에 내리쳤습니다. 래프는 꽤나 놀랐는지 뭐라 고함을 치며 도망치려 했습니다. 하지만 크라바크는 래프와 저에게 잠깐 '놀라지 마.'라는 손짓을 하더니, 이번에는 차갑게 말했습니다.

"그건 자네 역시 속물들처럼 귀가 없어서야. 나는 로크를 두려워하고 있다네……."

"자네가? 겸손한 척하는 건 그만두게나."

"누가 겸손한 척한다는 건가? 무엇보다 자네 앞에서 겸손한 체를 하느니 비평가들 앞에서 그러지. 나 크라바크는 천재야. 그 점에서는 로크가 두렵지 않아."

"그럼 무얼 두려워하는 건가?"

"뭔가 정체를 알 수 없는 것, 말하자면 로크를 지배하고 있는 별을."

"뭐라는지 나는 모르겠구먼."

"그럼 이렇게 말하면 이해하겠지. 로크는 내 영향을 받지 않아. 그런데 나는 어느새 로크의 영향을 받아 버린다는 것이지."

"그야 자네의 감수성이……."

"아니, 들어 보게나. 감수성 문제가 아니야. 로크는 언제나 편안하게 그놈만이 할 수 있는 작업을 하고 있다네. 하지만 나는 안절부절못하는 거야. 그건 로크의 눈으로 보자면, 어쩌면 한 걸음 차이일지도 모르지. 하지만 내겐 15킬로미터쯤은 떨어져 있는 거고."

"그래도 선생님의 영웅곡은……."

크라바크는 가느다란 눈을 한층 더 가늘게 뜨고 지긋지긋하다는 듯이 래프를 노려보았다.

"조용히 하게나. 자네 따위가 뭘 알아? 나는 로크를 알고 있어. 로크에게 굽실굽실하는 개들보다 로크를 더 잘 알고 있다고."

"좀 진정하게나."

"만일 진정할 수만 있다면⋯⋯ 나는 늘 이렇게 생각하네. 우리가 알지 못하는 무언가가 나 크라바크를 조롱하기 위해 로크를 내 앞에 세워 둔 것이다. 철학자 매그는 이런 것들을 모조리 알고 있다네. 자나 깨나 그 색유리 등 아래서 낡아 빠진 책이나 읽고 있는 주제에."

"어떻게?"

"최근에 매그가 쓴『바보의 말』이라는 책을 보게나."

크라바크는 저에게 책 한 권을 건네주었⋯⋯다기보다는 집어 던졌습니다. 그러더니 다시 팔짱을 끼고는, 퉁명스레 이렇게 내뱉는 것이었습니다.

"자, 오늘은 이만 실례하지."

나는 완전히 풀이 죽은 래프와 함께 다시 길로 나섰습니다. 사람들이 많은 길에는 여전히 너도밤나무 가로수 그늘에 갖가지 가게들이 늘어서 있었습니다. 우리는 말없이 묵묵히 걸었습니다. 그런데 바로 그때 마주친 것이 머리를 길게 기른 시인 토크였습니다. 토크는 우리 얼굴을 보더니, 배 주머니에서 손수건을 꺼내 몇 번이나 이마를 닦았습니다.

"이봐, 얼마만인가? 나는 오늘 오랜만에 크라바크에게 가 볼까 싶은데⋯⋯."

나는 이 예술가들을 싸우게 해선 안 된다 싶어 크라바크가 지금 얼마나 심란한지를 에둘러 토크에게 말했습니다.

"그렇군. 자 그럼 그만두지. 무엇보다 크라바크는 신경 쇠약이니까…… 나도 요 두세 주는 잠을 못 자서 힘들었다네."

"어떤가? 우리와 함께 산책이나 하세나."

"아니, 오늘은 그냥 관두려네. 이런!"

토크는 이렇게 소리를 치면서, 내 팔을 꽉 잡았습니다. 더구나 어느 틈에 온몸이 식은땀으로 덮여 있었습니다.

"무슨 일인가?"

"무슨 일이세요?"

"저기, 저 자동차 창문에서 초록색 원숭이 한 마리가 고개를 내민 것 같은데."

나는 좀 걱정이 되어 일단 의사인 차크에게 진찰을 받아 보라고 권했습니다. 하지만 토크는 아무리 말해도 들은 척도 하지 않더군요. 나아가 뭔가 의심스럽다는 듯이 우리의 얼굴을 번갈아 보더니 이런 소리까지 하는 것이었습니다.

"나는 절대 무정부주의자가 아닐세. 그것만은 부디 잊지 말기 바라네. 그럼 안녕. 차크 따위 질색이야."

우리는 멍하니 선 채 토크의 뒷모습을 바라보고 있었습니다. 우리는…… 아니, '우리'가 아니군요. 학생 래프는 어느 틈에 길 한복판에 다리를 벌리고 서서는, 끝없이 이어지는 자동차와 인파를 가랑이 사이로 보고 있는 것이었습니다. 나는 이 갓파마저 발광을 한 건가 싶어 놀라서 래프를 일으켰습니다.

"미쳤나? 이게 무슨 짓인가?"

하지만 래프는 눈을 비벼 가며 뜻밖에도 침착하게 대답을 했습니다.

"아뇨, 너무 우울해서 거꾸로 세상을 바라본 거예요. 그래 봤자 마찬가지로군요."

11

이것은 철학자 매그가 쓴『바보의 말』속의 몇 문장입니다.

　—바보는 언제나 자기 말고 다른 이가 바보라고 믿는다.

　—우리가 자연을 사랑하는 이유에는 자연이 우리를 미워하거나 질투하지 않는다는 사실도 작용한다.

　—가장 현명한 삶은 한 시대의 습관을 경멸하면서, 그렇지만 그 습관을 전혀 깨지 않고 사는 것이다.

　—우리가 가장 자랑하고 싶은 것은 우리가 갖지 못한 것들뿐이다.

　—어느 누구도 우상을 파괴하는 것에 대해 이견이 없다. 동시에 또한 어느 누구도 우상이 되는 것에 대해 이견이 없다. 하지만 우상의 자리 위에 편안히 앉아 있을 수 있는 자는 신들에게서 가장 은총 입은 자, 바보이거나 악인이거나 영웅이거나.(크라바크는 이 문장 위에 손톱자국을 남겨 두었더군요.)

　—우리의 삶에 필요한 사상은 삼천 년 전에 다 떨어졌는지도 모른다. 우리는 그저 오래된 장작에 새 불을 댕기고 있을 뿐이리라.

　—우리의 특색은 우리 자신의 의식을 초월하는 것이 보통

이다.

— 행복은 고통을 동반하고, 평화는 권태와 함께 온다면?

— 자신을 변호하는 일은 타인을 변호하는 것보다 어렵다. 의심되는 자는 변호사를 보라.

— 긍지. 애욕. 의혹. 모든 죄는 삼천 년간, 이 세 가지에서 발단했다. 동시에 아마도 모든 미덕 역시.

— 물질적 욕망을 멸하는 것이 반드시 평화를 불러오지는 않는다. 우리는 평화를 얻기 위해서 정신적 욕망도 멸해야만 한다.(크라바크는 이 문장 위에도 손톱자국을 남겨 두었습니다.)

— 우리는 인간보다 불행하다. 인간은 갓파만큼 진화하지 않았다.(저는 이 문장을 읽고 저도 모르게 웃어 버렸습니다.)

— 이루어지는 일은 할 수 있는 것이며, 할 수 있는 일은 이루어지는 것이다. 필경 우리의 삶은 이러한 순환 논법을 벗어날 수 없다. 다시 말해 시종 불합리하다.

— 보들레르는 백치가 되고 나서, 그 인생관이 오직 한 단어, 여음(女陰)이라는 단어로 표백되었다. 하지만 그에 대해 말해 주는 것은 꼭 이런 것만은 아니다. 오히려 그의 천재성, 그의 삶을 충분히 유지해 줄 만한 시적 천재성을 신뢰했기 때문에 위장(胃袋)이라는 단어 하나를 잊었던 것이다.(이 문장에도 역시 크라바크의 손톱자국은 남아 있었습니다.)

— 만일 이성에만 충실하려 한다면, 우리는 당연히 우리 자신의 존재를 부정해야만 한다. 이성을 신으로 삼은 볼테르가 행복하게 일생을 마친 것은 곧 인간이 갓파보다도 진화하지 못했다는 것을 보여 주는 것이다.

12

쩨나 추운 어느 날 오후였습니다. 나는 『바보의 말』을 읽는 것도 진력이 나서 철학자 매그를 찾아 나섰습니다. 그런데 그 고적한 마을 모퉁이에 모기처럼 여윈 갓파가 한 마리, 멍하니 벽에 기대고 있었습니다. 더구나 그것은 틀림없이, 언젠가 내 만년필을 훔쳐 갔던 갓파가 아니겠습니까? 나는 옳거니 싶어서 마침 그곳을 지나가던 풍채 좋은 경찰관을 불러 세웠습니다.

"잠깐 저 갓파를 좀 조사해 주시오. 저 갓파는 딱 한 달쯤 전에 내 만년필을 훔쳐 갔어요."

경찰관은 오른손의 막대기를 치켜들고(이 나라의 경찰은 검 대신에 주목 막대기를 들고 있거든요.) "어이, 자네." 하고 그 갓파에게 말을 걸었습니다. 나는 어쩌면 그 갓파가 도망을 칠지도 모른다고 생각했습니다만, 뜻밖에도 지극히 침착하게 경찰관 앞으로 다가가더군요. 뿐만 아니라, 팔짱을 낀 채, 더없이 오만하게 내 얼굴과 경찰관의 얼굴을 멀뚱멀뚱 바라보고 있는 것이었습니다. 그러나 경찰관은 화도 내지 않고, 배 주머니에서 수첩을 꺼내 들고는 바로 심문을 시작했습니다.

"이름은?"

"그루크."

"직업은?"

"바로 이삼일 전까지는 우편배달부였습니다."

"좋아. 그런데 이 사람의 신고에 따르면, 자네는 이 사람의 만년필을 훔쳐 갔다고 하는군."

"예, 한 달쯤 전에 훔쳤습니다."

"어째서?"

"아이 장난감으로 주려고 했습니다."

"그 아이는?"

경찰관은 처음으로 상대방 갓파에게 날카로운 눈길을 보냈습니다.

"일주일 전에 죽어 버렸습니다."

"사망 증명서를 가지고 있나?"

여윈 갓파는 배 주머니에서 종이 한 장을 끄집어냈습니다. 경찰관은 그 종이를 보더니, 갑자기 히죽히죽 웃어 가며 상대의 어깨를 두드렸습니다.

"좋아, 큰일이었겠구먼."

나는 기가 막혀서 경찰관의 얼굴만 보고 있었습니다. 더구나 그러는 동안 말라깽이 갓파는 뭐라고 중얼중얼 해 가며 우리를 남겨 두고 가 버린 것입니다. 나는 겨우 정신을 차리고 경찰관에게 이렇게 물었습니다.

"어째서 그 갓파를 잡지 않는 겁니까?"

"그 갓파는 죄가 없어요."

"하지만 내 만년필을 훔쳤는데요……."

"아이의 장난감으로 주려고 했던 거죠. 그런데 그 아이가 죽은 겁니다. 만일 뭔가 석연치 않으면 형법 1285조를 찾아보세요."

경찰관은 이렇게 말하고는, 재빨리 어디론가 가 버렸습니다. 나는 할 수 없이 "형법 1285조."를 입안에서 되뇌며, 매그의 집으로 서둘러 갔습니다. 철학자 매그는 손님을 좋아합니다. 실은 오늘도 어두컴컴한 방 안에는 페프 재판관이니 의사 차크, 유리 회사 사장인 게르 등이 모여서 칠색 유리 랜턴 아래 담배 연기를 내뿜고 있었습니다. 그곳에 재판관 페프가 와 있었던 게 내게는 때마침 다행이었습니다. 나는 의자에 앉자마자, 형법 1285조를 찾아보는 대신 바로 페프에게 물었습니다.

"페프, 대단히 실례되는 말이지만, 이 나라에서는 죄인을 벌하지 않는 겁니까?"

페프는 금박 여송연의 연기를 유유히 뿜어내고 나서 정말 재미없다는 듯이 대답했습니다.

"벌을 주죠, 물론. 사형까지 하는 판인데요."

"그런데 내가 한 달쯤 전에……."

나는 자세한 이야기를 하고 나서 예의 형법 1285조에 관해 물어보았습니다.

"흐음, 그건 이렇습니다. '어떤 범죄를 저질렀다 할지라도, 해당 범죄를 저지르게 만든 사정의 소실 이후에는 해당 범죄자를 처벌할 수 없다.' 즉 당신 같은 경우를 보자면, 그 갓파가 한때는 부모였지만, 지금은 이미 부모가 아니니까 범죄 역시 자연 소멸되는 것이지요."

"그것 참 불합리하군요."

"농담하세요? 부모'였던' 갓파와 부모'인' 갓파를 동일시하는 것이야말로 불합리하죠. 맞아 맞아, 일본의 법률에서는 동일시하도록 되어 있죠? 그건 아무래도 우리에겐 우스꽝스럽답니다. 후후후후후후후."

페프는 쿼런을 팽개치며 어색하게 엷은 웃음을 흘렸습니다. 그때 말을 꺼낸 것은 법률과는 인연이 먼 차크였습니다. 차크는 슬쩍 코안경을 고쳐 쓰더니 나에게 이렇게 물었습니다.

"일본에도 사형이 있습니까?"

"있고말고요. 일본선 교수형입니다."

저는 냉정하게 무게를 잡고 있는 페프에게 약간 반감을 느끼고 있었기 때문에 이런 기회에 비꼬아 주고 싶었습니다.

"이 나라의 사형은 일본보다 더 문명적이겠지요?"

"그야 물론 문명적이죠."

페프는 여전히 침착했습니다.

"이 나라에서는 교수형 따위는 하지 않습니다. 드물게 전기를 쓰는 일은 있습니다. 그러나 대개는 전기도 쓰지 않죠. 그저 그 범죄의 명칭을 들려줄 뿐입니다."

"그것만으로 갓파는 죽는 건가요?"

"죽고말고요. 우리 갓파의 신경 작용은 당신들보다 섬세하니까요."

"그것은 사형뿐이 아닙니다. 살인에도 그 수법을 쓰는 일이 있습니다."

사장인 게르는 색유리 빛에 얼굴이 온통 보라색으로 물든 채 친근한 웃음을 지어 보였습니다.

"나도 지난번에 어떤 사회주의자에게 '너는 도둑이야.'라는 소리를 듣고 심장마비를 일으킬 뻔했다니까요."

"그런 일은 의외로 많은 것 같아요. 내가 알고 있던 어떤 변호사 같은 경우도 역시 그렇게 죽어 버렸으니까요."

저는 이런 말을 한 갓파, 철학자 매그를 돌아보았습니다. 매그는 역시 평소처럼 짓궂은 웃음을 띤 채, 누구의 얼굴도 보지 않고 이야기했습니다.

"그 갓파는 누군가에게 개구리라는 소리를 듣고서는 말입니다, 물론 당신도 알고 있겠죠, 이 나라에서 개구리 소리를 듣는 것은 인간도 아니라는 뜻이라는 정도는. 아무튼 내가 개구린가, 아닌가? 날마다 생각하던 중에 결국은 죽어 버렸던 거죠."

"그건 말하자면 자살이네요."

"사실 그 갓파를 개구리라고 했던 놈은 죽일 작정으로 말한 거죠. 당신들 눈으로 보면, 역시 그것도 자살이라고 하는……."

마침 매그가 이렇게 말했을 때였습니다. 갑자기 그 방의 벽 너머, 분명히 시인 토크네 집에서 날카로운 피스톨 소리가 한 발, 공기를 찢듯이 울려 퍼졌습니다.

13

우리는 토크네 집으로 달려갔습니다. 토크는 오른손에 피스톨을 움켜쥐고 머리 위 접시에서 피를 흘리며, 고산 식물 화분 속에 하늘을 향해 널브러져 있었습니다. 그 옆에는 암컷 갓파 한 마리가 토크의 가슴에 얼굴을 묻고 큰 소리로 울고 있었지요. 저는 암컷 갓파를 안아 올리면서(사실 저는 미끌미끌한 갓파의 피부에 손대는 것을 별로 좋아하지 않지만) "무슨 일이죠?"

하고 물었습니다. "무슨 일인지 몰라요. 그냥 뭘 쓰고 있나 보다 했는데 느닷없이 피스톨로 머리를 쏜 거예요. 아아, 저는 어쩌면 좋을까요? qur-r-r-r-r, qur-r-r-r-r.(이건 갓파의 울음소리입니다.)"

"하여간 토크는 제멋대로였으니까요."

유리 회사 사장인 게르는 서글프다는 듯 머리를 흔들며 재판관 페프에게 이렇게 말했습니다. 하지만 페프는 아무 말도 하지 않고 금박 궐련에 불을 붙였습니다. 그리고 지금까지 무릎을 꿇고 토크의 상처를 조사하고 있던 차크는 너무나 의사다운 태도로 우리 다섯 사람에게 선언했습니다.(실은 한 사람과 네 마리였지만요.)

"이렇게 끝났습니다. 토크한테는 원래 위장병이 있었으니 그것만으로도 우울해지기 쉬웠습니다."

"뭔가 쓰고 있었다는데요."

철학자 매그는 변호라도 하듯이 이렇게 혼잣말을 흘리며 책상 위의 종이를 집어 올렸습니다. 우리는 모두 고개를 빼고 (물론 저만은 예외였죠.) 널따란 매그의 어깨 너머로 한 장의 종이를 들여다보았습니다.

이제 떠나리라. 사바세계와 동떨어진 골짜기로.

바위들 드높고 샘물은 맑아

약초 꽃이 향기로운 골짜기로.

매그는 우리를 돌아보며 쓴웃음과 함께 이렇게 말했습니다.

"이건 괴테가 쓴 「미뇽의 노래」를 표절한 거네요. 그렇다면 토크가 자살한 것은 시인으로서도 지쳤기 때문이군요."

그러는 참에 우연히 자동차를 타고 온 것은 음악가인 크라바크였습니다. 크라바크는 이런 광경을 보고는 한참 동안 입구에 서 있었습니다. 그러다가 우리들 앞으로 걸어오더니 고함이라도 치듯이 매그에게 말을 걸었습니다.

"그건 토크의 유언장인가요?"

"아뇨, 마지막으로 쓴 시입니다."

"시?"

역시 전혀 동요하지 않고 매그는 머리카락을 곤두세운 크라바크에게 토크의 시고를 건넸습니다. 크라바크는, 주변에 눈길도 주지 않고 열심히 그 시고를 읽기 시작했습니다. 더구나 매그의 말에는 거의 대답조차 하지 않는 것이었습니다.

"당신은 토크의 죽음을 어떻게 생각합니까?"

"이제 떠나리라……. 저 역시 언제 죽을지 모릅니다……. 사바세계와 동떨어진 골짜기로……."

"하지만 당신은 토크와 친한 친구였지요?"

"친한 친구? 토크는 늘 고독했습니다……. 사바세계와 동떨어진 골짜기로, 다만 토크는 불행히도…… 바위들 드높고……."

"불행히도?"

"샘물은 맑아…… 당신들은 행복하죠…… 바위들은 드높고……."

나는 아직도 울음을 그치지 않은 암컷 갓파가 가여웠기 때문에 살짝 어깨를 끌어안듯이 하며 방 한쪽 구석의 긴 의자로 데리고 갔습니다. 그곳에는 두세 살이나 되었을 갓파 한 마리가 아무것도 모른 채 웃고 있었습니다. 나는 암컷 갓파를 대신해서 어린 갓파를 얼러 주었습니다. 그리고 어느새인가 내 눈에도 눈물이 고이는 것을 느꼈습니다. 내가 갓파 나라에 살면서 눈물이라는 것을 흘린 것은 이때 딱 한 번뿐이랍니다.

"그나저나 이렇게 제멋대로인 갓파와 함께 사는 가족은 참 안됐네요."

"그러게요, 나중 일 생각들을 안 한다니까요."

재판관 페프는 여전히, 새 궐련에 불을 붙이면서 자본가 게르에게 대답하고 있었습니다. 그때 우리를 놀라게 한 것은 음악가인 크라바크의 음성이었습니다. 크라바크는 시가 적힌 원고를 움켜쥔 채, 누구에게랄 것도 없이 말했습니다.

"됐어! 멋들어진 장송곡이 완성됐다고!"

크라바크는 가느다란 눈을 반짝이며, 잠깐 매그의 손을 잡았다 놓더니 느닷없이 문으로 달려갔습니다. 물론 이미 이때쯤에는 이웃에 사는 갓파 여럿이 토크네 집 입구에 모여들어 궁금하다는 듯 집 안을 들여다보고 있었죠. 하지만 크라바크는 이 갓파들을 정신없이 좌우로 밀어제치고는 가볍게 자동차에 올라탔습니다. 동시에 자동차는 굉음을 울리며 단숨에 어디론가 가 버렸습니다.

"이런, 이런, 그렇게 들여다보면 안 되지."

재판관 페프는 순사 대신에 많은 갓파들을 내몰고 나서 토크네 집 문을 잠가 버렸습니다. 방 안에는 그 탓에 갑자기 정적이 내려앉았습니다. 우리는 이 고요함 속에서, 고산 식물 꽃

향기와 섞여 있는 토크의 피 냄새에 싸여 이제 어떻게 할지 따위를 의논했습니다. 하지만 철학자 매그만은 토크의 주검을 지켜보며 멍하니 무언가 생각하고 있었습니다. 나는 매그의 어깨를 두드리며 "무슨 생각을 하고 있는 거예요?" 하고 물었습니다.

"갓파의 삶이라는 것에 대해서요."

"갓파의 삶이 어쨌다는 거죠?"

"우리 갓파들이 어쨌든 갓파의 삶을 완성하기 위해서는……."

매그는 좀 부끄럽다는 듯이 조그만 소리로 덧붙였습니다.

"어쨌든 우리 갓파 말고 다른 무언가의 힘을 믿어야 한다는 것이죠."

14

내게 종교라는 것에 대해 생각하게 한 건 매그의 이와 같은 말이었습니다. 나는 물론 유물론자이니 종교를 진지하게 생각해 본 적이 한 번도 없었음이 분명합니다. 하지만 이때는 토크의 죽음에서 일종의 충격을 받았기 때문에 도대체 갓파의 종교란 무엇인가 하는 생각을 하기 시작했던 것입니다. 나는 곧바로 학생인 래프에게 이 문제를 물어보았습니다.

"그야 기독교, 불교, 마호메트교, 배화교 같은 것들이 있습니다. 우선 가장 세력이 있는 건 역시 근대교겠죠. 생활교라고도 하는데요, '생활교'라는 번역어는 안 맞는 것일지도 모릅니다. 원어는 'Quemoocha'입니다. 'cha'는 영어의 'ism'이라는 의미에 해당되겠죠. 'quemoo'의 원형 'quemal'의 번역은 단순히 '살다.'라는 것보다는 '밥을 먹거나 술을 마시거나 성교를 한다.'라는 의미입니다."

"그럼 이 나라에도 교회니 절이니 하는 것이 있겠군?"

"말이라고 하세요? 근대교의 대사원은 이 나라에서 제일 큰 건축물인걸요. 어때요? 잠깐 구경하러 가시면."

어느 따사롭고 흐린 오후, 래프는 득의양양 나와 함께 이 대사원에 갔습니다. 과연 그것은 니콜라이 당[100]의 열 배는 됨직한 거대한 건축물이었습니다. 뿐만 아니라 온갖 건축 양식을 하나로 모아 놓은 큰 건물이었죠. 그 대사원 앞에 서서 높다란 탑이니 둥근 지붕을 바라보고 있자니 어쩐지 으스스한 느낌마저 들었습니다. 실제로 그것들은 하늘을 향해 뻗어 올린 무수한 촉수처럼 보였습니다. 우리는 현관 앞에 멈춰 섰는데, 그 현관하고만 비교해 봐도 우리가 얼마나 작아 보이던지요! 둘은 한참을 이 건축…… 이라기보다 차라리 끔찍한 괴물에 가까운 희대의 대사원을 올려다보았습니다.

대사원 내부 역시 광대했습니다. 코린트풍[101] 원주들 사이로 참배객들이 몇이나 거닐고 있더군요. 하지만 그들은 우리처럼 너무나 작아 보였습니다. 그러는 동안 우리는 허리가 굽은 갓파 한 마리를 만났습니다. 그런데 래프는 이 갓파에게 잠

---

100) 도쿄 부활 대성당의 다른 이름. 1891년에 준공된 정교회 사원.
101) 그리스 고전 건축 양식의 하나. 고대 도시 국가 코린트에서 시작되었으며 떡갈나무 잎을 장식한 화려한 기둥이 특징.

깐 고개를 숙이고는 정중하게 이렇게 말했습니다.

"장로님, 건강하셔서서 다행입니다."

상대 갓파 역시 절을 하고는 점잖게 대답했습니다.

"래프 씨로군요. 당신도 여전히(이렇게 말하며 잠깐 말이 막혔던 것은 래프의 주둥이가 썩어 있다는 것을 그때야 알아차렸기 때문이겠지요.) 아아, 어쨌든 건강하신 듯하군요. 그런데 오늘은 무슨 일로 이렇게……."

"오늘은 이분을 모시고 왔습니다. 이분은 아마 알고 계시겠지만……."

그러더니 래프는 이러쿵저러쿵 제 이야기를 했습니다. 아무래도 그것은 래프가 대사원에 거의 나오지 않았던 것에 대한 변명 같기도 했습니다.

"그러니까 부디 이분께 안내를 좀 해 주셨으면 싶은데요."

장로는 너그럽게 미소 짓더니 먼저 내게 인사를 하고는 조용히 정면 제단을 가리켰습니다.

"안내라고 해도 별 도움이 안 될지도 모르겠네요. 우리 신도들이 예배하는 것은 정면 제단에 있는 '생명나무'랍니다. '생명나무'에는 보시는 바와 같이, 금색과 녹색의 열매가 달려 있지요. 저 금색 열매를 '선과'라 하고 저 녹색 열매를 '악과'라 부릅니다……."

나는 설명을 들으면서 지루해지기 시작했습니다. 기껏 들려주는 장로의 이야기가 낡아빠진 비유로 들렸기 때문입니다. 나는 물론 열심히 듣는 척했습니다. 하지만 때때로 대사원 안을 슬쩍슬쩍 곁눈질하는 걸 잊지 않았습니다.

코린트풍 기둥, 고딕풍 둥근 천장, 아라비아 양식 바둑판무 늬 바닥, 시세션식 기도 탁자. 이런 것들이 빚어내는 조화는 묘하게 야만적인 아름다움을 갖추고 있었습니다. 하지만 내 시선을 끈 것은 무엇보다도 양쪽 감실 사이에 있는 대리석 반 신상이었습니다. 나는 뭐랄까, 그 상들을 이미 알고 있었던 듯 했습니다. 그것도 이상할 건 없지요. 그 허리 굽은 갓파는 '생 명나무' 설명을 마치더니, 이번엔 나와 래프를 데리고 오른쪽 감실 앞으로 다가가, 감실 속의 반신상에 대해 이런 설명을 덧 붙였습니다.

"이것은 우리 성도들 가운데 한 사람, 모든 것에 반역했던 성도 스트린드베리[102]입니다. 이 성도는 온갖 고생 끝에 스베 덴보리[103] 덕분에 구원을 받았다고들 합니다. 그러나 실은 구 원받지 못했습니다. 이 성도는 그저 우리처럼 생활교를 믿고 있었습니다. 아니, 그렇다기보다 믿을 수밖에 없었던 것이겠 죠. 이 성도가 우리에게 남겨 준 『전설』이라는 책을 읽어 보세 요. 이 성도 역시 자살 미수자였다는 사실을 스스로 고백하고 있습니다."

나는 좀 우울해져서 다음 감실로 눈길을 옮겼습니다. 다음 감실에 있는 반신상은 수염이 무성한 독일인이었습니다.

---

102) August Strindberg(1849~1912). 스웨덴의 작가. 열렬하고 신랄한 비평 정 신으로 세기말의 인간을 추구하였으며 스베덴보리의 영향을 받아 신비주의에 천착.

103) Emanuel Swedenborg(1688~1772). 스웨덴의 철학자, 신비주의자. 성서를 신의 직접적 음성이라 여겼고 정령과 인간계의 소통 가능성을 주장.

"이것은 차라투스트라의 시인 니체입니다. 이 성도는 자신이 만들어 낸 초인에게 구원을 받으려 했어요. 하지만 역시 구원받지 못하고 미쳐 버렸죠. 만약 미치지 않았더라면 어쩌면 성도로 꼽히지 못했을지도 모릅니다……."

장로는 잠깐 침묵하더니, 제3감실 앞으로 안내했습니다.

"세 번째는 톨스토이입니다. 이 성도는 누구보다 심한 고행을 했습니다. 원래 귀족이었던 까닭에 호기심 많은 공중에게 고민하는 모습을 보이는 걸 싫어했기 때문이죠. 이 성도는 사실상 믿기지 않는 그리스도를 믿어 보려 노력했습니다. 아니, 믿는 것처럼 공언한 적까지 있었습니다. 하지만 결국 만년에는 비장한 거짓말쟁이라는 사실을 견딜 수가 없어졌지요. 이 성도 역시 때로 서재의 대들보에 공포심을 느꼈던 것으로 유명합니다. 그래도 성도에 들어갈 정도니까 물론 자살을 한 것은 아닙니다."

제4감실 속 반신상은 우리 일본인 가운데 하나였습니다. 이 일본인의 얼굴을 보았을 때, 아닌 게 아니라, 반갑더군요.

"이것은 구니키다 돗포[104]입니다. 차에 치여 죽은 사람의 기분[105]을 확실히 알고 있던 시인이죠. 하지만 당신에게 더 설명할 필요는 없을 겁니다. 그럼 다섯 번째 감실 안을 봐 주십시오."

"이건 바그너 아닌가요?"

"그렇습니다. 국왕의 친구에다 혁명가지요. 성도 바그너는

---

104) 國木田獨步(1871~1908). 일본의 작가. 자연주의 문학의 선구자로 꼽히며 일본 최초로 '풍경'을 묘사.
105) 1907년 6월 발표된 돗포의 소설 『궁사(窮死)』의 내용.

만년에는 식전 기도까지 했죠. 하지만 물론 기독교도라기보다 생활교 신도 중 하나였습니다. 바그너가 남긴 편지에 의하면 사바세계의 고통은 몇 번이나 이 성도를 죽음 앞까지 몰고 갔는지 모릅니다."

이미 그때쯤 우리는 제6감실 앞에 서 있었습니다.

"이건 성도 스트린드베리의 친구랍니다. 아이가 여럿 있던 아내 대신 열서너 살의 퀴티[106]여성을 맞아들인 상인 출신 프랑스 화가죠. 이 성도는 굵다란 혈관 속에 뱃사람의 피가 흐르고 있었습니다. 하지만 입술을 좀 보세요. 비소인가 뭔가의 흔적이 남아 있습니다. 제7감실 안에 있는 것은…… 피곤하시겠네요. 그럼 이쪽으로 와 주십시오."

솔직히 좀 지쳐 있었기 때문에 래프와 함께 장로를 따라 향내가 나는 복도 쪽의 어느 방으로 들어갔습니다. 그 조그만 방 한구석에는 검은 비너스상 아래 산포도가 한 송이 바쳐져 있었습니다. 아무런 장식도 없는 승방을 상상하고 있었던 만큼 좀 뜻밖이라는 생각이 들더군요. 그러자 장로는 나의 그런 생각을 눈치챘는지 우리에게 의자를 권하기 전에 반쯤은 가엾다는 듯이 설명했습니다.

"가급적 우리 종교가 생활교라는 것을 잊지 마세요. 우리의 신이신 '생명나무'의 가르침은 '왕성하게 살라.'라는 것이니까요……. 래프 씨, 당신은 이분에게 우리 성서를 보여 드렸습니까?"

---

106) 타히티(Tahiti)의 오류. 인상파 화가 폴 고갱이 이주한 남태평양 섬.

"아뇨. ……실은 저부터가 거의 안 읽었는데요."

래프는 머리에 얹힌 접시를 긁적이며 솔직하게 대답했습니다. 하지만 장로는 여전히 조용히 미소를 지으며 이야기를 이어 갔습니다.

"그러면 모르시겠군요. 우리 신께서는 하루 만에 이 세계를 지으셨습니다. '생명나무'는 나무이긴 하지만, 그야 못할 것도 없지요. 뿐만 아니라 암컷 갓파를 만드셨습니다. 그러자 암컷 갓파는 심심한 나머지, 수컷 갓파를 찾았지요. 우리 신께서는 그 탄식을 가련히 여기사, 암컷 갓파의 뇌수를 꺼내 수컷 갓파를 만드셨습니다. 우리 신께서는 이 두 마리 갓파에게 "먹으라, 교합하라, 왕성하게 살라."라는 축복을 베푸셨습니다……."

나는 장로의 말에 시인 토크를 떠올렸습다. 시인 토크는 불행히도 나처럼 무신론자였습니다. 나야 갓파가 아니니 생활교가 뭔지 몰랐던 것도 무리는 아닙니다. 하지만 갓파 나라에서 태어난 토크는 물론 '생명나무'를 알고 있었을 것입니다. 나는 이 가르침을 따르지 않았던 토크의 최후가 불쌍해서 장로의 말을 자르고 토크 이야기를 꺼냈습니다.

"아아, 그 가엾은 시인 말씀이군요."

장로는 제 이야기를 듣더니, 한숨을 내쉬었습니다.

"우리의 운명을 정하는 것은 신앙과 환경과 우연뿐이랍니다. 물론 당신들은 그밖에도 유전을 꼽으시겠지만요. 토크 씨는 불행히도 신앙을 갖지 못하셨지요."

"토크는 당신을 부러워했을 겁니다. 아니, 저도 부럽습니다. 래프 같은 경우 아직 나이도 젊은 데다가……."

"저도 주둥이만 제대로였다면 낙천적이었을지도 몰라요."

장로는 우리가 이렇게 말하자, 다시 한 번 깊은 한숨을 내쉬었습니다. 그러더니만 그 눈에 눈물을 글썽이며 물끄러미 검은 비너스를 바라보는 것이었습니다.

"저 역시…… 이건 제 비밀이니 아무에게도 말씀하시지 마십시오. 저도 실은 우리 신을 믿는 것은 아니랍니다. 하지만 언젠가 제 기도는……."

마침 장로가 이렇게 말했을 때였습니다. 갑자기 방문이 열리는가 싶더니, 커다란 암컷 갓파 한 마리가 느닷없이 장로에게 달려들었습니다. 우리가 이 암컷 갓파를 말리려 한 것은 말할 것도 없지요. 하지만 암컷 갓파는 순식간에 바닥에 장로를 내동댕이쳤습니다.

"이놈의 영감탱이! 오늘도 또 내 지갑에서 한잔할 돈 훔쳤지?"

그렇게 한 십 분쯤 지났을 때, 우리는 거의 도망이라도 치듯이 장로 부부를 뒤에 남겨 두고, 대사원 현관을 내려갔습니다.

"저래서는 장로도 '생명나무'를 믿지 않을 수밖에요."

한동안 말없이 걷다가, 래프는 내게 이렇게 말했습니다. 하지만 나는 대답 없이 무심결에 대사원을 돌아보았습니다. 대사원은 무겁게 내려앉은 하늘에 여전히 높다란 탑이니 원형 지붕을 무수한 촉수처럼 뻗고 있습니다. 어딘가 사막의 하늘에 비친 신기루 같은 으스스함을 풍기며.

15

그 후 이럭저럭 일주일쯤 지나, 나는 의사인 차크에게서 기이한 이야기를 들었습니다. 토크의 집에 유령이 나온다는 것입니다. 그 무렵엔 이미 암컷 갓파는 어딘가 다른 곳으로 가버렸고 우리 친구 시인의 집도 사진사의 스튜디오로 변해 있었습니다. 차크의 이야기대로라면, 이 스튜디오에서 사진을 찍으면 토크의 모습이 반드시 다른 사람들 뒤에 흐릿하게 찍혀 있다는 것입니다. 물론 차크는 유물론자이니 사후의 생명 따위를 믿지 않습니다. 실제로 이런 이야기를 하면서도 심술궂은 미소를 지으며 "역시 영혼이라는 것도 물질적인 존재인가 봅니다."라는 둥 주석을 붙이더군요. 나 역시 유령을 믿지 않는 것은 차크와 다를 것이 없었습니다. 하지만 시인 토크에게는 친근감을 느끼고 있었기에 서둘러, 서점에 달려가 토크의 유령에 관한 기사라든가 토크의 유령 사진이 나와 있는 신문이니 잡지를 사 왔습니다. 과연 그 사진들을 보니, 어딘가 토크 비슷한 갓파 한 마리가 남녀노소 갓파들 뒤에 어슴프레 모습을 드러내고 있었습니다. 하지만 나를 놀라게 한 것은 토크가 찍힌 심령사진보다도 토크의 유령에 관한 기사, 특히 토크의 유령에 관한 심령학 협회의 보고였습니다. 내가 많이 요약하기는 했지만 일단 그 보고를 번역해 두었으니 아래에 개략적인 내용을 적어 보겠습니다. 다만 괄호 안에 있는 것은 내가 덧붙인 주석입니다.

시인 토크의 유령에 관한 보고.(심령학 협회 잡지 제8272호)

우리 심령학 협회는 지난번 자살한 시인 토크가 살던 집이
자 현재는 ○○ 사진사의 스튜디오가 위치한 ○○가 제251호에
서 임시 조사회를 개최하였다. 참석한 회원은 아래와 같다.(성
명 생략)

우리 열일곱 명 회원들은 심령학 협회 회장 베크 씨와 함께
9월 17일 오전 10시 30분, 우리가 가장 신뢰하는 영매인 호프
부인을 동반하고 당 스튜디오에 들어서자마자 이미 영적인 공
기를 느껴, 전신에 경련을 일으키고 구토하기를 수차례. 부인의
말에 의하면 이는 시인 토크가 독한 담배를 좋아한 탓에, 그 영
적 공기에도 니코틴이 들어 있다는 것이다.

우리 회원들은 호프 부인과 함께 원탁을 둘러싸고 침묵하며
앉아 있었다. 부인은 3분 25초 후, 몹시 급격한 몽유 상태에 빠
져, 곧바로 시인 토크의 영에 빙의되었다. 우리 회원들은 나이
순으로, 부인에게 빙의한 토크의 영과 다음과 같은 질의응답을
시작하였다.

질문 : 자네는 어쩌다가 유령이 되었나?
대답 : 사후의 명성이 궁금해서.
질문 : 자네, 혹은 영혼들은 사후에도 여전히 명성을 원하나?
대답 : 적어도 나는 원치 않을 수 없다. 하지만 나와 만난 일
본 제일의 시인 같은 경우는 사후의 명성을 경멸했다.
질문 : 자네는 그 시인의 이름을 알고 있나?

대답 : 불행히도 잊어버렸다. 다만 그가 즐겨 짓는 열일곱 자시[107] 한 수를 기억할 뿐.

질문 : 그 시란 어떤 것인가?

대답 : "오래된 연못 개구리 뛰어드네 물소리 퐁당."

질문 : 자네는 그 시가 좋은 작품이라고 생각하나?

대답 : 굳이 졸작이라고 하지는 않겠다. 다만 '개구리'를 '갓파'로 했더라면, 한층 더 빛났을 것을.

질문 : 왜 그렇게 생각하는가?

대답 : 우리 갓파는 어떤 예술에서든 갓파를 간절히 추구하기 때문이다.

회장 페크 씨는 이때, 우리들 열일곱 명 회원에게 이것은 심령학 협회 임시 조사회이지 합평회가 아니라고 주의를 주었다.

질문 : 영혼들의 생활은 어떠한가?

대답 : 자네들의 생활과 다를 바 없다.

질문 : 자네는 자신이 자살했음을 후회하는가?

대답 : 딱히 후회는 없다. 나는 영혼으로 사는 생활에 질리면, 다시 피스톨을 꺼내 '자활(自活)'할 것이니.

질문 : '자활'은 쉬운지, 아닌지?

토크의 영혼은 이 질문에 대한 대답 대신 반문을 했다. 토크

---

107) 단시의 일종인 하이쿠.

를 아는 사람들이라면 아주 익숙하게 느껴질 법한 응수였다.

　대답 : 자살은 쉬운지, 아닌지?

　질문 : 자네의 생명은 영원한가?

　대답 : 우리의 생명에 관해서는 의견이 분분하여 믿을 수 없다. 다행스럽게 우리들 사이에도 기독교, 불교, 마호메트교, 배화교 등 여러 종교가 있음을 잊지 말도록.

　질문 : 자네 자신이 믿는 것은?

　대답 : 나는 변함없이 회의주의자이다.

　질문 : 하지만 자네는 최소한 영혼의 존재를 의심하지는 않겠지?

　대답 : 자네들처럼 확신하지는 못한다.

　질문 : 자네의 교우관계는 어떠한가?

　대답 : 내 친구는 고금동서에 걸쳐, 삼백 명 이상일 것이다. 그중 저명한 사람을 꼽자면, 클라이스트[108], 마인렌더[109], 바이닝거[110]…….

　질문 : 자네 친구는 자살한 인간뿐인가?

　대답 : 꼭 그런 것은 아니다. 자살을 변호한 몽테뉴는 내가

---

108) Heinrich von Kleist(1777~1811). 독일의 극작가. 베를린 외곽 호숫가에서 유부녀와 권총 자살.
109) P. Mainläender(1841~1876). 본명 Philipp Batz. 쇼펜하우어의 제자. 모든 개체의 존재가 멸망으로 향한다고 주장하며 자살.
110) Otto Weininger(1880~1903). 오스트리아의 사상가. 철학적 심리학의 건지에서 여성 문제를 주로 다루었으며 이탈리아를 여행한 뒤 자살.

존경해 마지않는 벗 가운데 하나이다. 다만 스스로는 자살하지 않은 염세주의자 쇼펜하우어 같은 치들과는 친하게 지내지 않는다.

질문 : 쇼펜하우어는 여전한가?

대답 : 그는 목하 영혼을 위한 염세주의를 수립하여 '자활'에 대해서 논하고 있다. 하지만 콜레라도 세균 감염에 대한 질병이라는 사실을 알고, 대단히 안도하고 있는 모양이다.

우리 회원들은 번갈아 가며 나폴레옹, 공자, 도스토옙스키, 다윈, 클레오파트라, 석가, 데모스테네스[111], 단테, 센노 리큐[112] 등 망자들의 안부를 물었다. 그러나 토크는 안타깝게도 상세한 대답을 들려주지 않았고, 오히려 자기 자신에 관한 온갖 소문에 대해 물었다.

질문 : 죽은 뒤 내 명성은 어떤가?

대답 : 한 비평가는 "고만고만한 시인 중 하나."라고 했다.

질문 : 시집을 증정 안 해 줬다고 꽁한 작자인 모양이지. 내 전집은 출판되었나?

대답 : 자네의 전집은 출판되긴 하였으나 매출이 아주 저조한 듯하다.

---

111) Demosthenes(BC 384~BC 322). 아테네의 정치가이자 웅변가. 적에게 추격당하던 중 잡히기 전에 자살.

112) 千利休(1522~1591). 일본의 다도 명인. 일본 다도를 정립했으나 도요토미 히데요시의 미움을 사 할복자살.

질문 : 내 전집은 삼백 년쯤 지나 저작권이 소멸된 후에는 모두가 사게 될 것이다. 나와 동거하던 여자 친구는 어떻게 지내는지?

대답 : 그녀는 서적상 라크와 결혼했다.

질문 : 그 여자는 불행히도 라크의 눈이 의안인 걸 모를 텐데. 내 아이는 어떤가?

대답 : 국립 고아원에 있다고 들었다.

토크는 잠시 침묵을 지키다가, 새로운 질문을 시작하였다.

질문 : 내 집은 어떻게 되었나?

대답 : 모 사진사의 스튜디오가 되었다.

질문 : 내 책상은 어떻게 되었나?

대답 : 어찌 되었는지 아는 사람이 없다.

질문 : 나는 내 책상 서랍에 감춰 두었던 편지 한 다발을…… 어쨌거나 다행히 이런 얘긴 바쁜 자네들과 상관이 없다. 이제 영혼의 세계에도 슬슬 땅거미가 지려 한다. 자네들과 헤어져야 하겠군. 안녕, 여러분. 안녕히, 선한 이들이여.

호프 부인은 마지막 말과 함께 다시 급작스레 깨어났다. 우리 열일곱 명 회원들은 이 질의응답이 진실이라는 것을 하늘에 계신 신에게 맹세하고 보증할 것이다.(덧붙여 우리가 신뢰하는 호프 부인에 대한 보수는 전에 부인이 여배우로 일하던 시절의 일당에 준하여 지불하였다.)

16

나는 이러한 기사를 읽고 난 후, 점차 이 나라에 사는 것도 우울해져서 어떻게든 우리 인간의 나라로 돌아오고 싶었습니다. 하지만 아무리 찾아봐도, 내가 떨어진 구멍을 찾을 수가 없었어요. 그러는 동안 배그라는 어부 갓파에게 들은 말이, 이 나라 도시 외곽 지역에 있는 어떤 나이 먹은 갓파 하나가, 책을 읽거나 피리를 불면서 조용히 지내고 있다는 것이었습니다. 이 갓파에게 물어보면, 이 나라에서 도망칠 수 있는 길을 찾을 수도 있겠다 싶어 서둘러 도시 외곽으로 찾아 갔습니다. 하지만 거기 가 보니 정말 조그만 집 안에 나이 먹은 갓파는커녕, 머리 위의 접시조차 채 굳지 않은, 겨우 열두엇쯤 되어 보이는 갓파가 한 마리, 유유히 피리를 불고 있지 않겠습니까? 나는 물론 집을 잘못 찾았나 보다 생각했지요. 그래도 혹시나 싶어 이름을 물어보니, 역시 배그가 가르쳐 준 나이 든 갓파가 분명했습니다.

"하지만 당신은 어린아이 같은데요……."

"아직 모르는 건가? 나는 어떻게 돼먹은 운명인지, 어머니 배 속에서 나올 때는 백발 노인네였지. 그러더니만 점차 어려져서 지금은 이렇게 아이가 된 거야. 하지만 나이를 계산해 보면 태어날 때를 예순 살이었다 쳐도, 이럭저럭 백 살하고도 열대여섯은 됐을지 몰라."

나는 방 안을 둘러보았습니다. 기분 탓인지, 검소한 의자니 테이블 사이로 뭐랄까 정갈한 행복이 맴돌고 있는 듯했습니다.

"당신은 어쩐지 다른 갓파들보다 더 행복하게 지내고 있는 것 같군요."

"글쎄, 그럴지도 모르겠군. 나는 젊어선 노인이었고, 나이를 먹고서야 젊은이가 되었지. 그러다 보니 노인처럼 욕망에 쫓기지도 않고 젊은이처럼 색에 빠지지도 않아. 어쨌든 내 평생은 설령 행복하지는 않았다 하더라도, 평온한 것이었음은 분명하다네."

"정말 평온하셨겠어요."

"아니, 그것만으로 평온할 수는 없지. 나는 몸도 건강하고, 평생 먹고살 만한 재산도 있었거든. 어쨌거나 가장 다행이었던 것은 역시 태어날 때부터 노인이었다는 사실이라고 생각하고는 있어."

나는 한참이나 이 갓파와, 자살한 토크라든가 날마다 의사의 진료를 받고 있는 게르의 이야기 따위를 나누었습니다. 하지만 어째서인지, 나이 든 갓파는 내 이야기 같은 것에는 그다지 흥미가 없는 듯한 얼굴이었습니다.

"그러면 당신은, 다른 갓파들처럼 굳이 살아 있다는 것에 집착하고 있진 않은 거군요?"

나이 먹은 갓파는 내 얼굴을 바라보며, 가만히 이렇게 대답했습니다.

"나 역시 다른 갓파들처럼 이 나라에 태어날지 말지, 일단 아버지의 질문을 받고 나서 어머니의 태에서 벗어났다네."

"하지만 저는 어쩌다가 우연히, 이 나라에 뚝 떨어져 버렸거든요. 제발 제가 이 나라에서 나갈 수 있는 길을 가르쳐 주세요."

"나갈 수 있는 길은 하나뿐이야."

"그러니까 그것이?"

"그야, 자네가 이리로 왔던 길이지."

나는 이 대답을 듣고서, 왠지 모르게 온몸에 소름이 돋았습니다.

"그 길을 안타깝게도 찾을 수가 없는 겁니다."

나이 든 갓파는 생기에 빛나는 눈으로 잠자코 제 얼굴을 응시하였습니다. 그러더니 마침내 몸을 일으켜 방 한구석으로 걸어가더니 천장으로부터 늘어져 있던 밧줄을 잡아당기더군요. 그러자 그때까지 있는 줄도 몰랐던 천창이 열렸습니다. 그리고 그 둥그런 천창 밖에는 소나무니 노송나무들이 가지를 뻗었고, 그 너머로 파랗게 갠 하늘이 펼쳐져 있는 것이었습니다. 아니, 거대한 화살촉을 닮은 야리가다케의 봉우리까지 솟아 있었습니다. 저는 비행기를 처음 본 어린아이처럼, 정말 뛸 듯이 기뻤습니다.

"자아, 저리로 나가게나."

나이 든 갓파는 이렇게 말하며 조금 전의 밧줄을 가리켰습니다. 지금까지 내가 밧줄이라고 생각했던 것은 실은 줄사다리였던 것입니다.

"그럼 이제 나가 보겠습니다."

"다만 미리 일러 두지. 나가고 나서 후회하지 말게나."

"알겠습니다. 후회 따위 안 할 겁니다."

나는 이렇게 대답을 하는 둥 마는 둥, 줄사다리를 기어올

랐습니다. 나이 든 갓파의 머리 위 접시를 까마득히 내려다보
면서.

17

나는 갓파 나라에서 돌아온 후, 한동안은 우리 인간의 피부
에서 나는 체취에 진저리를 쳤습니다. 우리 인간에 비하면, 갓
파는 실로 청결한 존재입니다. 뿐만 아니라 우리 인간의 머리
는 갓파들만 보고 있던 나에게는 더없이 끔찍해 보이더군요.
이건 어쩌면 당신이 이해하기 힘들지도 모르겠네요. 하지만
눈이나 입은 그렇다 치더라도, 이 코라고 하는 것이 묘하게 섬
뜩한 느낌을 불러일으킵니다. 나는 물론 될 수 있는 대로 아
무도 안 만나려고 머리를 썼습니다. 그래도 역시 우리 인간에
게 언젠가부터 조금씩 익숙해져서 한 반년 지나는 동안 어디
라도 나돌아 다닐 수가 있게 되었습니다. 다만, 여전히 곤란한
것은 무슨 이야기를 하다 보면 무심결에 갓파 나라의 언어를
입에 올리게 된다는 것이었지요.
"자네 내일 집에 있나?"
"Qua."
"뭐라고?"
"아니, 있을 거라고 했네."
대충 이 비슷한 식이었죠.
하지만 갓파 나라에서 돌아온 후, 딱 일 년 정도 지났을 때,

나는 사업을 하나 실패해서……(S 박사는 그가 말을 꺼내자 "그 이야기는 그만두시죠." 하고 말렸다. 박사가 말하기를, 그 남자는 이 이야기를 할 때마다 간호인이 감당할 수 없을 만큼 난폭해진다는 것이다.)

그럼 그 이야기는 하지 맙시다. 어쨌든 어떤 사업에 실패했기 때문에 나는 다시 갓파 나라로 돌아가고 싶어졌습니다. 그렇습니다. '가고 싶었던' 게 아니라 '돌아가고 싶었던' 것이지요. 갓파 나라는 당시 내게 고향처럼 여겨졌으니까요.

나는 남몰래 집을 빠져나와, 중앙선 기차를 타려고 했습니다. 하필이면 그때 경찰에게 잡혀서 결국은 병원으로 끌려온 거예요. 나는 이 병원에 들어왔을 때도 갓파 나라 생각뿐이었습니다. 의사 차크는 어떻게 지내고 있을까요? 철학자 매그는 여전히 칠색 색유리 랜턴 아래서 무언가를 생각하고 있을지 모릅니다. 무엇보다 내 친우이자 주둥이가 썩은 학생 래프는……. 오늘처럼 흐린 어느 날 오후였어요. 이런 추억에 젖어 있던 나는 엉겁결에 소리를 지를 뻔했습니다. 어느 틈에 들어온 것인지, 배그라는 어부 갓파가, 내 앞에 서서 몇 번이나 고개를 숙여 인사하고 있었기 때문입니다. 나는 정신을 차린 뒤에, 울었는지 웃었는지도 기억이 안 납니다. 어쨌든 오랜만에 갓파 나라 말을 쓰게 되어 감동했던 건 분명합니다.

"이봐, 배그, 어쩐 일인가?"

"예이, 병문안 하러 왔습니다. 편찮으시다는 소리를 듣고."

"어떻게 그런 걸 알았어?"

"라디오 뉴스를 듣고 알았지요."

배그는 자랑스레 웃고 있었습니다.

"어쨌든 용케 이렇게 찾아왔구먼."

"뭘요, 쉬운 일이죠. 도쿄의 강이니 수로는 갓파에게는 큰 길이나 마찬가지니까요."

나는 갓파도 개구리처럼 물과 육지에서 동시에 살 수 있는 양서 동물이라는 것을 새삼스레 깨달았습니다.

"그래도 이 근방엔 강이 없는데."

"아니, 여기까지는 수도의 철관을 타고 온 거예요. 그리고 소화전도 슬쩍 열고."

"소화전을 열었다고?"

"어르신은 잊어버리셨나요? 갓파 중에도 기술자가 있다는 사실을."

그 후로는 이삼일에 한 번씩, 온갖 갓파들이 저를 찾아왔습니다. 내 병은 S 박사의 말에 따르면, 조발성 치매라고 합니다. 하지만 의사 차크는(이건 당신께도 분명 큰 실례가 되겠지만) 내가 조발성 치매 환자가 아니고, 조발성 치매 환자는 바로 S 박사를 비롯한 당신들이라는 거예요. 의사 차크가 찾아왔을 정도이니 학생인 래프라든가 철학자 매그가 병문안을 왔던 것은 말할 것도 없습니다. 하지만 어부 배그를 빼면 낮엔 아무도 찾아오지 않습니다. 더구나 서너 마리가 함께 오는 것은 밤, 그것도 달밤이랍니다. 나는 어젯밤에도 달빛 속에서 유리 회사 사장 게르, 철학자 매그와 이야기를 나누었습니다. 뿐만 아니라 음악가인 크라바크는 바이올린을 한 곡 연주해 주더군요. 보세요, 저기 탁자 위에 검은 백합꽃 다발이 놓여 있지요? 저것도 어젯밤에 크라바크가 선물로 가져온 것이랍니다…….(나는 뒤를 돌아보았다. 물론 탁자 위에 꽃다발 같은 건 없었다.)

그리고 이 책도 철학자 매그가 일부러 가져다준 것입니다. 잠깐 첫 번째 시를 한번 읽어 보시지요. 아니, 당신은 갓파 나라 말을 아실 리가 없겠군요. 그럼 대신 읽어 보겠습니다. 이것은 최근에 출판된 토크 전집 중 한 권입니다.(그는 낡은 전화번호부를 펼치더니, 이런 시를 큰 소리로 읽기 시작했다.)

야자나무 꽃과 대나무 속에서
붓다는 일찌감치 잠들었네.

길바닥에 말라 버린 무화과와 함께
그리스도도 이미 죽은 모양이네.

하지만 우리는 쉬어야만 한다.
설령 연극의 배경 앞에서라도.
(그 배경의 뒤를 보면 꿰매 붙인 누더기 캔버스뿐?)

그러나 나는 이 시인처럼 염세적이진 않습니다. 갓파들이 가끔씩 찾아와 주는 한. 아참, 이걸 잊고 있었군요. 당신은 내 친구였던 재판관 페프를 기억하시죠? 그 갓파는 직업을 잃고 나서 정말로 미쳐 버렸답니다. 아무래도 지금은 갓파 나라의 정신 병원에 있는 모양입니다. S 박사만 허락해 주신다면 병문안을 하고 싶은데 말입니다…….

작품 해설

1892년 3월 1일, 도쿄의 상점가에서 우유 착유 및 판매업을 하는 니하라 부부에게 장남이 태어났다. 열두 간지 중에서도 진년 진월 진일 진시라는 기묘한 출생이었고 아이 이름에는 '용(龍)'이라는 한자가 들어갔다. 류노스케(龍之介). 부모 나이 각각 마흔둘, 서른셋으로 이른바 대액(大厄)의 해에 태어난 아이여서 일본의 풍습대로 아이를 일단 버렸다가 다시 거둬들이는 '스테고(捨て子) 형식'을 취하였다. 실은 아이의 탄생 바로 전해에 일곱 살짜리 큰누나가 세상을 떠난 참이었고 거듭된 마음고생 때문이었는지 그가 태어난 지 일곱 달 만에 그의 어머니는 정신 이상을 일으켰다. 그녀는 이후 나아지지 못한 채, 칩거하다가 1902년 마흔셋의 나이로 사망했다. 어머니가 광인이었다는 사실은 아이에게 큰 영향을 미치게 된다. 어머니의 발병 이후 그는 외가인 아쿠타가와 가에 맡겨졌는데 아

쿠타가와 집안은 대대로 에도 성의 사족(士族)으로 집안 가득 에도 시대부터 내려온 전통적 기풍이 넘쳤고, 도쿄 부 토목과 에 근무하는 첫째 외삼촌이 그의 양아버지가 되어 주었다. 한 편 결혼 실패 후 친정에 돌아와 독신으로 지내던 큰이모 후키 가 동생의 아들을 알뜰히 보살폈다.

결국 그는 외가에 입양되어 어머니의 친오빠를 양아버지로 두었고, 어머니의 죽음 후 맞아들인 친가의 새어머니는 죽은 어머니의 친동생이었으며, 입양된 집에는 어머니의 언니가 어머니 노릇을 하고 있다는 기묘한 환경 속에 성장하게 된다.

아쿠타가와 류노스케는 어린 시절부터 허약 체질에 신경질 적이었다고 한다.

하지만 복잡한 가족 관계 속에서도 아쿠타가와는 언제나 성적이 우수한 모범생이었고 문학적 소질도 일찍부터 드러냈 다. 소학교 고학년 시절부터 동급생들과 회람 잡지를 만들어 모험 소설 따위를 쓰기 시작하더니 중학교 시절에는 영역서 로 서양 문학을 널리 읽기 시작했고 '책에서 인생을 배운다.' 라는 태도를 몸에 익혔다. 고등학교 재학 시절에는 많은 문우 들과 교유하면서 칸트, 베르그송 등의 철학에 대해 토론 등으 로 다감한 청년기를 보내면서 사색에 깊이를 더했고 일찍부 터 '죽음'에 관한 관심을 드러내기도 했다. 동시에 무엇보다 정신적 위대함에 대한 선망과 지향이 이 시기에 이미 나타났 는데, 1927년 자살을 전후하여 남긴 「어느 옛 친구에서 보내 는 수기」 속에서 이 시절을 회상하면서 "나 자신을 신으로 만 들고 싶었다."라고 적었다.

그는 보들레르, 스트린드베리 등을 중심으로 19세기 말 서양에 꽃핀 예술지상주의적 '세기말 문학'에도 강한 관심을 보였는데, 예술적 창조를 통해 '신'이나 '자연'을 초극하는 것이 참다운 창조라고 하는 태도에 경도되었다. 하지만 당시 일본 문단은 바야흐로 자연주의 전성기였으며, 한편에서는 모리 오가이, 나쓰메 소세키 등이 독자적인 문학 세계를 일구고 있었다.

1914년 도쿄 대학교 영문과 2학년 시절, 젊은 아쿠타가와는 도쿄 대학교 문과생들의 동인 잡지였던 제3차 《신사조》 창간에 참여하게 된다. 이 동인지는 다니자키 준이치로라는 걸출한 작가를 문단에 화려하게 소개한 바 있는 잡지였으나, 정작 아쿠타가와는 이 잡지에 첫 소설인 「노년」과 희곡 「청년과 죽음과」를 발표했을 뿐, 번역이나 소개 글을 쓰는 정도였다. 하지만 이 시기 그는 '신'을 대신할 만한 '위대한 지성', 이른바 로고스를 설정하고 신에 대한 신앙보다 로고스와의 관계로 성립되는 예술에 대한 신앙을 선택한다고 큰소리를 치고 있었다. 지성으로 세계를 대하고자 했던 아쿠타가와의 문학적 출발이 이 시기에 이루어졌다고 할 수 있을 것이다.

1914년 가을, 그는 '예술에 대한 각성'이라고 할 만한 획기적인 내적 변화를 겪었다. 로맹 롤랑의 작품 『장 크리스토프』, 마티스나 고흐의 그림 등에 직접적 영향을 받아 그때까지의 감상적인 문장이나 단가 등과 결별하고 거칠지만 생명력 넘치는 것들에 마음이 끌리기 시작했다면서 이것이 "모든 예술에 대한 참다운 이해일지도 모른다."라고 적었다. 이러한 각

성의 형상화, 즉 '감상적인 것'을 초월한 '생명력 넘치는 것'으로의 비약이 이듬해인 1915년 발표한 「라쇼몬」이었을 것이다. 하지만 이 작품은 정작 발표 당시에는 그다지 주목을 받지 못했다. 오히려 그에게는 그해 12월 말에 나쓰메 소세키를 만나 그의 '인격적 마그네티즘'에 매료되었던 것이 큰 사건이었다. 이후 나쓰메 소세키 서거까지 일 년이라는 길지 않은 기간 동안 아쿠타가와는 그에게 사사하며 많은 것을 배웠다. "내가 소설을 발표했을 때, 만약 나쓰메 씨가 나쁘다고 하면 아무리 걸작이라도 나쁜 것이라고 스스로 믿어 버릴 듯한, 끔찍한 느낌조차 든다."라고 말할 정도였다.

1916년, 아쿠타가와는 마침내 소설가로서 세상에 모습을 드러냈다. 스승인 나쓰메 소세키의 격찬을 받은 「코」가 바로 그 시발점이 된 작품이었다. 「코」는 '자의식'에 끌려다니다가 결국은 '자아'를 잃어버리고 체념에 빠지는 큰스님을 통해 근대인의 희비극을 그려 내어 호평을 받았다. 이 작품에 묘사된 '비웃음당하는 자'와 '비웃는 자'라는 대립 도식은 다음 작품인 「마죽」에서는 오위와 도시히토를 중심으로 한 주변 인물들의 관계로 계승된다. 인간이 인간으로서 존엄을 지키지 못하고, 병든 세상 속에서 부질없이 무의미한 희비극을 연출하다가 허무와 죽음으로 돌아간다고 하는 작가의 세계 인식, 인생관은 여기서도 확실히 드러난다. 하지만 오위에게 동정을 보내는 직책 낮은 사무라이를 그림으로써 인간적인 무엇인가에 대한 미세한 태동이 드러나기도 했다.

1916년 12월 9일, 나쓰메 소세키가 서거하였고 아쿠타가와는 큰 충격을 받았다. 이 년 뒤 「가레노초」에서 스승의 죽음에 해방감을 느끼는 제자를 그려 오해도 샀지만, 그가 나쓰메 소세키라는 걸출한 선배로부터 인간적인 성장에 없어서는 안 될 큰 영향을 받은 것은 분명하다. 특히 근대적 인간에 대한 지향으로서 '자유'라는 개념과 그에 따른 '에고이즘'에 관한 문제의식은 나쓰메 소세키의 날개 아래 형성되었다고 할 수 있을 것이다. 또한 나쓰메 소세키의 보증이 있었기에 「마죽」, 「손수건」 등을 잇달아 유력 문예지에 발표하면서 화려하게 등장할 수 있었던 측면도 있었다.

1917년 이후 「희작삼매」를 발표했는데 이 시기는 시라카바 파[113]를 비롯해서 이상주의적인 기운이 성행하면서, 문단의 신구 교체가 이루어지는 분위기였다. 하지만 그는 첫 창작집인 『라쇼몬』을 간행하여 오히려 신현실주의의 기수로서 각광을 받게 되었다. 「희작삼매」는 그러한 문단 추세 가운데 그가 예술가로서 '태도'를 표명한 작품이었다. 그의 당면 과제는 통속적 휴머니즘과 대결하며 이를 초극하겠다는 자세를 그리는 것이었다고 할 수 있다. 나아가 「지옥변」에서는 이러한 현실과 창조 사이의 대립마저도 '인생의 찌꺼기'라 간주하기에 이른다. 법열의 표정으로 사랑하는 딸의 죽음을 지켜보는 화공 요시히데의 모습은, 현실에 대한 예술의 승리이며 요시히데의 자살 역시 '지옥변상도'의 완성을 의미하는 것으로서 이

---

113) 잡지 《시라카바(白樺)》를 거점으로 활약한 작가의 일파. 자연주의에 반하여 이상주의적인 인도주의의 기반한 개인주의적 문학을 지향.

는 단순히 세계 인식의 단계를 넘어 창조적으로 세상과 관련되고자 하는 지향성을 드러내는 것이었다.

사실, 아쿠타가와의 짧은 인생에서 이 무렵은 가장 충실한 시기였다. 1918년 2월에는 쓰카모토 후미와 결혼하여 가마쿠라에 살면서 한동안 해군 기관 학교 교관으로 일하면서 창작을 이어 나갔다. 이후 《마이니치 신문》에 입사하여 출근의 의무 없이 소설을 쓰며 생활을 보장받았다. 창작에 골몰하게 된 그는 「희작삼매」와 「지옥변」 발표로 문단에서도 확고히 자리 잡아 그해에만 「개화의 살인」, 「거미줄」, 「봉교인의 죽음」, 「가레노초」 등 화제작을 연이어 발표했다.

「거미줄」은 그가 쓴 첫 번째 동화였는데, 그가 영향을 받은 『곤자쿠모노가타리』에서 보이는 윤리적 판단이나 종교적 색채는 거의 희석되고 주인공 간다타의 인간적 고독과 구원의 가능성이 오히려 강조된 것은 이 작품을 발표한 지면이었던 《붉은 새》의 이상주의적 성격에 더해 동화의 특성도 작용했을 것이다. 이 작품이 호평을 받으면서 아쿠타가와는 스즈키 미에키치 등의 권유로 「두자춘」을 비롯한 여섯 편의 어린이용 작품을 발표했다. 인간에게 질린 두자춘은 신선이 되고자 했으나, 지옥에서 말이 되어 채찍에 맞고 있는 어머니의 사랑 앞에서 이를 단념하고 인간이라는 사실에 머물기로 한 채, '인간다운 정직한 삶'을 맹세하기까지 한다. 소설과 동화라는 차이를 감안하더라도 두자춘이라는 인물을 「지옥변」의 요시히데와 비교해 볼 때 그 간극은 굉장히 현격하게 드러나는데, 이는 작가의 내면에 일어난 본질적 변화를 주목하게 한다. 그런 의

미에서 1914년 이래 "나 자신을 신으로 만들고 싶었다."라던 아쿠타가와의 지향이 단념되고 예의 '현실로의 하강'이 시작되었다고 볼 수 있을 것이다.

1921년 3월 말부터 7월까지 아쿠타가와는 오사카《마이니치 신문》의 해외 특파원으로 중국에 파견되었다. 큰 기대를 걸었던 첫 해외여행은 감기로 인한 출발 지연에서부터 시작하여 상하이에서는 건성 늑막염을 앓아 삼 주간 입원 생활을 하는 등 실망스럽게 끝났다. 귀국 후에도 완쾌하지 못해 유가와라로 요양을 가기도 했는데 그곳에서 몇 해 전부터 깊은 관계에 있던 히데 시게코라는 여성과 자신의 후배의 관계를 알게 되면서 더욱 심경이 복잡해진 듯하다. 1921년 말부터, 그는 이미 수면제 없이는 잘 수 없는 상태가 되었으며 신경 쇠약 증세도 심해졌다.

1922년 「덤불 속」, 「신들의 미소」 등으로 문예지의 신년호를 장식하며 건재함을 과시했으나 이미 그 작품 세계 속에서 '찰나의 감동'은 '중유(中有)'로 옮아 가 있었고 작품의 기조에는 어두움이 짙게 자리 잡았다. '중유'란 불교 용어로서 사람이 죽고 다음 생으로 가기 전까지 사십구 일간을 가리킨다. 중유의 미학은 「덤불 속」에 훌륭하게 그려졌으며 문명 비평이라는 면에서는 「신들의 미소」에 표현되었다. 「덤불 속」은 이른바 '왕조물'의 하나로서 그의 독창성이 잘 드러나는 대표작이다. 이 작품 속에 『곤자쿠모노가타리』 29권에 등장하는 도둑의 이름인 '다조마루'를 차용하고 그 외에도 몇몇 다른 설화들과 외국 문학에서 몇 가지 모티프를 차용했다는 사실은 잘 알려져 있다. 「덤불 속」에서는 다조마루, 마사고, 그리고 다케히로라는 세 사람이 저마다 진술을 하지만, 이 세 진술을 합쳐도 진상은 조금도 밝혀지지 않는다. 세 진술의 공통점은 아내의 남편에 대한 '살의'뿐이다.

아쿠타가와는 충분히 의식적으로 '진상'의 재구성이 불가능하도록 작품을 그 세부까지 정치하게 조탁하고 있다. 어느 하나에서 진실을 읽어 내려는 노력은 수포로 돌아가고 세 사람의 진술은 자의적이며 각각이 등가로 병렬적일 뿐이다. 작품은 다케히로가 "나는 그로써 영구히, 중유의 어둠 속으로 가라앉고 말았다."라고 말하는 부분에서 끝나는데 중유라는 이념이야말로 실은 이 작품의 주제일 수도 있을 것이다. 이미 「봉교인의 죽음」 등 '찰나의 감동'이 주된 이념인 일련의 작품 이후, '중유적 세계'는 그의 작품에 빈번히 등장한다. '중유'에서 헤매는 인간에게서 '인간다움'을 발견하고 공감하게 되었던 것일까? 「덤불 속」은 이 같은 시기의 첫 작품이며 그가 '찰나의 감동'이라는 초점을 잃어버린 '잔여 인생'을 그대로 표현하는 스타일로 중층적 구성을 선택한 것으로 추측할 수 있다.

이러한 중유 사상이 문명 비평의 옷을 입고 표현된 것이 바로 「신들의 미소」이다. 오르간티노 신부가 포교하려는 기독교(서구적인 것)와 일본의 '만들고 바꾸는 힘(토착성)'이 초래한 대립에 관하여, 사실 작가는 몇 가지 해답을 이어지는 작품들 속에 감춰 두었다. 「신들의 미소」에서 보여 주는 결론은 명백하다. 즉 순교를 칭송하는 '찰나의 감동'이라는 미학으로부터 오히려 배교 속에서 인간다움을 보려는 '중유의 미학' 쪽으로 작가의 시각은 변해 가고 있는 것이다. 그가 자신의 서재 현판을 '아귀굴'에서 '징강당(澄江堂)'으로 바꾸고 자화상으로 갓파 그림을 그리기 시작한 것도 이 무렵의 일이었다.

1923년 7월 7일, 시라카바 파의 기수인 작가 아리시마 다케오가 유부녀 하타노 아키코와 가루이자와 별장에서 동반 자살을 했다. 프롤레타리아 문학의 새로운 물결과 통속 문학 등 문학의 대중화에 협공당한 끝에 맞은 죽음이라 할 수 있어서, 이는 아쿠타가와 등 예술파의 고민이 귀결된 첫 번째 비극이었다. 소설 그 자체의 의미나 가치를 따짐과 동시에 문예와 현실의 관계가 정면에서 논의되고 예술의 계급성이 도마 위에 오르며 이른바 '시민 문학'의 명백한 한계점이 거론되는 시기였던 것이다. 예술의 자율성이라는 것을 포기할 수 없었던 아쿠타가와는 기쿠치 간이 창간한 문예지 《문예춘추》에 「난쟁이의 말」을 연재하면서 예술파에 협력했다. 「야스키치의 수첩에서」로 시작되는 '야스키치 시리즈'라는, 자기 체험에서 취재한 사소설적 작품으로 작품 세계를 확장함과 동시에 자신의 근원에 주목하기 시작한 것도 이 무렵이었다. 하지만 해군기관 학교 재직 시의 체험에 근거한 '야스키치 시리즈'는 방관자적 자세가 두드러졌고 작품으로서도 높은 평가를 얻지 못했다.

9월 1일, 관동 대지진이 일어났을 당시 자택에 있던 그는 경미한 피해를 입었다. 자경단 일원으로 경비를 돌기도 하고 요시와라 유곽으로 지옥의 참상을 보러 나가기도 했는데, 1910년 이래 이어지던 동인지 《시라카바》가 지진과 함께 폐

간된 것은 '에도 이후 도쿄'라는 공간의 붕괴와 함께, 한 시대의 종언을 고한 상징적 사건이었다.

1924년에 발표한 「흙 한 덩이」는 심한 고생 속에 죽어 간 농촌 아낙의 일생을 사실주의 수법으로 묘사했다. 다미와 시어머니 스미, 두 여인의 모습을 정밀하게 묘사하면서 다미의 급사로 인한 스미의 공허함을 조명하며 끝나는 이 작품은 자연주의 작가인 마사무네 하쿠초의 격찬을 받았다. 물론 지나치게 정연한 인간 묘사가 자연스러움을 해치는 그의 약점은 여전하지만 무거운 주제를 치밀하게 묘사해 낸 솜씨는 높이 평가할 만하다.

이해 여름, 사회주의 관계 저서들을 탐독한 아쿠타가와는 사회적 현실에 대한 관심을 점차 심화시키면서 새로운 문학 영역을 개척하려고 했으나 결국 큰 성과는 얻지 못하였다. 그러나 호리 다쓰오, 나카노 시게하루 등에게서 새로운 차세대 문학의 모습을 발견하게 되면서 그는 자신이 결국 그들에게 초극당할 존재라는 사실을 인정하게 되었다. '지성'에 의해 세계를 파악하고 자아를 중심으로 세계를 재구성한다는 근대 주지주의가 명백한 파탄을 맞이한 것이다.

1925년부터 1926년에 걸쳐 「다이도지 신스케의 반생」 등 고백적 요소가 강해진 사소설적 작품을 집필하였으나 완성도에서는 별로 높이 평가하기 어려운 탓에 그가 당시 창작 활동에 있어 미망에 빠져 있었다는 사실을 확인할 수 있다. 물론 사소설이나 심경 소설 등에 관한 논의는 문단의 관심을 모았고 이에 대한 발언들도 활발했으나 아쿠타가와는 사소설과

본격 소설의 경계를 중요시하지 않는다는 등, 그다지 주목할 만한 주장은 나타나지 않았다.

1927년 정초 그렇지 않아도 고뇌에 빠져 있던 아쿠타가와를 결정적으로 절망에 몰아넣은 사건이 있었다. 1월 4일 누나의 집이 화재로 전소되었는데 고액의 화재 보험에 들어 있던 까닭에 방화 혐의를 받았고, 매형인 니시카와 유타카가 결국 1월 6일 철로에 뛰어들어 자살하고 말았다. 이미 육체적으로 지극히 쇠약해져 있던 아쿠타가와는 환각 등에 시달리면서 사건 해결을 위해 동분서주하는 한편 "다음 생에는 소생도 모래로 태어나고 싶다."라는 등의 탄식을 남겼다.

같은 해 3월에는 「갓파」를 발표했다. 자신이 처해 있는 궁지를 갓파에 빗대어 쏟아 낸 느낌이 강한 작품이다. 그는 "「갓파」106매 탈고. 울적함이 조금 사라졌다."라는 편지를 남기기도 했다. 아마도 있는 그대로 자신의 울적함을 토로한 이 작품의 고백적 성격에 기인한 것이리라. 원래 '갓파'의 세계는 '인간'의 세계와 정반대인 세계로 묘사되어야 하겠지만 결과적으로 갓파의 문제는 모조리 아쿠타가와 본인의 피맺힌 고통들이었다. 작품이 비추어 내는 문제점들은 너무나 명백하지만, 오히려 그런 까닭에 아쿠타가와 자신의 구체적 고뇌가 드러나는 결과를 빚어냈다. 예를 들어 이 작품 속 시인 토크는 자살하는데, 토크의 '심려' 대부분이 작가 자신의 것이었다는 사실은 당시의 「암중문답」(《문예춘추》 1927년 9월호) 등을 보면 명백해진다. '인생'은 이미 더 이상 질서나 필연성과는 관계 없는 것이 되어 버렸고 더 이상 이해하거나 나아가 창조하고자 하는 대상조차 아니었다. 「신기루」라는 작품에서 역시 지극히 일상적인 일들 뒤에 '죽음'이 얼마나 가깝게 떠돌고 있는지를 보여 주는데, 인생은 이미 '신기루'와 같은 것이 되어 버리고 허무의 어둠만이 깔려 있다는 작가의 주관이 투영되어 있다.

그는 2월 말에 이미 다니자키 준이치로를 만나 '유품'을 나누어 주었고 4월에는 기쿠치 간 앞으로 유서를 썼다. 그 무렵 어느 날 아내의 여학교 동창인 히라마쓰라는 여성과 동반 자살을 하기로 약속했으나, 그녀의 변심으로 실행되지 못했다. 아쿠타가와는 혼자서 죽기로 결심하고 임종을 앞둔 나날을 죽음과 희롱하며 지낸 셈이었다.

그는 마지막 힘을 짜내어 자서전을 써 보려 하였으나 쉽지 않았다. 그의 자존심이나 회의주의, 이해타산이 여전히 남아 있는 까닭이었다. 그는 이런 스스로를 경멸하면서 다른 한편으로는 '누구나 한 겹 벗겨 놓으면 마찬가지'라는 생각을 하기도 했다. 「어느 바보의 일생」을 완성한 아쿠타가와는 우연히 어느 고물상에서 박제된 백조를 보게 된다.

누렇게 변한 깃털조차 벌레가 파먹은 것을 보며, 자신의 평생이 생각나 눈물과 냉소가 끓어오르는 것을 느꼈다. 그 앞에 남은 것은 오직 '발광이냐, 자살이냐.'였다. 그는 해 지는 거리를 홀로 걸으며 서서히 그를 멸하러 오는 운명을 기다리기로 결심했다.

— 「어느 바보의 일생」 중에서

"장래에 대한 그저 막연한 불안"을 이유로 자살한 아쿠타가와는 그 불안을 해부하기 위해 「어느 바보의 일생」을 집필했으나 이는 결국 자살로 귀결된 자신의 과거를 총결산하며 일생을 총괄해 보고자 한 것이었고 그 가운데 특히 '49. 박제 백조'라는 장에서 이러한 시점이 분명하게 드러난다.

사실 발광이냐, 자살이냐 하는 양자택일의 상황에 대해 이미 나쓰메 소세키는 『행인』이라는 장편에서 근대적 자아의 한계에 봉착한 주인공으로 하여금 "죽느냐, 미치느냐, 그것도 아니라면 종교에 귀의하느냐, 내 앞길에는 이 세 가지밖에 없다."라고 말하게 한 바 있다. 그나마 나쓰메 소세키의 경우 '자살, 발광, 종교'라는 세 가지 정립적 명제가 있었고 이 세 가지 사이에 일종의 균형이나 조화가 형성되었다고 한다면, '종교'가 지워진 아쿠타가와의 경우에는 양자택일밖에 없었다. 어머니의 광기가 지울 수 없는 공포로 남아 평생을 지배당한 그에게는 어쩌면 양자택일도 아니었을지 모른다. 게다가 하필이면 그 시기에 친하게 지내던 작가 우노 고지가 갑작스러운 정신 이상으로 입원했다. 1927년 6월 초에 그 사실을 알게 된 아쿠타가와는 그를 방문하고 가족을 돌보는 등 바쁘게 움직이는 한편, 자신에게 다가오는 위기를 실감하기도 했을 것이다. 우노와 그 가족에게 닥친 비참한 현실을 직접 보면서 발광이냐, 자살이냐의 양자택일 앞에서 발광 전에 매듭을 짓기로 했던 「어느 바보의 일생」에는 우노 같은 인물이 아쿠타가와를 향해 '자네나 나'는 '세기말의 악귀'에 씌어 있다고 하는 부분이 있는데 어쩌면 아쿠타가와 역시 그런 악귀에 씌인 채 '신의 사랑'을 끝내 믿지 못하고 '자살'로 기울어져 갔으리라.

그의 펜을 쥔 손이 떨리기 시작했다. 뿐만 아니라 침까지 흘러나왔다. 그의 머리는 0.8의 베로날 덕에 깨어 있을 때 말고는 단 한 번도 명료한 적이 없었다. 그나마 명료한 것도 기껏해야 반시간이나 한 시간 정도였다. 그는 오직 어두컴컴함 속에서 하루하루를 보내고 있었다. 말하자면 이미 칼날은 떨어졌다, 가느다란 검을 지팡이 삼아.

——「어느 바보의 일생」중에서

그는 7월 24일 미명, 자택에서 베로날 등 치사량의 수면제를 복용하여 자살했다. "자조. 콧물만 코끝에 살아남았네."라는 마지막 시구와 몇 편의 유고를 남긴 죽음이었다. 25일자 일간지에는 그의 죽음이 대서특필되었고 많은 이들이 큰 충격을 받았으나 어쩌면 그의 자살은 더없이 아쿠타가와다운 것이었고 오히려 '자연스러운' 귀결이었다고도 할 수 있을 것이다.

작가 연보

1892년   일본 도쿄의 우유 착유 및 판매업자 니하라 도시조,
후쿠 부부의 장남으로 태어남. 진년 진월 진일 진시
생인 탓에 이름에 '용(龍)'이라는 글자가 들어감.

1899년   이복동생이 태어남. 생모의 발병 이후 형부를 돌보
던 이모 후유와 생부 사이의 아이였으나 호적에는
생모의 아들로 기재.

1901년   "낙엽 태우며 나뭇잎 수호신을 만난 밤이여."라는
하이쿠를 지음. 집 서고에 있던 메이지 시대 초기
그림책,『수호전』,『팔견전』 등을 애독하였으며 도
쿠토미 로카, 이즈미 교카 등에 심취.

1902년   동급생들과 회람 잡지를 만들어 동화, 모험 소설 등
을 집필. 가정 교사에게 영어, 한학 등을 배우기 시
작. 11월 28일, 생모 사망.

1904년	열세 살의 나이로 외가인 아쿠타가와 가에 정식 입양됨. 중고생 시절을 거치며 치열한 다독가로 성장하였으며, 우수한 성적의 모범생으로 교사들의 총애를 받음.
1907년	후일 결혼하게 될 쓰카모토 후미와 처음으로 만남.
1910년	도쿄 부립 제3중학교를 우수한 성적으로 졸업하고 무시험으로 제1고등학교 문과에 입학. 기쿠치 간, 구메 마사오 등과 동급생이었으며, 19세기 말 예술 지상주의와 회의주의 등의 사조에 깊은 관심을 갖고 오스카 와일드 등을 탐독.
1913년	제1고등학교 졸업 후 도쿄 제국 대학교 영문학과에 입학.
1914년	제3차 《신사조(新思潮)》 창간, 아나톨 프랑스의 번역본을 게재하고, 5월 처녀작 「노년(老年)」을 발표. 9월에는 「청년과 죽음과(青年と死と)」를 발표하였으나 10월에 잡지 폐간.
1915년	첫사랑인 요시다 야요이와 파국을 경험.《제국문학(帝國文學)》에 「라쇼몬(羅生門)」을 발표. 나쓰메 소세키의 '목요회'에 참석하면서 이후 그에게 사사.
1916년	구메 마사오, 기쿠치 간 등과 함께 다섯 명의 동인으로 제4차 《신사조》를 창간, 창간호에 발표한 「코(鼻)」를 나쓰메 소세키가 극찬하면서 등단의 계기를 마련. 도쿄 제국 대학교를 졸업한 후 《신소설(新小說)》에 「마죽(芋粥)」을, 《중앙공론(中央公論)》에

「손수건(手巾)」을 발표하면서 신진 작가로 위치를 확보.

1917년 제4차《신사조》폐간. 첫 창작집 『라쇼몬』을 출판하고 첫 신문 연재소설 「희작삼매(戱作三昧)」를 오사카《마이니치 신문》에 발표하여 호평을 얻음.

1918년 2월 2일, 여학교 재학 중이던 쓰카모토 후미와 결혼. 《마이니치 신문》에 「지옥변」 연재.

1919년 《마이니치 신문》에 입사하면서 해군 기관 학교 교사직을 사직하고 전업 작가로서 생활. 3월, 생부가 스페인 독감으로 사망.

1920년 장남 히로시가 태어남. 매너리즘 타개를 지향한 「가을(秋)」을《중앙공론》에 발표.

1921년 신문사 해외 특파원으로 중국에 파견되었으나 건강 문제로 고전하다 귀국. 이후 건강 악화와 신경 쇠약 증세를 겪음.

1922년 문예지에 「덤불 속(藪の中)」, 「장군(将軍)」, 「신들의 미소(神神の微笑)」 등을 발표. 11월, 차남 다카시가 태어남.

1923년 기쿠치 간이 창간한《문예춘추(文藝春秋)》에 「못난 이의 말(侏儒の言葉)」,《개조(改造)》에 「야스키치의 수첩에서(保吉の手帳から)」를 발표.

1924년 가루이자와에서 지인들과 피서를 하면서 사회주의 관련 서적을 탐독. '아일랜드 문학 연구회'에서 마쓰무라 미네코와 교제.

1925년 「다이도지 신스케의 반생(大導寺信輔の半生)」을《중앙공론》에 발표. 7월, 삼남 야스시가 태어남.

1926년 불면증, 분열증, 관계 망상 등의 증세 악화.《개조》에 "내 어미는 미치광이였다."라는 서두로 시작되는「점귀부(点鬼簿)」발표.

1927년 방화 혐의를 받고 자살한 매형 니시카와 유타카의 채무와 유족 문제 등을 처리하다가 심신이 소진되어 있던 중 제국 호텔에 투숙하여「갓파(河童)」등을 집필. 아내의 친구 히라마쓰 마스코와 동반 자살을 계획하였으나 미수에 그침.「어느 바보의 일생(或阿呆の一生)」을 탈고한 지 한 달이 지난 7월 24일 자택에서 다량의 수면제를 복용하고 스스로 목숨을 끊음.

세계문학전집 **326**

라쇼몬 아쿠타가와 류노스케 단편선

1판 1쇄 펴냄 2014년 10월 10일
1판 21쇄 펴냄 2024년 7월 24일

지은이 아쿠타가와 류노스케
옮긴이 서은혜
발행인 박근섭, 박상준
펴낸곳 (주)민음사

출판등록 1966. 5. 19. (제 16-490호)
서울특별시 강남구 도산대로1길 62(신사동) 강남출판문화센터 5층 (우편번호 06027)
대표전화 02-515-2000 팩시밀리 02-515-2007
www.minumsa.com

© 서은혜, 2014. Printed in Seoul, Korea

ISBN 978-89-374-6326-6 04800
ISBN 978-89-374-6000-5 (세트)

세계문학전집 목록

1·2 변신 이야기 오비디우스 · 이윤기 옮김 서울대 권장도서 100선

3 햄릿 셰익스피어 · 최종철 옮김 서울대 권장도서 100선 | 미국대학위원회 선정 SAT 추천도서

4 변신 · 시골의사 카프카 · 전영애 옮김 서울대 권장도서 100선

5 동물농장 오웰 · 도정일 옮김 미국대학위원회 선정 SAT 추천도서 | 《타임》 선정 현대 100대 영문소설

6 허클베리 핀의 모험 트웨인 · 김욱동 옮김 《뉴스위크》 선정 100대 명저

7 암흑의 핵심 콘래드 · 이상옥 옮김 미국대학위원회 선정 SAT 추천도서 | 《뉴스위크》 선정 10대 명저

8 토니오 크뢰거 · 트리스탄 · 베네치아에서의 죽음 토마스 만 · 안삼환 외 옮김 노벨 문학상 수상 작가

9 문학이란 무엇인가 사르트르 · 정명환 옮김

10 한국단편문학선 1 김동인 외 · 이남호 엮음 국립중앙도서관 선정 청소년 권장도서

11·12 인간의 굴레에서 서머싯 몸 · 송무 옮김

13 이반 데니소비치, 수용소의 하루 솔제니친 · 이영의 옮김 노벨 문학상 수상 작가

14 너새니얼 호손 단편선 호손 · 천승걸 옮김

15 나의 미카엘 오즈 · 최창모 옮김

16·17 중국신화전설 위앤커 · 전인초, 김선자 옮김

18 고리오 영감 발자크 · 박영근 옮김

19 파리대왕 골딩 · 유종호 옮김 노벨 문학상 수상 작가 | 《타임》 선정 현대 100대 영문소설

20 한국단편문학선 2 김동리 외 · 이남호 엮음

21·22 파우스트 괴테 · 정서웅 옮김 서울대 권장도서 100선 | 미국대학위원회 선정 SAT 추천도서

23·24 빌헬름 마이스터의 수업시대 괴테 · 안삼환 옮김

25 젊은 베르테르의 슬픔 괴테 · 박찬기 옮김 논술 및 수능에 출제된 책(1998~2005)

26 이피게니에 · 스텔라 괴테 · 박찬기 외 옮김

27 다섯째 아이 레싱 · 정덕애 옮김 노벨 문학상 수상 작가

28 삶의 한가운데 린저 · 박찬일 옮김

29 농담 쿤데라 · 방미경 옮김

30 야성의 부름 런던 · 권택영 옮김

31 아메리칸 제임스 · 최경도 옮김

32·33 양철북 그라스 · 장희창 옮김 노벨 문학상 수상 작가 | 서울대 권장도서 100선

34·35 백년의 고독 마르케스 · 조구호 옮김 노벨 문학상 수상 작가 | 서울대 권장도서 100선

36 마담 보바리 플로베르 · 김화영 옮김 서울대 권장도서 100선

37 거미여인의 키스 푸익 · 송병선 옮김

38 달과 6펜스 서머싯 몸 · 송무 옮김

39 폴란드의 풍차 지오노 · 박인철 옮김

40·41 독일어 시간 렌츠 · 정서웅 옮김

42 말테의 수기 릴케 · 문현미 옮김

43 고도를 기다리며 베케트 · 오증자 옮김 노벨 문학상 수상 작가 | 서울대 권장도서 100선

44 데미안 헤세 · 전영애 옮김 노벨 문학상 수상 작가

45 젊은 예술가의 초상 조이스 · 이상옥 옮김 서울대 권장도서 100선

46 카탈로니아 찬가 오웰 · 정영목 옮김

47 호밀밭의 파수꾼 샐린저 · 정영목 옮김 《타임》 선정 현대 100대 영문소설 | 미국대학위원회 선정
SAT 추천도서 | 《뉴스위크》 선정 100대 명저 | BBC 선정 꼭 읽어야 할 책

48·49 파르마의 수도원 스탕달 · 원윤수, 임미경 옮김

50 수레바퀴 아래서 헤세 · 김이섭 옮김 노벨 문학상 수상 작가 | 국립중앙도서관 선정 청소년 권장도서

51·52 내 이름은 빨강 파묵·이난아 옮김 노벨 문학상 수상 작가

53 오셀로 셰익스피어·최종철 옮김 서울대 권장도서 100선

54 조서 르 클레지오·김윤진 옮김 노벨 문학상 수상 작가

55 모래의 여자 아베 코보·김난주 옮김

56·57 부덴브로크 가의 사람들 토마스 만·홍성광 옮김 노벨 문학상 수상 작가

58 싯다르타 헤세·박병덕 옮김 노벨 문학상 수상 작가

59·60 아들과 연인 로렌스·정상준 옮김 《뉴스위크》 선정 100대 명저

61 설국 가와바타 야스나리·유숙자 옮김 노벨 문학상 수상 작가 | 서울대 권장도서 100선

62 뻴킨 이야기·스페이드 여왕 푸슈킨·최선 옮김

63·64 넙치 그라스·김재혁 옮김 노벨 문학상 수상 작가

65 소망 없는 불행 한트케·윤용호 옮김 노벨 문학상 수상 작가

66 나르치스와 골드문트 헤세·임홍배 옮김 노벨 문학상 수상 작가

67 황야의 이리 헤세·김누리 옮김 노벨 문학상 수상 작가

68 페테르부르크 이야기 고골·조주관 옮김

69 밤으로의 긴 여로 오닐·민승남 옮김 노벨 문학상 수상 작가 | 미국대학위원회 선정 SAT 추천도서

70 체호프 단편선 체호프·박현섭 옮김

71 버스 정류장 가오싱젠·오수경 옮김 노벨 문학상 수상 작가

72 구운몽 김만중·송성욱 옮김 서울대 권장도서 100선 | 국립중앙도서관 선정 청소년 권장도서

73 대머리 여가수 이오네스코·오세곤 옮김

74 이솝 우화집 이솝·유종호 옮김 논술 및 수능에 출제된 책(1998~2005)

75 위대한 개츠비 피츠제럴드·김욱동 옮김 《타임》 선정 현대 100대 영문소설

76 푸른 꽃 노발리스·김재혁 옮김

77 1984 오웰·정회성 옮김 《타임》 선정 현대 100대 영문소설 | 《뉴스위크》 선정 100대 명저

78·79 영혼의 집 아옌데·권미선 옮김

80 첫사랑 투르게네프·이항재 옮김

81 내가 죽어 누워 있을 때 포크너·김명주 옮김 노벨 문학상 수상 작가

82 런던 스케치 레싱·서숙 옮김 노벨 문학상 수상 작가

83 팡세 파스칼·이환 옮김

84 질투 로브그리예·박이문, 박희원 옮김

85·86 채털리 부인의 연인 로렌스·이인규 옮김

87 그 후 나쓰메 소세키·윤상인 옮김

88 오만과 편견 오스틴·윤지관, 전승희 옮김 미국대학위원회 선정 SAT 추천도서

89·90 부활 톨스토이·연진희 옮김 논술 및 수능에 출제된 책(1998~2005)

91 방드르디, 태평양의 끝 투르니에·김화영 옮김

92 미겔 스트리트 나이폴·이상옥 옮김 노벨 문학상 수상 작가

93 페드로 파라모 룰포·정창 옮김

94 차라투스트라는 이렇게 말했다 니체·장희창 옮김 국립중앙도서관 선정 청소년 권장도서

95·96 적과 흑 스탕달·이동렬 옮김 국립중앙도서관 선정 청소년 권장도서

97·98 콜레라 시대의 사랑 마르케스·송병선 옮김 노벨 문학상 수상 작가 | BBC 선정 꼭 읽어야 할 책

99 맥베스 셰익스피어·최종철 옮김 서울대 권장도서 100선 | 미국대학위원회 선정 SAT 추천도서

100 춘향전 작자 미상·송성욱 풀어 옮김 서울대 권장도서 100선

101 페르디두르케 곰브로비치·윤진 옮김

102 포르노그라피아 곰브로비치·임미경 옮김

103 인간 실격 다자이 오사무·김춘미 옮김

104 네루다의 우편배달부 스카르메타·우석균 옮김

105·106 이탈리아 기행 괴테·박찬기 외 옮김

107 나무 위의 남작 칼비노·이현경 옮김

108 달콤 쌉싸름한 초콜릿 에스키벨·권미선 옮김

109·110 제인 에어 C. 브론테·유종호 옮김 BBC 선정 꼭 읽어야 할 책

111 크눌프 헤세·이노은 옮김 노벨 문학상 수상 작가

112 시계태엽 오렌지 버지스·박시영 옮김 《타임》 선정 현대 100대 영문소설 | 《뉴스위크》 선정 100대 명저

113·114 파리의 노트르담 위고·정기수 옮김 미국대학위원회 선정 SAT 추천도서

115 새로운 인생 단테·박우수 옮김

116·117 로드 짐 콘래드·이상옥 옮김 《뉴스위크》 선정 100대 명저

118 폭풍의 언덕 E. 브론테·김종길 옮김 미국대학위원회 선정 SAT 추천도서

119 텔크테에서의 만남 그라스·안삼환 옮김 노벨 문학상 수상 작가

120 검찰관 고골·조주관 옮김

121 안개 우나무노·조민현 옮김

122 나사의 회전 제임스·최경도 옮김 미국대학위원회 선정 SAT 추천도서

123 피츠제럴드 단편선 1 피츠제럴드·김욱동 옮김

124 목화밭의 고독 속에서 콜테스·임수현 옮김

125 돼지꿈 황석영

126 라셀라스 존슨·이인규 옮김

127 리어 왕 셰익스피어·최종철 옮김 서울대 권장도서 100선 | 《뉴스위크》 선정 100대 명저

128·129 쿠오 바디스 시엔키에비츠·최성은 옮김 노벨 문학상 수상 작가

130 자기만의 방·3기니 울프·이미애 옮김

131 시르트의 바닷가 그라크·송진석 옮김

132 이성과 감성 오스틴·윤지관 옮김

133 바덴바덴에서의 여름 치프킨·이장욱 옮김

134 새로운 인생 파묵·이난아 옮김 노벨 문학상 수상 작가

135·136 무지개 로렌스·김정매 옮김

137 인생의 베일 서머싯 몸·황소연 옮김

138 보이지 않는 도시들 칼비노·이현경 옮김

139·140·141 연초 도매상 바스·이운경 옮김 《타임》 선정 현대 100대 영문소설

142·143 플로스 강의 물방앗간 엘리엇·한애경, 이봉지 옮김 미국대학위원회 선정 SAT 추천도서

144 연인 뒤라스·김인환 옮김

145·146 이름 없는 주드 하디·정종화 옮김

147 제49호 품목의 경매 핀천·김성곤 옮김 《타임》 선정 현대 100대 영문소설

148 성역 포크너·이진준 옮김 노벨 문학상 수상 작가 | 퓰리처상 수상 작가

149 무진기행 김승옥

150·151·152 신곡(지옥편·연옥편·천국편) 단테·박상진 옮김 《뉴스위크》 선정 100대 명저

153 구덩이 플라토노프·정보라 옮김

154·155·156 카라마조프가의 형제들 도스토옙스키·김연경 옮김

157 지상의 양식 지드·김화영 옮김 노벨 문학상 수상 작가

158 밤의 군대들 메일러·권택영 옮김 퓰리처상 수상 작가

159 주홍 글자 호손·김욱동 옮김 서울대 권장도서 100선 | 미국대학위원회 선정 SAT 추천도서

160 깊은 강 엔도 슈사쿠·유숙자 옮김

161 욕망이라는 이름의 전차 윌리엄스·김소임 옮김

162 마사 퀘스트 레싱·나영균 옮김 노벨 문학상 수상 작가

163·164 운명의 딸 아옌데·권미선 옮김

165 모렐의 발명 비오이 카사레스 · 송병선 옮김

166 삼국유사 일연 · 김원중 옮김 서울대 권장도서 100선

167 풀잎은 노래한다 레싱 · 이태동 옮김 노벨 문학상 수상 작가

168 파리의 우울 보들레르 · 윤영애 옮김

169 포스트맨은 벨을 두 번 울린다 케인 · 이만식 옮김

170 썩은 잎 마르케스 · 송병선 옮김 노벨 문학상 수상 작가

171 모든 것이 산산이 부서지다 아체베 · 조규형 옮김 《타임》 선정 현대 100대 영문소설

172 한여름 밤의 꿈 셰익스피어 · 최종철 옮김 미국대학위원회 선정 SAT 추천도서

173 로미오와 줄리엣 셰익스피어 · 최종철 옮김 미국대학위원회 선정 SAT 추천도서

174·175 분노의 포도 스타인벡 · 김승욱 옮김 노벨 문학상 수상 작가 | 《타임》 선정 현대 100대 영문소설

176·177 괴테와의 대화 에커만 · 장희창 옮김

178 그물을 헤치고 머독 · 유종호 옮김 《타임》 선정 현대 100대 영문소설

179 브람스를 좋아하세요... 사강 · 김남주 옮김

180 카타리나 블룸의 잃어버린 명예 하인리히 뵐 · 김연수 옮김 노벨 문학상 수상 작가

181·182 에덴의 동쪽 스타인벡 · 정회성 옮김 노벨 문학상 수상 작가

183 순수의 시대 워튼 · 송은주 옮김 《뉴스위크》 선정 100대 명저 | 퓰리처상 수상작

184 도둑 일기 주네 · 박형섭 옮김

185 나자 브르통 · 오생근 옮김

186·187 캐치-22 헬러 · 안정효 옮김 《타임》 선정 현대 100대 영문소설

188 숄로호프 단편선 숄로호프 · 이항재 옮김 노벨 문학상 수상 작가

189 말 사르트르 · 정명환 옮김

190·191 보이지 않는 인간 엘리슨 · 조영환 옮김 《타임》 선정 현대 100대 영문소설

192 왑샷 가문 연대기 치버 · 김승욱 옮김 퓰리처상 수상 작가

193 왑샷 가문 몰락기 치버 · 김승욱 옮김 퓰리처상 수상 작가

194 필립과 다른 사람들 노터봄 · 지명숙 옮김

195·196 하드리아누스 황제의 회상록 유르스나르 · 곽광수 옮김

197·198 소피의 선택 스타이런 · 한정아 옮김 퓰리처상 수상 작가

199 피츠제럴드 단편선 2 피츠제럴드 · 한은경 옮김

200 홍길동전 허균 · 김탁환 옮김

201 요술 부지깽이 쿠버 · 양윤희 옮김

202 북호텔 다비 · 원윤수 옮김

203 톰 소여의 모험 트웨인 · 김욱동 옮김

204 금오신화 김시습 · 이지하 옮김

205·206 테스 하디 · 정종화 옮김 미국대학위원회 선정 SAT 추천도서 | BBC 선정 꼭 읽어야 할 책

207 브루스터플레이스의 여자들 네일러 · 이소영 옮김

208 더 이상 평안은 없다 아체베 · 이소영 옮김

209 그레인지 코플랜드의 세 번째 인생 워커 · 김시현 옮김 퓰리처상 수상 작가

210 어느 시골 신부의 일기 베르나노스 · 정영란 옮김

211 타라스 불바 고골 · 조주관 옮김

212·213 위대한 유산 디킨스 · 이인규 옮김 서울대 권장도서 100선 | BBC 선정 꼭 읽어야 할 책

214 면도날 서머싯 몸 · 안진환 옮김

215·216 성채 크로닌 · 이은정 옮김

217 오이디푸스 왕 소포클레스 · 강대진 옮김 서울대 권장도서 100선

218 세일즈맨의 죽음 밀러 · 강유나 옮김

219·220·221 안나 카레니나 톨스토이 · 연진희 옮김 서울대 권장도서 100선

222 **오스카 와일드 작품선** 와일드 · 정영목 옮김
223 **벨아미** 모파상 · 송덕호 옮김
224 **파스쿠알 두아르테 가족** 호세 셀라 · 정동섭 옮김 노벨 문학상 수상 작가
225 **시칠리아에서의 대화** 비토리니 · 김운찬 옮김
226·227 **길 위에서** 케루악 · 이만식 옮김 《타임》 선정 현대 100대 영문소설 | 《뉴스위크》 선정 100대 명저
228 **우리 시대의 영웅** 레르몬토프 · 오정미 옮김
229 **아우라** 푸엔테스 · 송상기 옮김
230 **클링조어의 마지막 여름** 헤세 · 황승환 옮김 노벨 문학상 수상 작가
231 **리스본의 겨울** 무뇨스 몰리나 · 나송주 옮김
232 **뻐꾸기 둥지 위로 날아간 새** 키지 · 정회성 옮김 《타임》 선정 현대 100대 영문소설
233 **페널티킥 앞에 선 골키퍼의 불안** 한트케 · 윤용호 옮김 노벨 문학상 수상 작가
234 **참을 수 없는 존재의 가벼움** 쿤데라 · 이재룡 옮김
235·236 **바다여, 바다여** 머독 · 최옥영 옮김
237 **한 줌의 먼지** 에벌린 워 · 안진환 옮김 《타임》 선정 현대 100대 영문소설
238 **뜨거운 양철 지붕 위의 고양이 · 유리 동물원** 윌리엄스 · 김소임 옮김 퓰리처상 수상작
239 **지하로부터의 수기** 도스토옙스키 · 김연경 옮김
240 **키메라** 바스 · 이운경 옮김
241 **반쪼가리 자작** 칼비노 · 이현경 옮김
242 **벌집** 호세 셀라 · 남진희 옮김 노벨 문학상 수상 작가
243 **불멸** 쿤데라 · 김병욱 옮김
244·245 **파우스트 박사** 토마스 만 · 임홍배, 박병덕 옮김 노벨 문학상 수상 작가
246 **사랑할 때와 죽을 때** 레마르크 · 장희창 옮김
247 **누가 버지니아 울프를 두려워하랴?** 올비 · 강유나 옮김
248 **인형의 집** 입센 · 안미란 옮김
249 **위폐범들** 지드 · 원윤수 옮김 노벨 문학상 수상 작가
250 **무정** 이광수 · 정영훈 책임 편집 서울대 권장도서 100선
251·252 **의지와 운명** 푸엔테스 · 김현철 옮김
253 **폭력적인 삶** 파솔리니 · 이승수 옮김
254 **거장과 마르가리타** 불가코프 · 정보라 옮김
255·256 **경이로운 도시** 멘도사 · 김현철 옮김
257 **야콥을 둘러싼 추측들** 욘존 · 손대영 옮김
258 **왕자와 거지** 트웨인 · 김욱동 옮김
259 **존재하지 않는 기사** 칼비노 · 이현경 옮김
260·261 **눈먼 암살자** 애트우드 · 차은정 옮김 《타임》 선정 현대 100대 영문소설
262 **베니스의 상인** 셰익스피어 · 최종철 옮김
263 **말리나** 바흐만 · 남정애 옮김
264 **사볼타 사건의 진실** 멘도사 · 권미선 옮김
265 **뒤렌마트 희곡선** 뒤렌마트 · 김혜숙 옮김
266 **이방인** 카뮈 · 김화영 옮김 노벨 문학상 수상 작가 | 미국대학위원회 선정 SAT 추천도서
267 **페스트** 카뮈 · 김화영 옮김 노벨 문학상 수상 작가 | 국립중앙도서관 선정 청소년 권장도서
268 **검은 튤립** 뒤마 · 송진석 옮김
269·270 **베를린 알렉산더 광장** 되블린 · 김재혁 옮김
271 **하얀 성** 파묵 · 이난아 옮김 노벨 문학상 수상 작가
272 **푸슈킨 선집** 푸슈킨 · 최선 옮김
273·274 **유리알 유희** 헤세 · 이영임 옮김 노벨 문학상 수상 작가

275 픽션들 보르헤스 · 송병선 옮김 서울대 권장도서 100선

276 신의 화살 아체베 · 이소영 옮김

277 빌헬름 텔 · 간계와 사랑 실러 · 홍성광 옮김

278 노인과 바다 헤밍웨이 · 김욱동 옮김 노벨 문학상 수상 작가 | 퓰리처상 수상작

279 무기여 잘 있어라 헤밍웨이 · 김욱동 옮김 미국대학위원회 선정 SAT 추천도서

280 태양은 다시 떠오른다 헤밍웨이 · 김욱동 옮김 《타임》 선정 현대 100대 영문 소설

281 알레프 보르헤스 · 송병선 옮김

282 일곱 박공의 집 호손 · 정소영 옮김

283 에마 오스틴 · 윤지관, 김영희 옮김

284·285 죄와 벌 도스토옙스키 · 김연경 옮김 미국대학위원회 선정 SAT 추천도서

286 시련 밀러 · 최영 옮김

287 모두가 나의 아들 밀러 · 최영 옮김

288·289 누구를 위하여 종은 울리나 헤밍웨이 · 김욱동 옮김 노벨 문학상 수상 작가

290 구르브 연락 없다 멘도사 · 정창 옮김

291·292·293 데카메론 보카치오 · 박상진 옮김

294 나누어진 하늘 볼프 · 전영애 옮김

295·296 제브데트 씨와 아들들 파묵 · 이난아 옮김 노벨 문학상 수상 작가

297·298 여인의 초상 제임스 · 최경도 옮김 미국대학위원회 선정 SAT 추천도서

299 압살롬, 압살롬! 포크너 · 이태동 옮김 노벨 문학상 수상 작가

300 이상 소설 전집 이상 · 권영민 책임 편집

301·302·303·304·305 레 미제라블 위고 · 정기수 옮김

306 관객모독 한트케 · 윤용호 옮김 노벨 문학상 수상 작가

307 더블린 사람들 조이스 · 이종일 옮김

308 에드거 앨런 포 단편선 앨런 포 · 전승희 옮김 미국대학위원회 선정 SAT 추천도서

309 보이체크 · 당통의 죽음 뷔히너 · 홍성광 옮김

310 노르웨이의 숲 무라카미 하루키 · 양억관 옮김

311 운명론자 자크와 그의 주인 디드로 · 김희영 옮김

312·313 헤밍웨이 단편선 헤밍웨이 · 김욱동 옮김 노벨 문학상 수상 작가

314 피라미드 골딩 · 안지현 옮김 노벨 문학상 수상 작가

315 닫힌 방 · 악마와 선한 신 사르트르 · 지영래 옮김

316 등대로 울프 · 이미애 옮김 《타임》 선정 현대 100대 영문소설 | 《뉴스위크》 선정 100대 명저

317·318 한국 희곡선 송영 외 · 양승국 엮음

319 여자의 일생 모파상 · 이동렬 옮김

320 의식 노터봄 · 김영중 옮김

321 육체의 악마 라디게 · 원윤수 옮김

322·323 감정 교육 플로베르 · 지영화 옮김

324 불타는 평원 룰포 · 정창 옮김

325 위대한 몬느 알랭푸르니에 · 박영근 옮김

326 라쇼몬 아쿠타가와 류노스케 · 서은혜 옮김

327 반바지 당나귀 보스코 · 정영란 옮김

328 정복자들 말로 · 최윤주 옮김

329·330 우리 동네 아이들 마흐푸즈 · 배혜경 옮김 노벨 문학상 수상 작가

331·332 개선문 레마르크 · 장희창 옮김

333 사바나의 개미 언덕 아체베 · 이소영 옮김

334 게걸음으로 그라스 · 장희창 옮김 노벨 문학상 수상 작가

335 코스모스 곰브로비치·최성은 옮김

336 좁은 문·전원교향곡·배덕자 지드·동성식 옮김 노벨 문학상 수상 작가

337·338 암 병동 솔제니친·이영의 옮김 노벨 문학상 수상 작가

339 피의 꽃잎들 응구기 와 시옹오·왕은철 옮김

340 운명 케르테스·유진일 옮김 노벨 문학상 수상 작가

341·342 벌거벗은 자와 죽은 자 메일러·이운경 옮김 퓰리처상 수상 작가

343 시지프 신화 카뮈·김화영 옮김 노벨 문학상 수상 작가

344 뇌우 차오위·오수경 옮김

345 모옌 중단편선 모옌·심규호, 유소영 옮김 노벨 문학상 수상 작가

346 일야서 한사오궁·심규호, 유소영 옮김

347 상속자들 골딩·안지현 옮김 노벨 문학상 수상 작가

348 설득 오스틴·전승희 옮김

349 히로시마 내 사랑 뒤라스·방미경 옮김

350 오 헨리 단편선 오 헨리·김희용 옮김

351·352 올리버 트위스트 디킨스·이인규 옮김

353·354·355·356 전쟁과 평화 톨스토이·연진희 옮김

357 다시 찾은 브라이즈헤드 에벌린 워·백지민 옮김

358 아무도 대령에게 편지하지 않다 마르케스·송병선 옮김

359 사양 다자이 오사무·유숙자 옮김

360 좌절 케르테스·한경민 옮김 노벨 문학상 수상 작가

361·362 닥터 지바고 파스테르나크·김연경 옮김 노벨 문학상 수상 작가

363 노생거 사원 오스틴·윤지관 옮김

364 개구리 모옌·심규호, 유소영 옮김 노벨 문학상 수상 작가

365 마왕 투르니에·이원복 옮김 공쿠르상 수상 작가

366 맨스필드 파크 오스틴·김영희 옮김

367 이선 프롬 이디스 워튼·김욱동 옮김 퓰리처상 수상 작가

368 여름 이디스 워튼·김욱동 옮김 퓰리처상 수상 작가

369·370·371 나는 고백한다 자우메 카브레·권가람 옮김

372·373·374 태엽 감는 새 연대기 무라카미 하루키·김난주 옮김

375·376 대사들 제임스·정소영 옮김

377 족장의 가을 마르케스·송병선 옮김 노벨 문학상 수상 작가

378 핏빛 자오선 매카시·김시현 옮김

379 모두 다 예쁜 말들 매카시·김시현 옮김

380 국경을 넘어 매카시·김시현 옮김

381 평원의 도시들 매카시·김시현 옮김

382 만년 다자이 오사무·유숙자 옮김

383 반항하는 인간 카뮈·김화영 옮김 노벨 문학상 수상 작가

384·385·386 악령 도스토옙스키·김연경 옮김

387 태평양을 막는 제방 뒤라스·윤진 옮김

388 남아 있는 나날 가즈오 이시구로·송은경 옮김

389 앙리 브릴라르의 생애 스탕달·원윤수 옮김

390 찻집 라오서·오수경 옮김

391 태어나지 않은 아이를 위한 기도 케르테스·이상동 옮김 노벨 문학상 수상 작가

392·393 서머싯 몸 단편선 서머싯 몸·황소연 옮김

394 케이크와 맥주 서머싯 몸·황소연 옮김

395 월든 소로 · 정회성 옮김

396 모래 사나이 E. T. A. 호프만 · 신동화 옮김

397·398 검은 책 오르한 파묵 · 이난아 옮김 노벨 문학상 수상 작가

399 방랑자들 올가 토카르추크 · 최성은 옮김 노벨 문학상 수상 작가

400 시여, 침을 뱉어라 김수영 · 이영준 엮음

401·402 환락의 집 이디스 워튼 · 전승희 옮김

403 달려라 메로스 다자이 오사무 · 유숙자 옮김

404 아버지와 자식 투르게네프 · 연진희 옮김

405 청부 살인자의 성모 바예호 · 송병선 옮김

406 세피아빛 초상 아옌데 · 조영실 옮김

407·408·409·410 사기 열전 사마천 · 김원중 옮김 서울대 권장도서 100선

411 이상 시 전집 이상 · 권영민 책임 편집

412 어둠 속의 사건 발자크 · 이동렬 옮김

413 태평천하 채만식 · 권영민 책임 편집

414·415 노스트로모 콘래드 · 이미애 옮김

416·417 제르미날 졸라 · 강충권 옮김

418 명인 가와바타 야스나리 · 유숙자 옮김 노벨 문학상 수상 작가

419 핀처 마틴 골딩 · 백지민 옮김 노벨 문학상 수상 작가

420 사라진 · 샤베르 대령 발자크 · 선영아 옮김

421 빅 서 케루악 · 김재성 옮김

422 코뿔소 이오네스코 · 박형섭 옮김

423 블랙박스 오즈 · 윤성덕, 김영화 옮김

424·425 고양이 눈 애트우드 · 차은정 옮김

426·427 도둑 신부 애트우드 · 이은선 옮김

428 슈니츨러 작품선 슈니츨러 · 신동화 옮김

429·430 세계의 끝과 하드보일드 원더랜드 무라카미 하루키 · 김난주 옮김

431 멜랑콜리아 I-II 욘 포세 · 손화수 옮김 노벨 문학상 수상 작가

432 도적들 실러 · 홍성광 옮김

433 예브게니 오네긴 · 대위의 딸 푸시킨 · 최선 옮김

434·435 초대받은 여자 보부아르 · 강초롱 옮김

436·437 미들마치 엘리엇 · 이미애 옮김

438 이반 일리치의 죽음 톨스토이 · 김연경 옮김

439·440 캔터베리 이야기 초서 · 이동일, 이동춘 옮김

441·442 아소무아르 졸라 · 윤진 옮김

443 가난한 사람들 도스토옙스키 · 이항재 옮김

세계문학전집은 계속 간행됩니다.